中公文庫

舌鼓ところどころ／私の食物誌

吉田健一

中央公論新社

目次

舌鼓ところどころ……………………9
食べものあれこれ　11
一　日本　12
二　支那　24
三　西洋　37
舌鼓ところどころ　41
新鮮強烈な味の国・新潟　42
味のある城下町・金沢　91
食い倒れの都・大阪　54
世界の味を持つ神戸　104
瀬戸内海に味覚あり　66
山海の味・酒田　117
カステラの町・長崎　79
以上の裏の所　129

私の食物誌…………145
長浜の鴨　146
神戸のパンとバタ　147
飛島の貝　149
近江の鮒鮨　151
瀬戸内海のままかり　153
広島の牡蠣　154
新潟の筋子　156
金沢の蟹　158
関西のうどん　160
東京の握り鮨　161
明石の鯛　163
富山の鱒鮨　165
長崎の豚の角煮　167
大阪の雀鮨　168
大阪のかやく飯　170
大阪の小料理屋　172
日本の西洋料理　174
京都の漬けもの　176
金沢の蕪鮨　177
京都の蓴菜　179
東北の味噌漬け　181
関西の真名鰹の味噌漬け　183
金山寺味噌　184
横浜中華街の点心　186
金沢の胡桃餠　188
日本海の烏賊の黒づくり　190

瀬戸内海のめばる 191
石川県の鮨の蒲焼き 193
北海道の牛乳 195
浅間山麓の浅間葡萄 197
信越線長岡駅の弁当 198
群馬県の豚 200
京都のすっぽん 202
瀬戸内海の鯛の浜焼き 204
京都の筍 205
関西のおでん 207
長崎の唐墨 209
東京の佃煮 211
関東の鮪 212
鎌倉の海老 214
竜野の素麺 216
新潟の餅 218
東京のこはだ 219
佐久の鯉 221
東京の慈姑 223
北海道のじゃが芋 225
石川県の棒鱈 226
金沢のごり 228
広島県の奈良漬け 230
プリマス・ロックという種類の鶏 232
大阪のいいだこの煮もの 233
大阪の鰻の佃煮 235
広島菜 237
新潟の身欠き鯡の昆布巻き 239
大磯のはんぺん 240
蒲鉾 242
能登の岩海苔 244
京都の小鯛の酢漬け 246

神戸の穴子　248
関西の鱧　249
日本のワンタン　251
大阪の鯖鮨　253
岡山の七面鳥の塩焼き　255
甲府の鮑の煮貝　256
数の子の麹漬け　258
群馬県の鶏　260
近畿の松茸　262
氷見の乾しうどん　263
神戸のイタリー料理　265
静岡の山葵漬け　267
粕汁　269
すだち　270
北国の蕨の粕漬け　272
関西の塩昆布　274
江戸前の卵焼き　275
関東の葱　277
九十九里の鰯　279
下関の雲丹　281
薩摩のかるかん　282
岩魚のこつ酒　284
関西の牛肉　286
茶漬け　288
豊橋の焼き竹輪　289
日本の支那料理　291
長崎のカステラ　293
千葉の蛤　295
蠑螺の壺焼き　296
中津川の栗　298
東京のべったら漬け　300
鹿児島の薩摩汁　302

高崎のベーコン　303
東京の雑煮　305
東京のおせち　307
高崎のハム　309
東京の店屋もの　310
みる貝　312
東京の食堂　314
五月の鰹　316
豆餅　317
日本の米　319
巻末エッセイ　教わったこと、いろいろ　辻 義一　322
地域別目次　330

舌鼓ところどころ

食べものあれこれ

ああでもない、こうでもないと文句を付けるのが食通だということに就ては前から疑問を持っているが、もしそれが確かに食通ならば、そういうものになりたいかどうかに就ては前から考えが決っているので、そんなものになるよりは何も食べない方がいい、とは言えないから困る。或はそこに食通とそうでない人間の違いがあるのかも知れない。食通は気に入らないものしかなければ伯夷叔斉にでもなった積りで餓え死にするのではないかと思うが、我々にはそんな真似は出来ない。

戦争中に何よりも楽みだったのは食べることだった。今その頃の思い出に就て少し書いて見ると、当時はこっちも人並に会社のような所に勤めていて、昼休みになると昼の食事をさせてくれる店を探して廻った。ひどいもので、前からあった店の大部分は店を締めているか、或は木で作った玩具だとか、洗濯挟みだとか、食べものとは凡そ関係がないものしか売らなくなっていたから、どんなものでも食べさせてくれる店を探すのが一苦労だったのである。

それだけに、随分思い掛けない場所でそういう親切な店を見付けることがあった。客に売るものさえあれば、売った方が得になるから親切の問題ではないと考えるものが今ならばいるかも知れないが、何でもかでも公定価格で抑えられていて、それに加えて統制上の手続がただもう面倒だった当時は地道に商売をするよりも材料を纏めて闇で流した方がずっと得で楽だったのだから、店を開けていた所は奇特な慈善家だったのだと見なければならない。戦前から戦後に掛けて日本で行われた統制経済のことを思うと、それが余りに出鱈目だったので、却って我々日本人が本質的には如何に楽天的な自由の愛好者であるかが解って有難くなるようなものでも、それをやられている間は全く訳もなしに窮屈で、どこかの店に入って何かにあり付くということが既に一つの幸運だった。蜜柑を一人に一つずつ売っている店があっても、食糧の不足でふらふらする足を踏み締めて探し廻った甲斐があった感じがした。

そういう店の一つで、上役の一人が見付けて来て教えてくれたのに、毎日、その日の分が売り切れるまで相当の人数に対して定食を出す所があった。当時としては殆ど信じられないことだったが、教えられた通りに有楽町の日劇の地下室に行って見ると、本当に行列が入り口の所から階下に向って出来ていて、三十分もするとそれが動き出し、階段をぐるぐる廻って降りて下まで辿り着いてから一度止り、今度動き出した時には食堂に宛てられた地下室の一部の入り口まで行けて、そこでその頃の金で一円だか、二円だかを出して大きな皿に盛った定食を渡された。これは今考えても不思議なことで、所謂、業務米なるものが我々一般人向けの定食などに使われる筈は先ずなかったのであるが、兎に角、その皿の大部分は御飯で、そしてこれは値段が示す通り、闇ではなかった。又その上に、おかずに何か得体が知れない肉の煮たのまで付いていた。

配給で手に入れたものではない米というものがそれだけで珍品だった時代に、この肉は魅力だった。何の肉なのかとうとう解らなくて、海豚とか、鯨とか、そういう海産物だったのかも知れないが、兎に角、肉には違いないのが余り有難かったので今でもその味をはっきり思い出すことが出来る。そしてそれを今持って来られたら食べないだろうということも疑問であって、少くとも、当時と同じ慢性の空腹に悩まされているのだったらば必ず旨いと思って食べるに違いない。その頃はどんな種類の肉でも殆ど絶対に家庭には入らなくて、それで肉というのがどんなものかも忘れ掛けていた。併し食べて見れば、同じ動物の蛋白質でも魚の肉には真似ようがない、紛れもない肉の繊維の抵抗があって、今自分は肉を食べているのだと思っただけで何か非常に満足した感じになった。廻りの人達が当り前な顔付きをして食べているのが不思議だった位で、これは尤も、戦争で誰もが無表情になっていたせいかも知れない。

この食堂には随分、御厄介になった。併しここも、街をうろついているものでも家から弁当を持って来ている筈だという当局のお達しでもあったのか、それとも遂に材料がなくなったのか、やがて店を締めて、それからというものはもうこれだけの所は見付からなかった。しまいには、家でいい具合に大豆が沢山混じっている配給米に当るのが心温る思いで、そうなると、時々勤め先で当直の番が廻って来るのが楽みになった。大きなビルに集っている各会社その他から毎晩一人ずつ人を出してその辺が空襲になった場合に備えるので、どうかして本当に空襲があって自分の家がある方面が赤く燃えているのが見えたりすれば心細かったが、その代りにビルで当直するものには大きな握り飯が一つずつ配られた。高粱（コーリャン）か何かを混ぜた米で作ったのは見た所は茶飯のお握りのようで、そうでなくても、配給以外にそれだけの米にあり付くというのは当時としては得難いことだったのである。

従って、そういう四苦八苦の民間人の世界から海軍に移った時は、暫（しばら）くは自分の眼、又それにも増して舌や消化器官の反応を信じることが出来なかった。海軍では大食器と言って、普通の大きさな皿に一寸位の高さの縁を付けたものに飯を盛り、それよりももう少し小さな中食器に、例えば鰯（いわし）や鯡（にしん）がまるごと野菜と一緒に煮てあって汁とおかずを兼ねたものを入れ、これに沢庵（たくあん）が付いて、小食器が湯呑みの代りをする。それを全部、二、三分で平げる規則になっているのはそう楽ではなかったが、それでもその頃はまだ歯が丈夫で、二、三分でも何でも、平げなければならないというのは全く有難かった。そう言えば、飯には麦が混ぜてあって、海軍に入り立ての兵隊は大概はその麦飯を半分残すものだがと、下士官や上の兵隊達が不思議がっていたが、これは多くは戦争が始って以来、海軍にいた人達で、その後に民間の事情がどんなことになっていたか知らなかったのである。

それに就て滑稽な思い出がある。戦争も終りに近づいた頃、誰だったか、かなり上の方の士官が我々を集めて演説をして、お前達の飯にじゃが芋が混ぜてあるようになったのは誠に気の毒なことであると言った。庄内米の炊き立てでも毎月食べていればどうか知らないが、何も食べるものがなければ、或は、何も食べるものがないというのがどういうことか解っていればじゃが芋は旨いもので、それと米と麦を混ぜたものが常食で文句が出る訳がない。併しじゃが芋が混ぜてなくても、飯の食べ方は上に行く程少くなって、これに加えて外出するものが多かったりすると食事毎に飯が余った。併しこれを烹炊所(ほうすいじょ)、つまり、海軍の台所に返せば、その次からそれだけ割り当てが減らされて、これは各班の体面に拘ることになっていたから、それを取って置いて深夜に食べて片付けるのが我々下の兵隊の任務でもあった。入隊して間もなく夜中に叩き起されて、飯を食わないかと言われた時程、驚いたことはない。それまでは海軍を一種の地獄のような所と想像していたのである。

併し戦争が終って、海軍にもいられなくなり、次には東京の闇市を食べて廻ることを覚えた。今、闇市と言っても、直ぐにその記憶が浮んで来ない位になっているが、考えて見ればその頃は新宿にも、渋谷にも、新橋にも、有楽町にも闇市があって、甘イ甘イ甘イと宣伝している茹で小豆や一皿十円で薩摩芋をふかしたの三切れからおでんに至るまでの食べものがこういう闇市で客を集めていた。それで思い出すのが馬鹿貝を煮たので、新橋の闇市では十円出すと、大きな馬鹿貝を殻ごと煮たのを一つくれて、これに七色唐辛子を掛けるとその味は魚よりも肉に近い上に熱くて確かに醤油らしいものが使ってあるのが頼もしかった。馬鹿貝だの、せいぜいおでんだので、まだビフテキや豚カツは登場していなかったのが当時の闇市の性格をもの語るものかも知れない。或は、これはこっちの懐具合のせいだったのではないかとも考えられるが、どうも焼き鳥とか、豚カツとか、茹で小豆ではない汁粉とかが出て来たのはもっと後だったような気がする。そしてそういうものも珍しくなくなった頃に、一つ解ったことがあった。

何もなければ、じゃが芋をただ茹でて食べても旨いに違いないが、それは味覚を失ったことにはならない。じゃが芋はもともと旨いものだということは別としても、じゃが芋が欲しくなくなった味覚というものはどこか不完全なのだと考えなければならず、それならば何も食べるものがないというのは一種の味覚の訓練である。ただそういう時代には、次にはバタとか、サラダ油とかを望むことは出来ないから、我々は味覚はそのままの状態で置いてもっとじゃが芋を、或は茹でたじゃが芋程度の他のものを求める他ない。併しそれは味覚がなくなったのではなくて寧ろ非常に健全であることなのだから、ものが出始めれば早速、味覚の方も以前にも増して活潑に働き出して、ただ肉だとか、砂糖だとかいうことだけでは我慢しなくなる。その回復の仕方が早いのは恐しい位で、戦後に辺り一面に出来た食べもの屋が一応は繁昌した後に軒並に潰れて行ったのは客のこうした味覚に追い付けなかったからだということもある。

それと似たことで、こんなことがあった。戦争が終ってから何年かの間、ネクタイなど着ける機会がなくて、人がネクタイをしているのを見ると、あれはどうやって結ぶものなのだろうかと思ったものだった。そしてそのうちに誰かが背広を一着くれて、又別な誰かがネクタイを一本くれたので結びに掛った所が、直ぐに出来て、その上に昔、ネクタイというものをしていた頃にネクタイを結ぶのに就てあれこれと気を配っていたことの記憶が全部戻って来た。又見方によってはもっと悪いことに、初めは一本しかなかったから構わなかったが、何本かあるようになると、今度は好みまで昔通りになって、占領後のアメリカ風のネクタイしか売っていないので困った。併しネクタイはしていなくても別にどうということはなくても、食べものの方はそうは行かない。だから、味覚も服装上の趣味などということよりも遥かに確かなものなので、食べるものがないからと言って働きが止りもしないし、又何でもあるようになれば、何でもあった昔の味覚に直ぐに戻る。ただ戦争が始ったりすると、或る種の覚悟が味覚にも強いられて、贅沢はしないと味覚の方で決めることは事実らしい。真珠湾の晩に或る先輩が、味覚は四十八時間で消滅すると言ったのはそのことを指すものに違いない。そして早ければ、四十八時間で生き返る。

兎に角、そんな訳で、闇市の魅力は長続きしなかった。それには、まやかしものの方が本ものよりも作り易いし、又その材料も手に入れ易いということもあって、普通の御飯や、普通の鮪(まぐろ)のとろや、或は大根を煮たのや、油揚げにぜんまいの煮付けや、或は澄しのスープでも、チーズを入れたオムレツでも、何でも構わないが、そういうものは闇市風の手を抜いた場所では出来ないのである。それを作る方もわいわい言っている気分でいてはならないので、あの馬鹿貝を醬油だけで煮たのは最も素朴な料理だったように思われても、早く仕上げて売るのが目的でなければもっと旨い、そして別にもっと金が掛る訳ではない馬鹿貝の食べ方があるのに決っている。従って、家で普通の御飯が炊ける時代になれば、そこから客を引き出すのが商売の食べもの屋はまやかしものではなくて旨い食べものを工夫する他ない。併し今日でもまだ闇市風の投げやりな料理の扱い方が殊に東京の食べもの屋に多く残っているのは、これは何故なのだろうか。

食べもの屋だけではなくて、我々の家庭に入って来る食料品までが闇市と闇商売の時代のままなのが少くない。例えば、我々の味覚はもとに戻っているのに、東京のパンは戦争で殆ど全滅したと言える。今配達されるのは砂糖を使って色ばかりやたらに白くて甘い、つまりはあの甘イ甘イ茹で小豆の名残り、であるよりも、パンがまだお情の配給だった時代に我々が闇で買って珍重したアメリカ軍のパンを今でもその通りの形と味で作っているのである。そしてそれならばこれも当節風にアメリカの罪悪の一つに数えればすむことであるが、問題は、パンがアメリカ式だということよりも、いい加減に砂糖を使って色を白くするということなので、この頃の沢庵も沢庵と呼べるものではないのを、これもアメリカの罪悪とは言い兼ねる。それにアメリカ軍が我々に最も恩恵を施してくれたのは闇市と闇の飲食店の時代で、まずいものを高く売ることをアメリカ人から教わったというのなら、それで平気でいる人間の方がどうかしている。

そんなことよりも、少くとも東京に関する限り、我々はまだ所謂、戦後の時代に住んでいるのだと考えた方が当っているような気がする。確かに建物や道路、というのは、入れものの方は或る意味で見違えるように立派になったが、我々が食べさせられているものは、やはりあの闇市に出ていた馬鹿貝や汁粉にただ見掛けだけの手数を加えたものに過ぎないのである。それも多くは、これも入れものに金を掛けたのに止っていて、味の上では見当が付かなくなった人間が、しまいには、高ければ旨いのだろうと思う他なくなっている。少くとも闇市の時代には、確かに一般にはなくて皆が欲しがっているもの程高くて、今の味がその頃と大して違っていないならば、闇市の時代の方が凡てが開けっ放しだっただけでもよかった。昔の闇市に鉄筋コンクリートと化粧煉瓦の皮を被せたのが今の時代なのだと思えば、それで納得出来ることが色々ある。

復興の徴候も確かに見えて来ている。入れものの次は中身だと考えれば、それも当り前であるが、ここに一つ困ったことがあるのは、戦後十年間に余りまずいものばかり食べさせられたせいか、旨いものを食べることが旨いものを食べることではなくて、一種の趣味になり掛けていることである。例えば、漉し餡と潰し餡とどっちがいいかは、人にも、又ものにも、そして時と場合にもよることで、問題はそれを食べて旨いかどうかということであり、旨いものを食べたいのは我々の本能である筈なのに、どっちが旨いかが仰山な論議の対象になったりする。そしてそれも、旨いものを旨いと言うのがいつの間にか何か高尚なことになったからなので、旨いと思うことが食慾の問題に繋り、凡てそういう本能的なことは恥じるべきことという見方からすれば、食べものの話を余りするのも恥しいことでなければならない。併しそれを、何が恥しいことがあるものかというので食べものの話をすると、早速、趣味人に扱われるのでは引っ込みが付かないのである。

こういう時、我々は戦争中と終戦直後の食慾と味覚を思い出すといい。海豚の肉でも、肉は肉で、その歯触りを楽んだ味覚からすれば、肉の旨いのとまずいのを食べ分ける位、何でもない筈であり（と書くのも滑稽であるが、今はそんなことを書くことにもなる時代なのである）、それよりも大事なのは、当時は海豚の肉を食べて確かに楽んだということである。我々はものを食べて生きているのだから、食べられるものならどんなものでも旨くなければ、その方が可笑しくて、その上での旨い、まずいはかなり危っかしい、確実なことは解らない比較論に過ぎない。併し一定の条件の下でならば、確実に旨いというものはある。そしてそれを旨いと思うことは、海豚の肉が旨かったのと全く同じなので、片方を否定して片方だけが成立する訳がない。自分の舌に自信が持てなくなったら、どこでも売っている鯨の大和煮の罐詰を買って来て食べて見るといい。これも食べものであるから、確かにその味がして旨ければ、もう自分の舌を疑うことはない。

尤も、自然の恵み、或は人工の極致によって味が味を生み、聯想は又聯想を誘って止る所を知らないように旨いものもある。そうなれば、これは食べものに限ったことではなくなって、そこから起る錯覚の為に我々は或る種の音楽を聞いてこの音楽を食べられると感じたりする。つまり、逆にものを食べていて、音楽を聞いている気持になることもある訳であるが、これは所謂、旨いものを食べている時と決ってもいないようであって、子供の頃、三色アイスクリームというものを始めて食べた際にも、確かにこの境地に誘われた。それでは我々の舌は年を取るのに従って荒れて来るのだろうか。それよりも寧ろ、我々は先ず三色アイスクリーム、或は親子丼に眼を開かれて、次第に複雑な味を覚えて行き、そこにも同じ境地を味うことになるのに違いない。そこにも、であって、そこにだけではないのである。文学の世界に深入りして、子供の時に読んだアンデルセンのお伽噺に興味を失ったものは文学に就て語る資格がない。

それ故に、初めに言ったことをもう一度繰り返せば、食通などというものにはなりたくないものである。例の、何は何という所のに限るという奴で、それに比べれば、秋刀魚(さんま)は目黒に限ると考えた殿様の味覚の方がどれだけ健全か解らない。落語によれば、殿様がその屋敷に戻ってから出された秋刀魚は凡そ食べものとは言えないもので、目黒で秋刀魚を本当に秋刀魚らしく焼いたのを、それも鷹狩りで一日を過した後で食べて、それこそ秋刀魚というものだと断定した殿様は、その味覚が確かであることのみならず、それ故に心底からの食いしんぼうだったことを示している。食慾が旺盛であって始めて味覚が生じるのであり、舌を妙な方面にばかり発達させた胃弱の人間が何を言おうと、我々には用がないことである。蕗(ふき)の薹(とう)が何よりも旨いと感じる境地に立ち至ったら、自分はもう年を取ってしまったのだと思えばよくて、人にそんな話をすることはない。

併しこんなことばかり書いていては記事にならない。東京にも旨いものを食べさせる所があるようになった。そして世界的な大都会はそうなのが当り前であるが、そういう店の中には外国の料理をそれぞれ専門にしているのが多い。フランス料理は勿論、イタリー料理も、ハンガリー料理も、この頃は支那料理もあって、値段に構いさえしなければ、食べるのに東京で困ることはない。ということは、偶には誰にでもそういう御馳走が食べられるということであって、前に書いた妙な趣味の観念に取り憑かれていない限り、そういう店から店へと食べて廻るのも楽しいことだろうと思う。併しそれにしても、まだ少し値段が高過ぎはしないだろうか。外国の料理を出す所でも、外国人相手という終戦以来の考えを捨てて、もっと我々日本人向きに値段の方を工夫すべきである。又そうすれば、外国人の客も前にも増して来るようになるのに違いない。

併しそれよりも我々にとって欲しいのは、昔並に旨いものを安く食べさせてくれる飲み屋風の、或はせいぜい小料理屋風の店である。東京以外の場所ならば、それが既にどこにでもある。そして東京ももう一度そうなったら、その時こそ我々は戦後の闇市の時代が東京でも終ったと考えていい。

二　支那

凡そ支那料理というものを最初に食べたのがその本場の支那だったということは、或は支那料理に就て語る場合に少しばかりは自慢になることかも知れない。つまり、その点ではこっちは支那人並なのである。勿論、そうすると今度はそれがどんな料理だったかということが問題になるが、兎に角、日本でワンタン、シューマイ、或はチャシューメンを知る前に、その原型に支那で親んだことが今でも記録に残っている。或は少くとも、今日こそ支那料理が食べられるという日に出た料理の一つに、確かにワンタンもあった。第一次世界大戦が終った頃で、その青島（チンタオ）という町には戦争中にドイツ軍が立て籠っていた要塞の廃墟がまだ残っていた。青島は海が青くて陸地が一面に緑の美しい町で、ドイツ人が苦心して経営した租借地だったから、それはこっちが最初に知った西洋でもあった。そしてそこの、洋館ばかり建っている中の一軒だった当時の家に、この日、支那料理屋の小僧が今の東京で支那料理屋の出前持ちが持って歩くのと余り変らない恰好の箱に何種類かの料理を入れて運んで来て、その中にそのワンタンがあった。

それだけしか覚えていないのだから、余程旨かったのだろうと思う。これでワンタンの味を知って、その後、日本で食べるワンタンに今日に至るまでどうも心からは打ち込めないのも、最初にこれを食べた場所が場所だったからに違いない。日本で作られているワンタンの多くは、要するに、うどん粉を薄く伸ばしたものを支那料理風の味になった汁に入れて煮たものに過ぎなくて、これでは日本のスイトンに少し毛が生えたものと言われても仕方がない。支那のワンタンでは、うどん粉は皮で、その中に豚肉が一杯詰り、はち切れそうなのを皮の上から又指で押し返した跡が幾つも付いていて、恐しくでっぷりした莢豌豆のような形をしたのが支那でしかない匂いが立ち昇る汁の中に互にぶつかり合って浮んでいる。そしてその一つを口の中に入れた瞬間が大事なので、皮が破れると同時に何とも言えない、ただ食べることを誘うばかりの匂いがする汁と豚肉と一緒に流れ出て、後はその通り、ただもう食べるだけである。

この匂いはワンタンに限らず、本ものの支那料理ならばどんなものにでも大概は付き纏うもので、それで日本で食べても本ものと、そうでない日本式のを区別することも出来る。専門家に聞けば、それがどういう原料を使ってのことか解るのだろうが、兎に角、凡そ食慾をそそり、支那というものを思わせ、支那の平原や大河を眼の辺りに浮び上らせてくれるものであって、この匂いさえすれば小卓子、大卓子、点心の区別なしに、饅頭から鴨の皮を煎餅風の皮に包んだ料理に至るまで、支那の食べものは何でも旨い。どこか少し焦げたような匂いで、考えて見れば、これは或は別に特定の匂いなのではなくて、日本料理の匂いを総括したものと一体に支那料理というものの匂い方の相違を示すものに過ぎないかとも思われる。一切の原料からして違っていて、味噌や醬油までが支那と日本では同じものでないならば、それを使った結果もそれぞれはっきりした特徴があることになるのは寧ろ当然である。

併しそれならば、日本の下手な支那料理は支那らしい匂いがしない支那料理なので、ワンタンも、その実が豚肉ではち切れそうになっているかいないかということとは別に、この支那らしい特徴を欠いて日本のワンタンは日本のワンタンでしかなくなる。尤も、それでも豚肉を一杯うどん粉の皮で包んだのが実になっていることはワンタンの魅力の一つであって、これは今でもある筈の西銀座の維新号、或は、この方は今まだあるかどうか解らないが、飯田橋のガードの下を九段下の方に通り抜けて、直ぐ右の坂を登って左側の、名前は忘れた小さな店で一時は随分楽んだ。併しこの上にまだ注文を付ければ、支那のワンタンは匂いと中身の問題の他に、その中身の姿がいい。前にも言った通り、普通の倍位の莢豌豆が今にもはち切れそうになっているようで、それがどんな旨いものでそうなっているかと思い、艶々した皮に指で押したか、或は摘んだかした跡が残っているのが、その一杯に何か詰っている印象を一層強くしているのを見れば、そしてそれに加えて例の匂いがすれば、食べる前からそれは日本の所謂ワンタンとは違った境地へ人を連れて行く。

これは皮の問題でもあるに違いない。先日、神戸で支那人が作っている本式の肉饅頭を食べた時も、それが日本式の支那饅頭とは皮からして別なものだと思ったが、食べれば先ず皮の味がするのだから、そこには当然ただうどん粉で作るというだけのものではない工夫がしてなければならない訳である。どんなことをするのかは、こっちには解らない。併しその肉饅頭も、支那ではその皮が饅頭の真中の盛り上った所でひねってあるのが周囲に深い皺を作って、それが、これは確かに支那の肉饅頭だと思わせて、もうそのことから味がどんなかを想像することが出来る。そして肉饅頭の序でに餡が入った饅頭のことも言えば、これも日本で売っている餡入りの支那饅頭というものとは違うようである。餡の成分がもっと複雑なものらしくて、それに日本の菓子で小豆の匂いがする餡などというものはなかなかないが、支那の餡は匂いの方も工夫がしてあって確かに匂いがする。

実話で行くならば、昔の或る日のこと、やはり支那で、大きな家の使わない部屋に何かの機会に入って行った時、そこにボール箱が一つ置いてあって、赤地に金で字を書いた紙が貼ってあったかどうか、兎に角、開けて見ると中に支那饅頭が一杯入っていた。支那の旧正月に沢山来たうちの一箱をそこに置いたまま忘れたものらしくて、そういう祝儀用なので皮に赤と緑に染めた寒天風のものを細長く切ったのがあしらってあり、餡は例の支那の餡だった。棗が入っているようでもあり、胡桃も確かに使ってあって、その何だか解らないごちゃ混ぜの味と匂いに、更に日本の食べもので言えば、高野豆腐や湯葉が黴臭いものであるのと同じ意味での黴臭さが加り、どうも結構な出来栄えで、一つの次に又一つと食べているうちに、しまいに十幾つか二十は入っていた箱が空になった。そしてそれだけ食べたのに、別に胸が悪くもならず、舌も変らず、却って皮と餡の後味がいつまでも舌に残っているのが如何にも爽かだった。

そこが日本の甘味の菓子と支那のが違う所のようである。日本のは茶道とともに発達した為にそうなったのだろうが、薄茶と一緒に食べるのには丁度よくても、それだけ食べるのでは後味が食慾を起させる働きをしない。所が、支那の方は、その点では寧ろ西洋、或は少くとも英国の菓子に似ていて、菓子という形で独立していなくてもっと食べものになっている。そこの所を説明するのには、例えばビスケットというものを持って来ればいいのであって、ビスケットは甘くも作れるが、英国で名が知れた店が出しているのは甘味などは問題にならず、小麦の味を生かすことに重点が置かれていて、焼き加減ということもあり、フランスの本当のフランスパンと同じ訳でバタを付けなくても食べられる一種の軽くて芳しい食糧なのである。支那饅頭は、その意味では食糧ではないかも知れない。併し後で又何かを食べる邪魔にならないことに掛けては英国のビスケットと違わなくて、一体に、西洋の菓子というものが葡萄酒に合うことも参考になる。

饅頭に続いて饅頭（マントウ）という、これは菓子ではなくて本ものの支那の食べものに就ても書いて置かなければならない。日本の饅頭の語源がそこにあることは先ず間違いなさそうであるが、これは言わば、饅頭の皮だけのもので、そしてそんなつまらないものではない。こういうものがあることを知ったのは、青島から少し奥へ入った済南という町ではなかったかと思う。マントウは色々な恰好のがあるようであるが、その最初に食べたのはかなり大き目のコップの形をしていて、食べても食べてもよく焼けた、木目が細かな饅頭の皮で、その上に何か、小麦粉の自然の甘味かとも考えられる味がするのが魅力だった。マントウというのは、そういうものである。それ故にこれは主食であって、パンとか、御飯とかと同じ具合に食卓に載るものと思われるが、普通の支那料理に出て来たかどうかはもう覚えていない。それにこれは、支那料理を食べることに決めなくても街で売っていて、その頃は幾らでも買えた。

支那の食べものに就ては、この街で売り歩いている、或は、最近までは売り歩いていた種類のもののことを抜かすことが出来ない。どういうのか、こういうものになると店を拡げて売るのではなしに売り歩くのが多くて、苦力のなりをした男が汚い籠に入れたのを、ただ黙って街の中を持って廻っている。今でも時々思い出して食べたくなるものもあって、その一つに何だか解らない各種の、丁度、一口になる位の大きさの果物を飴でくるんだのを幾つか串に刺したのがあった。果物の肉にまで飴の味が染み込んでいるのだから、これは相当に濃厚な砂糖水に果物を漬けて、中も外も飴になるのを待って出来上るものなのかも知れない。併し一串が確か銅貨一枚で、そう手間を掛けたものとも思われず、兎に角、この果物の砂糖漬けは酸っぱくてやり切れなくはない程度にどろっと甘くて旨かった。勿論、方々持って廻って埃を被ったのを買うのだから清潔である訳がなくて、従って親の目を盗んで買うという興味もあり、廻りの飴を通して中の果物が僅かに赤かったり、青かったりするのが解るのまで、まだ覚えている。

それから、やはり籠に入れて持って廻られている食べものの中に、要するに、うどん粉を棒の形に捏ねて揚げたものがあった。これも中まで揚っていて天麩羅（てんぷら）の衣が棒になっているようなものだったが、それが一尺位の長さでしなう程の柔かさで、手を油だらけにして食べるのが何とも楽みだった。当時の苦力（クーリー）、或はそれに相当する階級の支那人はこれとマントウと大蒜（にんにく）という風な取り合せで食事をしていたものらしい。そうすると、果物の砂糖漬けの方はお八つだったのだろうか。支那では階級の違いで食べものの方も大分違うようであるから、その辺のことはよく解らないが、そう言えば、しまいまで食べる機会がなかったものに厚さが一寸位あって、直径が一尺か一尺五寸位の円形にうどん粉を焼いたのがあった。これは昼頃、何か工事をしている現場に運ばれて来るのしか見たことがなくて、粉をぎっしり型に嵌めて押し付けて焼いたらしい重量感が如何にも頼もしかった。苦力達はそれを割った一部と大蒜で昼の食事をしていたようだったが、一度でいいからあれが食べたかった。

そういう、見ただけで食べずに終った為に却って記憶に残っているものの中には、鶏の丸焼きもある。少くとも、何か鶏のような家禽だったことは確かで、その表面に油を塗っててらてらしたのが小さな町の店にも何十羽と吊してあった。あれをいきなり齧るという訳には行かないだろうし、支那料理ではナイフを使わないから、或はこれは買って家に持って帰って毟って、もう一度料理して食べるものなのかも知れない。併しナイフがあれば、後は手でどうにかなりそうで、これが店先に出ていれば目を惹いた。併し一般の支那人は平気な顔をしてその前を歩いていて、別に欲しそうでもなかった。銀座の店の窓に凡そ色々な種類のソセージが並べてあって、それでも誰も見向きもしないで通り過ぎるようなものだろうか。それならば、この鶏だが何だかの丸焼きも旨いのに決っている。そして恐らくはあの支那料理臭い匂いがして、日本でもこの頃はクリスマスが近づくとやるようになった鶏の丸焼きの両脚にリボンを結んだのとも違った味なのである。

勿論、これまでに挙げて来たものは所謂、支那料理ではない。その支那料理は誰でもが説く通り、鱶の鰭であり、燕の巣であり、腐った卵に鯉の丸揚げで、その一つ一つに、パイツォオカン、チンソオツァイという風な名前が付いている。そして一流の料理人が作ったのならば、それが旨いのは言うまでもないことで、そういう本式の支那料理を食べていると、世界でこれ以上に旨いものはないのではないかという気がして来る。併し旨いものが或る程度を越えると皆そうなので、一流の料理人が作ったフランス料理のグリン・ピースを食べていてもそういう気がするのだから、これは何も支那料理の特徴ではない。それよりも、支那料理というのは兎に角、恐しく手が込んだものなので、それに就て実感がある書き方をするのには、例えば邱永漢氏のような或る程度の専門的な知識もある食いしんぼうでなければならないのである。

又、こういうこともあって、清朝の末期に一人の名君、或は名君になった筈の皇帝が現れて、それまで天子の食事に出る料理は三百二十四種と決められていたのを二十七種とかに減らしたということをどこかで読んだことがある。この皇帝は確か西太后に潰されたのであるが、二十七種でも日本料理ならば二の膳、三の膳が付くことになるのは、ここでは問題ではない。それ以前のことに就て考えて見ると、一日三食で毎回出す三百二十四種の料理は、どうにかやり繰りして大体、同じ風な献立で一日を通すとしても、太陰暦の確か一年三百六十日では、それが十一万六千六百四十種になり、その半分を取っても五万八千三百二十種で、恐らく支那料理にはその位の料理の数はあるのだろうと思う。ということは、無限にあるというのも同じことであって、そんなものに就て書くのは青島や済南の街頭、或はせいぜい小料理屋の出前で得た知識で出来ることではない。この点、支那料理は卵の料理の仕方だけでも百何十種類だか、何百何十種類だかあるフランス料理に匹敵していて、材料を集めてその材料が解らない、得体が知れないものに仕立て上げる様式で行く世界の料理の中では、この二つが王座を占めている。

だから勿論、それ故にまずいということはない。ただ所謂、大きな卓子の御馳走で料理が後から後からと運ばれて来て、前の料理でまだ充分に突っつき廻されてないのはそのまま残され、卓子一杯に眼もあやな皿に盛られた料理の海が出来れば、長崎の卓袱（しっぽく）料理もこれには及ばなくて、食べているうちに夢心地になり、途中で頃合いを見計って出される甘いもので目を覚し、又陶然と食べ続ける。そしてしまいにはいやになって、これを終りまで多々益々弁じて楽むのには支那人の体格が必要なのか、それとも何か他にこつがあるのかは、とうとう最後まで解らなかった。ローマ式に、吐く設備があるということも聞いたが、食事の途中でこんな場所に案内されたことはないし（ああお口洗いですか。何卒こちらへ、……）、本当にそこまで行き届いているのかどうかは確かでない。酒量から察しても、支那人ならばあれが全部食べられるのではないか、ということも考えられる。

併しもう一つ、小さな卓子という方のを一度、北京で御馳走になったことがあって、これは非常に洒落たものである。店も、客が食べる鯉が放してある小さな池が入り口の所に出来ている華車（きゃしゃ）なもので、その鯉を客が選ぶのに任せていた。濃い藍色をした太った鯉が気持よさそうに泳いでいて、あんなに頓馬な顔をした鯉が日本にもいるのなら飼って見たいと思う。料理は四、五種類で、これは客が店に行ってから選ぶ。そしてそうなると、日本の支那料理には付きものになっている鯉の丸揚げを丸煮にした料理も生きて来て、その晩の献立もこれが中心だったが、先刻の頓馬な顔をした鯉を思い浮べて見ても旨かった。その頃は酒を飲まなかったのが今になって残念でならない。こういう店ならば必ず恐しく上等な紹興酒か何かがあった筈で、それでこの鯉料理の、フライとシチューがごた混ぜになった上にコンソメとポタージュの中間を行くソースが掛った柔かな味がもっと引き立ったことだろうと思う。その後で、これも頗る上等な支那茶が出たというのは、或はこっちが後になって付け足した想像かも知れない。

実を言うと、支那本土で旨いと思って食べた記憶がはっきり残っているのは今まで書いて来たこと位なものである。西洋に行けば大概誰でも西洋料理を食べるが、それ以外の場所では外国に行ってそこの料理を常食にするとは限らないので、支那でも日本人、或は西洋人は少くとも昔は日本食、或は洋食だったから、それで昔は支那に行っても支那料理に馴染むことになると決ってはいなかったのである。邱永漢氏、或は奥野信太郎氏がもっと支那料理に就て書く必要がある訳で、何れはそれが歴史的にも価値があるものになる時代が来るということが考えられる。支那の大部分を今は中共と称していて、明だの、清だの、中華民国だのとあった後で、今度の中共も何れはどんなことになるか解らないが、中共が行っている政治の下に料理がめきめき旨くなったとか、或は少くとも、昔の水準を保っているとかいうことは余り聞かない。そして数千年の伝統も、百年もあれば断ち切れる。併しどんなものだろうか。論語に、亜飯誰とかはどこに行き、と孔子が周室の式微を嘆いている一節があって、これは天子の亜飯の際に楽を奏した名手のことを言っているのであり、料理人のことではない訳であるが、音楽の名手が逃げてしまって一流の料理人が残ったとは思えない。何れはこれもどこかに亡命したのに違いなくて、そして支那料理は周の時代に滅びたのではなかった。今の中共が繁栄すれば支那料理も従って又起るので、既に庖丁が毛さん、或は周さんの屋敷に抱えられていることも充分に想像される。庖丁以来、支那でその伝統を保って来たのは常に大官の家に雇われている料理人だった。尤も、その作風が再び一般の支那料理にも影響してそれが日本にも伝わり、昔の晩翠軒のような料理が東京でも食べられることになるまでにはまだ時間が掛る。それに、こう材料が入手困難では、今そんなものを普通の人間が食べることは覚束ないのである。

それで、現在の所は専ら近所の支那料理屋さんを愛用している。幸なことに、その材料不足の為に料理があの支那料理に特有の匂いを欠いてはいても、ここのはチャシューメンでも、天津メンでも、或は又チャーハンでも、和製の材料が許す限り支那式に作ってあって、支那蕎麦には支那蕎麦らしく油がたっぷり練り込んであり、物価高でチャシューメンの豚肉が二切ればかり減ったが、それでも四切れは入っている。寒夜、これを頼んで出前持ちが玄関のベルを押すのを聞くと、細かな油の玉が一面に浮いている汁にその支那蕎麦と豚肉がぶち込んであるのが眼の前に浮んで思わずにやにやする。明だか、清だかの聖代の恵みがなお今日の我々にまで及んでいるというのだろうか。東海の微臣、などと言う気は一向にしないが、兎に角、ここのチャシューメンは旨い。

三　西洋

洋食の味を最初に知ったのは船の中である。併し昔の郵船会社が毎日どんな御馳走を三度三度出して船客の無聊を慰めたかに就ては既に他所で書いたから、ここでは西洋に着いた時のことから話を始める。今から三、四十年前までは洋食というのは日本では御馳走だったので、今でも田舎の旅館などで三の膳付きの料理に豚カツやビフテキが出て来るのはその名残りではないかと思われる。併し西洋に行って見ると洋食が普通の食事で、肉が出て来ても別にどうということもなくなったのには失望した。英国人になって英語がぺらぺら喋れたらさぞいいだろうと考えるのと同じことである。料理が郵船会社のコックさん達が腕に撚りを掛けたのではなくて、ただの家庭料理だったということも勿論あり、そうなると日本と同じで、どこかに食べに出掛けるのが楽みだった。西洋に行って最初に住んだ場所がパリだったのである。

と言って、別にトゥール・ダルジャンだの、ア・ラ・レーヌ・マルゴだのという場所に食べに連れて行かれた訳ではない。併しフランスでは例えばグリン・ピースを煮たのだとか、ただのロースト・チキンだとかでも、或は羊の肉を焼いただけのものでも旨い。尤も、このグリン・ピースを煮たのはフランス料理でも料理人の腕の見せどころになっているものの一つなのかも知れず、プルーストの「失われた時を求めて」になり上りものの女房が家令か何かを呼び付けて、今日のグリン・ピースの煮たのは口の中での溶け方が足りなかったと料理人に伝えろと言って怒っている所が出て来る。つまり、それ程これは口に入ればそのまま溶けてしまいそうな柔かさなので、そうなるまで煮るのに使ったバタの匂いもするし、それでいて豆が崩れている訳でもなくて、兎に角、パリで食べたグリン・ピースは全く何とも言えないものだった。

そしてロースト・チキンと書いたのは、この豆がよくロースト・チキンと一緒に出て来たからであって、例えばただのこういう鶏でも、触るだけで肉が骨から離れ、鶏の旨い所が凡て魚の肉に変った歯触りだった。或は、もう今のパリではこういうものも高級な料理のうちに入っていて誰もが楽めるものなのではないのかも知れない。行って見なければ解らないが、まだ二、三十年前まではそれが普通の料理屋で出す料理だった。そしてそれで思い出すのであるが、旨いフランス料理というものには必ず何か、丁度、刺身にとっての山葵（わさび）のような添えものの匂いや味が付いていることで、これはフランス料理に限ったことではなくても、西洋料理の中ではフランス料理にそれが一番はっきり感じられる。それで材料をごまかすということも考えられて、フランス料理が飢饉の時に少しでも食べられるものを見付けて来てこれに加工することから発達したものであることを忘れてはならない。併しそれが技術になれば、旨いものをもっと旨くすることも出来る訳であり、そうなれば、少くとも西洋では、もうフランス料理の独擅場である。

それで、何かの理由で勘定のことなど心配することはない時に、どこか信用出来る料理屋に行って、caviar frais, consommé aux pommes d'amour, suprême de foie gras au champagne, timbale de ris de veau toulousaine……という風な献立で食事をすれば、食べているうちに自分がどこにいるのかはっきりしなくなる。尤も、この料理の組み合せは或る英国のユーモア作家の小説から借用したものであるが、それを見ても解る通り、こういうフランス料理ならば英国人でも知っている。何となく夢の境地に引き入れられて行くようで、それが覚めそうになれば又一口食べればいいのであり、後味だけでも夢心地に誘われる。そして勿論、この間に料理に合った各種の葡萄酒を飲んでいる訳である。その種類が又何百とあって、酒の表の中に自分が好きなのがあれば嬉しくなり、また飲んだことがない酒に就て大概そういう場所ならば酒通のボーイと相談するのも楽みなものである。葡萄酒とフランス料理と、この二つはどんなことがあっても切り離すことは出来ないので、料理が旨ければ旨い程これに匹敵する葡萄酒が欲しくなり、上等の葡萄酒を食事している時以外に飲むのは勿体ない。

西洋の話ばかりしていても仕方がないから、一応話を日本に戻すと、日本で本式に西洋料理を食べる気が起らないのは一つにはこの葡萄酒がそう簡単には手に入らないからである。本式の西洋料理と言えば大概の場合は所謂、一流の店に行かなければならなくて、料理が高い上に一本の葡萄酒がその高い料理を一通り食べたのと同じ位の値段に付いて来る。店の方で勉強したくても肝心の葡萄酒に運賃の他に関税が掛っているのだから仕方がない。そして仕方がなくても、一本が二千五百円も三千円もする葡萄酒を飲むのは勿体なくて、それをビールでごまかすよりは初めからそういう高級な西洋料理は食べないのに限るということになる。このことは現在の状態ではどうにもならないようであって、日本が又昔の隆盛に戻るのを待つ他ない。併しそれならば、我々が再びカヴィアとバタール・モンラシェとか、シャトー何とかいう飲みもので無理をしないで食事をすることが出来る状態に達するのが、つまり、日本が隆盛に戻った時なので、これは見方によっては楽みなことではないだろうか。西洋料理に就てもっと書くのはそれからの方がよさそうである。

舌鼓ところどころ

新鮮強烈な味の国・新潟

新潟には汽車で行くのだから、旨いもののことを書く手始めに、高崎駅の蕎麦を挙げて置きたい。かけしかないが、停車している間の退屈凌ぎに食べるとはっきり蕎麦の匂いがするのが円タクが右往左往する中を自転車で運ばれて来たのを食べ付けているものには新鮮である。三十円の他に更に十五円払うと生卵を入れてくれて、それでも蕎麦の匂いがしている。そのうちに新潟に着く。

新潟の一月、二月はたらば蟹(がに)の季節である。この辺は何かと蟹類が多い所のようで、たらば蟹をもっとずっと小さくした恰好で卵を食べるのが目的のめ蟹、三月になると菱蟹、その他に川蟹などがあるが、今度食べて見て、たらば蟹の一番旨い所もそのわただと思った。一匹毎に鶏卵大のわたが胸の辺りに固って付いているのが、要するに、矢も楯もたまらなく旨い。牛の肝と胡桃(くるみ)と西洋松露と鶫(つぐみ)の脳味噌に火を通して練り合せたのをオリーヴ油で溶いたのに似ていて、だから鶫の脳味噌をもう少し淡味にしたものと思えば間違いない。そしてたらば蟹は勿論ただ茹でるだけで、従って季節になれば、新潟県から山形県に掛けてたらば蟹が取れる所ならばどこでも、誰でもこの珍味が楽める訳である。これだけの味がすれば、パンにバタを付けたのに載せてレモンの汁を掛けて食べても旨いだろうと思う。そしてただ食べるのが一番旨いことは言うまでもない。この蟹の肉もまずくはなくて、殊に鋏の中の肉と胸の所の肉には月に照らされた湖の水面の涼しさがあり、だから決して捨てたものではない。

それから今は南蛮海老(なんばんえび)の季節である。これは見た所は三寸ばかりの何の奇もない海老で、殻を取って生のままで食べると実に不思議な味がする。相当に濃厚なもので、それがいや味になるという程でもないし、今考えて見ても、何と形容したらいいのかまだ解らない。旨いものというのは洋の東西に拘らず旨いのであって、バタ臭いという風な言葉が出来るのはバタが悪いからであるが、もしそこに強いて区別を付けるならば、南蛮海老というのは日本でも有数の西洋式の味がする食べものなのではないだろうか。確かに美味ではあっても、これを氷に載せて、上等の辛口の白葡萄酒を冷やしたので食べたらもっといいのではないかという気さえする。いっそのこと、この粕漬けを作ったらどうだろうか。そういうことを言ったら、これを食べさせてくれた新潟の待合、玉屋のおかみさんが怒るかも知れないが、その埋め合せはたらば蟹のわたでした積りである。

正月を過ぎると信濃川の寒鱒(かんます)も取れ始める。富山の神通川の鱒も旨いが、今度、新潟で驚いたのは食べ終るまで淡味の照り焼きだと思っていて、後でそれが白焼きだと教えられたことである。つまり、塩も付けずに全くそのままで焼いて照り焼きの味が出るので、こういうのを滋味と言うのに違いない。新潟は菓子にもいいのがあって随分食べさせられたが、妙なもので、焼きものの料理が極上に旨いと何か菓子のように思われ、菓子が旨いと必ず何か菓子ではないものを聯想する。この寒鱒の白焼きも上等の黄身餡の生菓子を食べているのに似ていて、それで確かに旨いことが解って安心した。何故、鱒がお刺身にならないのだろうかと思って聞いたら寄生虫がいて危いのだということだった。それで逆の方に頭が働いて、河豚を白焼きにしたらこんな味になるのではないかと考えた。これはそういう豊かな食べものである。

話を変えて、その晩出た摘みものの中に数の子の麴漬けがあった。その黒っぽい色からでもあるが、味も今はなくなった濃い味の江戸前の煮ものに似たものがあってビールの肴などにいいのではないかと思う。砂糖と醬油と鰹節を使って出した味が数の子の麴漬けになるならば江戸前料理も相当に高級なものだった訳である。そしてそれを本当に楽む為には昔の五臓六腑に浸み渡ってむせ返るように強烈な辛口の酒がなければならなくて、そういう酒も今はないことに気が付いた。なければ、例えばこの麴漬けなどは日本酒よりも却ってビールに合っていて、これは上方と松前の間を往復する船の船頭達が考え出したものに違いない。そう言えば、その色は日本海とその上にのし掛る曇った空を思い出させるものでもある。そんなことを考えながら翌朝はこれでビールを飲んだ。

序でに、新潟で見付けた他の摘みものを挙げると、先ず旨いのはぜんまいの粕漬けである。春取って直ぐに粕漬けにするのでまだ薄い緑色をしていて、ぜんまいの味と酒粕の取り合せは、例えば山葵漬けなどとは全く別種の淡泊な趣があって、これは今日の酒の肴にも絶好と思われた。それから玉屋で出された氷頭鱠というのは、鮭の頭の軟骨（氷頭）と鮭の子を茹でたのを使った鱠で、これも北国の雪を食べているような味がする。この辺では、取れたばかりの鮭の子をこうして茹でて、一つ一つが円く膨んだのをとまめと呼び、雑炊に入れたり、鮨の種にまで使ったりする。我々が筋子やいくらから想像するのとは違った、寧ろ鯛の眼を食べているのに近い滋味があって、それで鯛の眼と違って欲しいだけ手に入るのだからこの地方の人達は恵まれている。お雑煮にも入れるのは会津地方と同じである。それから菊の花と紫蘇の実の味噌漬けがあって、これはその通りの味がするから旨いと断るまでもない。

紫蘇は漬けものその他によく使われるらしくて、中でも知って置いていいのは甘露梅と称して青梅を紫蘇の葉で巻いて砂糖で味を付けたものである。梅の実を材料に使った食べものには例えば梅びしおのようにやたらに甘いものもあるが、甘露梅の甘さは青梅の酸味を感じさせない程度で、それに肉は青梅の固さのままで歯ざわりがいいし、紫蘇の匂いがこれに加って、何となく思い出しては摘んで見たくなる。尤も、これは食事用であるよりは茶受けに適している。やはり紫蘇を使ったものに、真桑瓜をくり抜いて中に紫蘇の実や唐辛子や大根を刻んだのを詰めたのを味噌漬けにしたのがあって、その味が瓜の皮にまで浸み通ってなかなかの珍品である。そしてこれもこの辺から東北地方に掛けて農家で普通に漬けるものであり、それが新潟では町でも売っていて、誰でもちょっと出掛けて行って買って来ることが出来る。大体、この辺の味噌漬けは大根でも、人参でも、筋子でも旨い。そして今は筋子の粕漬けの季節で、これも琥珀色をした上ものである。店では、東堀の加島屋のを実に旨いと思った。

新潟で聞いた話によれば、ここのサラリーマンは昼の食事をしに町に出ることは滅多になくて大概は会社に弁当を持って来てすませるのだそうである。併し米がこの辺の米で、それにそういう野菜の味噌漬けや筋子の粕漬けや数の子の麹漬けがあり、御飯の上にとまめでも掛けてあれば、わざわざ町の中華料理のワンタンやラーメンで鼻の穴を濡らすこともなさそうに思える。何故なら、味噌漬けやととまめの味は如何にも北国で雪に降り込められた農家の人々が朝から晩まで茶受けに齧るのに適していて、幾ら食べても飽きることがないからである。栄養の点でも、大概のビタミン剤やホルモン剤に入っているものはそのどれかに含まれているに違いない。

併し新潟でもサラリーマンが行く店の一軒として、古町通りの田舎家（いなかや）というのに案内され、これもこの辺の料理であるのっぺい汁と三平汁を出された。田舎家は民芸風の、今の日本で少し大きな都会ならばどこにでもありそうな作りの店であるが、この二種類の料理はその味からして本ものの郷土料理と思われた。のっぺい汁というのは里芋、こんにゃく、鶏、人参、椎茸、帆立貝の貝柱、銀杏などを入れた汁で、東京で薩摩汁と呼んでいるものから豚を取ったものと言えば大体の想像が付くかも知れない。併しもう少しどこかに粘りがあると同時にもっと淡味（うすあじ）で、淡味にしてあるから何杯でも食べられるのだという説明だった。

これはそうあるべきことで、酒の肴には少し食べただけで旨くて栄養も充分なものの方が重宝であるが、普通の食事には幾ら食べても旨いものの方が食べて楽むのに適っている。英国のロースト・ビーフがその別な一例であって、今日では一切れか二切れ薄く切ってくれるだけなのはロースト・ビーフに出来る程の肉が容易に英国人の口に入らないからに過ぎず、昔は樊噲（はんかい）のように楯で受けて剣で食ったものなのである。

三平汁というのは酒の本粕を使って塩鮭の頭と大根と人参を入れた粕汁で、調味料を一切加えず、塩鮭から出る塩だけで味が付けてあるのはのっぺい汁と同じ趣旨からである。本当の所を言うと、この方が旨かった。食べものとしては、各種の汁の中で粕汁が一番心を温めるものを持っているのは酒粕が結局米であって、米の複雑な成分とその味が皆そこに出て来るからではないかと思う。言わば、米の中で一番旨い部分が固形物の限りでは酒粕になり、それに更に粕汁に入れたものの味や養分が加るのであるから、これが我々の体を喜ばせるのは当り前である。わた付きのたらば蟹にこの三平汁があって、後は口直しにぜんまいの粕漬けでもあったら新潟ならばもう何も言うことはないという気がする。そしてそれはこの地方が海産物に恵まれている他に米が、従って又酒粕や味噌も我々東京人の想像を絶して優秀なのだということにもなる。

併し田舎家ではもう一つ珍しい料理が出て、これもこの地方に限られたものらしいから書いて置く。信濃川の上流で取れた八つ目鰻(うなぎ)を頭からまるごと焼いたもので(田舎家ではこれを八つ目鰻の筒焼きと言っていた)、それを紅葉おろしと生醤油で食べるのである。気味が悪いと思うかも知れないが、食べて見ればそんなことは少しもなくて、八つ目鰻というのは体中食べられるものであり、その各部分を混ぜた味が一番旨いことが解るだけである。焼き方に何か特殊な工夫があるのかも知れない。そう言えば、ドイツだかどこだったかに八つ目鰻をやはりまるごと燻製にしたのがあったが、この筒焼きの方が体全体に火を通しただけだからもとの味が生きていて、手が込んだ作り方の上等なソセージを食べているような気がする。

古町通りというのが新潟の繁華街で、田舎家の先にせかいという鮨屋があったのでここにも入って見た。新潟に鮨があるとは知らなくて、押し鮨ではないし、握り鮨とも呼べない独特のものだから紹介する。種の問題で、その時のは数の子に平目の昆布締め、生雲丹にととまめだったが、そういうものだから、これを御飯の上に載せて握る訳に行かない。握った後で生雲丹や数の子や、それから平目の昆布締めも昆布ごと載せて出すので、ととまめは御飯を海苔で囲み、上の方に出来た空間の中心に入れる。旨いとも、まずいとも付かない不思議な味がするもので、御飯の炊き方が軟か過ぎると思ったが、新潟の人達はその方を喜ぶということだった。

序でに、古町通りから入った堀の縁にあるイタリヤ軒にも寄った。西洋料理で有名で、その歴史も古いことは解っていても、三平汁だの、八つ目鰻の筒焼きだの、その上にととまめ鮨まで食べた後では前菜から始る定食などとても駄目なのを感じてグリルに行って卵のサンドイッチを頼んだ。そしてそれを立派なものだと思ったのだから、イタリヤ軒の料理は確かに立派なものなのである。それにもし場所の空気の問題ものを食べる時の条件に入るのならば、イタリヤ軒は一度焼けて新築したということなのにも拘らず、古風で落ち着いている所が銀座の資生堂に似ていた。まだ楽手が三人で二階で演奏していた頃の資生堂の感じさえあって、カレーライスなど注文するのは勿体ない場所である。そしてそれが、何か客を気取らせるものがあるからではなくて、もっと旨いものがあるだろうと思うからなのである。

ここを出て、古町通りから反対側の横丁を入った所にある本陣（ほんじん）という店に行った。ここで出たのは河豚鍋（ふぐなべ）で、この辺でも河豚が取れるらしい。併し刺身はなくて、刺身用の河豚は下関から持って来るのだということだった。それよりも、ここで摘みものに出た鷹の爪という一種の葱（ねぎ）は強烈な味がするもので蕎麦の薬味にも、味噌汁の実にも好適と思われる。勾玉の先をもっと尖らせた恰好をしていて、雪の下で栽培する由。一袋貰って帰って来て東京で味噌汁の実にして食べて見たから、その方は保証する。そしてそれに使った味噌は野菜の味噌漬けの野菜を食べてしまった後に残ったもので、この地方の味噌は確かに関東になどないものである。

その晩、玉屋では真鱈（まだら）のちりに雑炊が出た。雑炊はととまめと菠薐草（ほうれんそう）と卵を入れて米から炊いたもので、雑炊も、ちりも淡泊な味に作ってあったのは、その日一日、ものを食べて暮したことに対するおかみさんの心遣いからかと思われる。言わば、宴会料理の後の茶漬け風に出来ていて、それならばこれも一種の宴会料理であり、真鱈のちりの汁が一番旨かったのを覚えている。やはりこれは、各家庭で作る手料理のちりの方が本当のようで、いつだったか、山形県酒田の或る家で食べたのが忘れられない。そこのおばあさんが御自慢の料理ということで、身も旨かったが、そのわたは新潟のたらば蟹のわたとも違って、これに匹敵した。それから肝で、但しわたの方は鱈の雄に限る。兎に角、このことによって真鱈のちりが大したものであることを保証することが出来るのであって、取れ立てでなければ駄目だそうであるから、東京で河豚を食べるような訳に行かないのは残念である。

もう一つ、菓子ではなくてこの辺で旨いものに餅がある。米がいいのだから当り前かも知れないが、糯米(もちごめ)を粉に砕いてそれだけで搗(つ)いたように腰がある餅で、その中に青豆を入れたり、胡麻を入れたりする。焼いたのの上にバタを塗って、それに筋子を載せて食べても旨い。雑煮も旨いだろうし、これで作ったかき餅に就ては後で述べる。

新潟の名物に菓子があることを忘れてはならない。有名な菓子屋の多くは古町通りにあって、一々店先で食べて見る訳にも行かなかったから、届けて貰って纏めて試食することに決めた。

香月堂(こうげつどう)のありの実はその名が示す通り、梨の味がする菓子で、飴状のものを梨を輪切りにした形に伸ばして米の粉を掛けたものを口に入れると、確かに梨の匂いがする。本当に梨の汁が使ってあることが解る強さの匂いで、ただこれはなるべく早く食べた方がいいらしい。旨いので、後に残して置いた分を何日かして食べて見たら気が少し抜けていた。

同じ店で作っている雪国というのは、一つ一つの包み紙が何と言うのか知らないが、藁で作った雪除けの帽子に紺飛白（こんがすり）のもんぺを穿（は）いた子供の恰好に見えるように出来ていて、菓子そのものは胡麻餡を求肥（ぎゅうひ）でくるんでそれに黄粉が振ってあり、食べると乾し柿の味がする。それがいいし、又紙で包んである時の恰好が如何にも可愛い。

それからはり糸という店があって、ここの半生は本格的なものだった。その中に、梅鉢の形をして桃色の求肥で包んであるのは味があるのかないのか解らない。菓子に限らず、凡て旨いものの極致に達していたと思われ、この梅の恰好をしたのを特に覚えている。それで気が付いたのだが、菓子というのは砂糖とか、米の粉とか、材料はそう幾種類もなくて、その組み合せ方も扱い方も結局は一定しているから勝負は上等か、下等かで決り、地方色が豊かな郷土菓子という風なものはあり得ないのではないだろうか。つまり、旨い菓子と言えば新潟の菓子でも、金沢のでも、大阪のでも、要するに旨い菓子であって、食べているうちにそれが出来た場所を思い出すということはないのではないかという気がする。旨い菓子を食べて何よりも思い出すのは子供の頃であって、それはそういうものが今日では一般に昔程は簡単に手に入らなくなったということに過ぎない。その点、酒と非常に違っていると言える。

併し一つだけ、新潟にしかないものがあって、それは前に挙げたかき餅が入っている新潟市南浜通り一、越の家山貝の越路あられである。これはどういういきさつがあったか忘れたが、前は玉屋が個人的に作らせていて他所では手に入らなかったが、作っている人が今は店を出して右の番地に注文すれば送ってくれる（百匁二百円、送料別）。これはかき餅と昆布と青豆を混ぜたもので、一摘み口に入れれば全部の味がするから思い悩む必要もない。御飯茶碗に盛って掻っ込んでもいい位の御馳走で、このあられに就ては曽てこの地に遊んだ河上徹太郎氏も書いておられるから左にその一節を紹介する。

たまやといふ待合で、ビールのおつまみに素晴らしいかきもち（傍点）が出た。例の寒晒しの米らしいサバサバした小粒のかきもちに、青豆と昆布が混つてゐるのだが、共に大きさといひ硬さといひかきもちと同じなので、一緒に食べて歯ざはりが少しも気にならない。しかもその味は、一粒でも豆であり昆布であることが分るやうに新鮮強烈なのである。かういふものを作る心やりが文化といふものである。

その通りであって、又もしこの定義に従ってこのあられを作っている人のようなのを文化人と呼ぶのが常識になれば、我々はもう少し文化や文化人という言葉に鼻持ちがならない思いをしないですむことになる。文化というものが有難くさえなるかも知れない。今度、新潟に行って強く感じたことは、ここでは、何を食べには何という店に行かなければならないということがない。そういうものもあるのかも知れないが、その一軒にも案内されなかった。つまり、旨いものと言えば真鱈であり、川鱒であり、たらば蟹のわたであり、筋子の粕漬けであって、これはどこでも手に入り、平民の常食とする所であって、それが掛け値なしに、文字通り旨いのである。その調理法も、皆、生活感情の形で身に付けているに違いない。そしてそれが文化というものなのである。

食い倒れの都・大阪

大阪に「つばめ」で行く途中、どうせこれから食べて廻るのだからと思って、ことの序でに食堂車に行った。今度新たに製造された型で、今まで片側の卓子が二人掛けだったのが両側とも四人掛けになり、壁の大部分が窓ガラスで、汽車に乗っているのではなしに、景色の方が刻々移動する自然の法則を無視した場所に腰を降している感じである。又そうだから、ひどく明るい。今日の言葉で言えば、合理的で快適で、日比谷の日活ホテルの中とか、携帯用のラジオとかと少しも変る所はない。こういう汽車に乗って、日活ホテルから日活ホテルへ泊り歩くのを旅と称することに就て考えていたら、食堂車の料理も合理的で快適であることに気が付いた。

併し大阪に着けば、もうそんな心配はない。道頓堀の、湊町駅の方から行けば、大分歩いてから左側、高津神社の方からならば少し歩いて直ぐ右側にたこ梅というおでん屋がある。間口がそう広くなくて、夜になって寒いと主人が直ぐ板で店の前を囲んでしまうから見付けてももう店を締めたのかと思うが、脇に入り口が開けてある。入れば中は広くて、天井の下にコの字型の台が主人以下、四、五人のものが働いている四角い土間を仕切っているのを夕方の込んでいる時間には客が二重に取り巻いて、その又外に更に何人か席が空くのを待っている。ただもう飲んで食べたい気持が店一杯に漲っていて、騒々しいものさえ感じられない。どこか寂しくて賑かなのが夜のおでん屋であるとはっきり思わせる（この店は四時前には開かない）。

酒は一升は楽に入る錫製の壜が七輪に掛けた金盥に湯が煮立っているのに浸っているのから円筒形の錫の塊を四勺で一杯になるように刳り抜いたものに注がれ、一杯で五十円、それと一緒に「酒」と焼き印が押してある木の札が一枚、台の上に置かれる。おでんは後に残った串で勘定して、どれでも十円だから簡単である。この店の酒はそれまでは昔の東京のおでん屋でしか飲んだことがないものだった。白鹿ということだったが、それならばこれは白鹿の特々級酒で、口当りがいいので四勺を二口位で飲み乾すその味が曽て東京でも、辛口と呼んでいた酒にそっくりだった。喉を通る頃から、自分は酒を飲んでいるのだぞという気分がどんと背中をどやしてくれる。白鹿でも、たこ梅の白鹿で、それもこの店で錫の入れものから錫の湯吞みに注いで貰うのでなければこの味は出ないだろうと思う。そしてこれは少しも不思議ではないので、昔の東京でも菊正ははち巻岡田に行って飲んだものだし、江戸時代に旗本達が飲んだ剣菱も、どこか殊に旨い店があったに違いない。

そしてこれはたこ梅の白鹿がおでんとか、江戸前料理とか、かなり味が強いものに合っているということでもあって、この酒で河豚の刺身を食べたらどういうことになるか、やって見なければ解らないが、この店でこれを飲めば店の名物の「囀り」が食べたくなり、「囀り」を食べればもっとこの酒が飲みたくなる。その「囀り」というのは鯨の舌を四角に切って串に刺しておでんの鍋で煮たものである。味も柔さも極上の豚肉に似ていて、脂の所が多いのに豚の脂味のしつっこさが全くない。大阪では鯨を色々な風に使うとは聞いていたが、舌をこうして煮るのはたこ梅だけではないかと思う。実際は味が相当に濃いもののようで、又一つには肉を柔くする為に、だし代りに「囀り」の串は鍋の底に入れてあり、丁度いい頃になるまではこれを頼んでも主人が鍋から出してくれない。

おでんはこの他に茹で蛸、茹で卵、こんにゃく、里芋、棒天などがある。こんにゃくはこんにゃく玉から作ったあの黒くてしゃきしゃきしたので、棒天という竹輪を揚げたようなものは、特別に注文して作らせているのだということだった。併し中でも珍しいのは茹で蛸で、東京で蛸の足の茹でたのと言えは、歯が悪いものは避けて通る酢のものなのが普通なのに、ここの茹で蛸は柔い。そして味は確かに蛸を茹でたので、これには何か秘伝があるに違いない。烏賊の刺身よりも柔いのだから、そうとでも考える他ないのである。もう一つ、ここの辛子のことも書いて置かなければならない。皿に取ると変に薄くて頼りがないが、口に入れると凄く利く。そしてこういう風に薄い方が勿論おでんに付けるのには都合がいい訳で、それで味を薄めないで置くのには、その溶き方にも秘伝があるのではないかと思う。

ここは、英国のパブ（一種の公衆酒場）なのである。パブも、無駄なものがないのが身上で、個性はその店で出すものにあり、主人と客の無愛想な付き合いがそこの空気を作っている。今度、たこ梅に就て聞かされたことで美しいと思ったのは、この弘化元年創業の店に来る客も親子代々のが多くて、父親が子供を連れておでんを食べに来ているうちに、その子供が大きくなって、今度は自分の子供を連れて来るようになるというのである。それはもう定連などというものではない。従って東京ならば、定連に相当するものがここにはなくて、だから誰でも自由に入って行ける。そしてこのことも英国に似ている。

翌朝は靄が一面に降りていて、大阪が英国、又ロンドンであるのは、必ずしもたこ梅に限ったことではないのを知った。街を歩いている時の感じがそうで、東京と同様に殆ど全部が焼けてしまった筈の大阪が一向にそのように見えないのが不思議だったが、ここにいる間に聞いた所では、焼け跡には初め新式の、幾ら金を掛けてもバラックとしか思えない建物が建ったのが、時がたって改築を重ねているうちに、段々焼ける前のもとの姿に近いものに戻って、それで焼けた所と焼け残った所の区別が付け難いのだということだった。勿論どこにでもある近代風の化けもの建築は大阪にも幾らでもある。併し幸に食べもの屋が多い場所は主に低い家並の昔通りの街で、難波本通りのアストリアもそういう一軒の一階にあるキッチン風の西洋料理屋だった。

ここのビフテキは旨い。第一に、牛肉の匂いがする牛肉で、柔い肉だとか、霜降りだとかはそれ程珍しくはないが、見ないでも匂いで牛肉であることが解る肉は、この頃は市場から姿を消したのではないかと思っていた。確かに松阪の牛というのは東京でも広告している。併し誰だったかどこかで書いていた通り、ビールを飲ませたり、マッサージしてやったりした牛の肉というのは或る程度の需要にしか応じられないものなので、それよりも、豚でも、水牛でもなくて、間違いなく牛肉の匂いや味がする牛肉の方が欲しいのが当り前である。アストリアのはそういう肉だった。ここの主人の話では、これは但馬牛で、やはりこれはと思うような肉は月に一度位しか入らないということだった。松阪の反対に、この頃は牛肉の恰好が付きさえすれば、なるべく多く取れるのがいいという方に一般業者が転向したのだそうである。

併しそういうことはこっちから聞いたので話してくれたので、大阪で旨いビフテキが食べたいものはここへ来て三百円払うだけで食べられる。鍵なりのカウンターに向って客が十人やっと腰掛けられる位であるが、ただ旨いものを食べるのが目的で来た客が相手なのだから、そう待たされることはない。給仕をボーイがやっているのも感じがよかった。やはりここの主人に面白い話を聞かせて貰ったが、大阪人はどこそこのビフテキが旨いと解れば、そこでビフテキを食べて、そこから例えばショートケーキが旨い店に行き、更にコーヒーで知られている店でコーヒーを飲んで、同じ一つの店で全部が旨いとは限らない定食など食べず、店が増築して値上げしたり、味を落したりすれば、もうその店には寄り付かないのだそうである。これは通人ではなくて、生活者の態度である。

カレーライスでも、豚カツでも、焼き鳥でも、東京で考えられるものなら大概何でもあるこの町で、かやく飯や粕汁などの、ここに昔からあったものがそのままの形で残っているのは（おでんもこの中に入る）、大阪人のそういう生活態度から来ているのかも知れない。旨いかやく飯と粕汁を食べさせる店に、千日前のだるま屋がある。これも腰掛けの、大衆食堂風の店で、真中のガラス箱に鉢に盛った煮ものなどが沢山並べてある。かやく飯というのは油揚げ、人参、牛蒡（ごぼう）、椎茸、蓮、豆などを飯ではなしに、初めから米と混ぜて炊き上げたもので、先ず飯粒に油が乗って薄く色が付いているのが如何にも旨そうに見える。食べて、色々なものの味がするのに、少しも刺戟的でないのは、関西の景色のようなものだろうか。炒飯ならば一皿で飽きる所を、これなら幾杯でも食べられる。食事の時間でもないのにここへ寄って、丼に盛ってあるのを平げそうになり、後のことを思って慌てて止めた。

粕汁は型の如く鰤と人参と大根を入れたもので、東京で作るのと別に違ってはいないが、それが町で食べられるというのが何としても魅力である。こんなに旨いものはない、ということは前にも書いたような気がする。そしてこんなに安くて旨いものを売る店が東京にないのは、一つにはそれが安いから、又一つには、酒粕が東京ではそれ程簡単に手に入らないからかとも考えられる。かやく飯と一緒に取るのには絶好であって、それからここでは精進と呼んでいる、蒲鉾と筍と椎茸と玉子焼きの煮付けがあり、これも我々が関西に行く毎に羨しく思う淡味で、この三品で食事をすれば、王者かどうかは解らないが、王者の民の気持になることは難しくない。又それ故に、王者の膳に載っても構わないものである。

大阪のうどんも有名で、御霊神社の裏の美々卯は既に大分書かれて東京でも知られているが、ここには蕎麦もあって、うずら蕎麦というのが名物になっている。要するに、鶉の卵を二つ汁に加えるもり蕎麦で、太い機械打ちのよりも、細い手打ちの方が段違いに旨い。鶏程は味が強烈でなくて、割って落した所が見た眼にも綺麗な鶉の卵を使うことを考えた訳であり、確かに蕎麦の味によく合っている。うどんは、今度は方向を変えて、毎日会館の傍の路地を入った所にある卯月のを食べた。大阪のうどんは、かけでも狐でも、美々卯のうどん鋤でも、何でも旨いが、卯月ではうん六という変った名前のを頼んで、名前の由来は卯月のおかみさんも知っていなかった。これはうどんのもりで、蕎麦と同様に薬味を加えた汁をうどんに付けて食べると、うどんというものがバタの代りに醬油を使うマカロニなのだということを改めて感じさせられる。常食にするのなら、或はただ沢山食べるのにも、このやり方の方が種ものよりも気が利いているのではないかと思う。そしてかけよりも味に飽きが来ない。

鰻の焼き方が関西と関東で違うことは、大概の食べものの雑誌に書いてある。どっちがいいとも言えないし、これは寧ろ地方的な条件で決ることなので、新橋の鰻屋の生野に頼むと、鰻の白焼きを使ったいそべという茶漬け飯を出してくれる。熱い御飯に鰻の白焼きと海苔と山葵を載せて、お茶を掛けて持って来るのを食べるのだが、これは矢鱈に旨い。蒲焼きの茶漬けよりもずっと軽くて、鰻の味だけを楽んでいるようであり、そして何と言っても、茶漬け飯である。お馴染みの味に鰻の味が加って、二日酔いの朝食べたら絶好だろうと思う。どうせ家ではこれだけに出来ないのだから、これで三百円は決して高くない。アストリアのビフテキと同じ値段で、大阪は、或は寧ろ日本は、確かに恵まれた国である。

新橋から北船場の筋違橋まで、円タクで行ったので道順は解らないが、そこに鮨萬（すしまん）の本店がある。天保年間に大塩平八郎の乱で打ち壊された後に出来た仮普請だそうで、それから百二十年もたっている大変な仮普請であり、恐らく船場の建築の典型的なもので、目立たないから、気を付けていないと通り過ぎてしまう。鮨萬の雀鮨（すずめずし）と鯖（さば）鮨は説明するまでもない。鯛が不漁だということで、いつもの桶に入った円い形の雀鮨は買えなかったが、その代りに磯巻きがあった。これはサンドイッチ式に、飯と飯の間に鯖を挟んで海苔を巻いた、鯖鮨や普通の雀鮨と同じ長方形の鮨で、鮨の脂っこさが感じられず、東京の鉄火巻きとも違った凡そ軽い味のものである。ただこれは保存が利かないので、直接に店に行かなければ手に入らない。夏は、鯖の代りに焼き鯛をほぐしたものも使うそうである。

それから曽根崎新地にいなば播七（はりひち）という餅屋があって、ここに極上のお萩がある（尤も、値段は二つで四十円しかしなくて、大阪ではお萩のことをぼた餅と言っている）。つまり、昔、東京にあった通りの、餡のきめが細かくて、それだけ言えばお萩を思わせるものである。この後で小倉屋のおぐら昆布でも齧ったら、旨いものを食べたと思って安心して又酒が飲める。菓子ならば、大阪には今橋に鶴屋八幡（つるやはちまん）もある。折角、本店まで行くのなら、ここの干菓子を買うといい。何とも綺麗で、食べても旨い。見ただけで、昔のお雛様を思い出す。その三月の節句が近づいたというので、店には色々な貝の恰好をした干菓子が、あの極彩色の有平糖を伸ばして巻いた菓子と一緒に一皿に盛ってあった。どうしても買って帰りたいと思ったが、これはただ見本に作っただけで、実際には注文もなくて見本だけで終るだろうということだった。クリスマスにデコレーション・ケーキを食べるような日本的な西洋になった今日だから、これも止むを得ないことかも知れない。生菓子は、同店の今中富之助氏が大阪にいることを確めた上で、西王母というのを頼むといい。これは色も、形も、味も強烈に美しい菓子である。

ここでもう一度、料理の話に戻る。東京のどこの料理屋でも出す関西料理に懲りずに、もっと本格的な関西料理が食べたいと思うものは内北浜のにし井に行けば、値段の点で後で（或は、その場でも）困らないですむ。下が腰掛けで、二階が座敷であるが、勿論、下の方が気楽である。ここに行った晩の突き出しは、鰧の肝と油女のもつを茹でたのにちり酢（レモン汁、醤油、大根卸し、葱）、若狭ぐじの塩辛（例の酒盗と呼ばれているもの）、烏賊の糸づくり、それから飯蛸に似たひしご烏賊の胡麻酢と木の芽和え、琵琶湖の氷魚（これは小さい鮎らしい）の紫蘇煮き、生雲丹に生薑などだった。この中で、氷魚の紫蘇煮きは紫蘇で身が締って旨いし、生雲丹を生薑で食べるのは意外に新鮮な味がするものである。酒は白雪で一本百二十円、ここのは関西並のいい酒である。

それでそのもっと本格的な料理の方であるが、この店で縁高を頼めば、味覚はそれで満足するし、腹の方も先ず大丈夫と思える。もっと詳しく言えば、これは松花堂縁高という、蓋がない大きな弁当箱に似た四角い木の箱の中を四つに仕切って、その一区切り毎に料理を入れたものである。入れものが感じがよくて、料理まで旨そうに見える。その晩の中身は、一区切りが油女の刺身に生薑、隣が油女の山椒焼きに玉子焼きに菜種、その下が蝦芋と生湯葉と辛子菜の煮付け、最後の区切りが銀杏飯だった。関西風に淡味にした煮ものが好きなものには、蝦芋や生湯葉を煮たのがどんな味がするか、説明するまでもない。そしてその蝦芋も、生湯葉も、辛子菜も、関西が本場なのだから、これは汽車賃を払って行くだけのことがある。油女というのは綺麗な魚なので子供の頃はよく釣ったものだったが、どうして食べるのかは知らなかった（尤も、それは支那の油女だった）。その名の通り、どうにも脂の乗り方がいい魚で、刺身も舌に親切な味だし、山椒焼きになると、誰がこういう料理を考え出したのだろうかと思う。肉類に辛子を付けるのを数等もっと高級にした味である。飲んでいなければ、銀杏飯も序でに食べればいい。

この縁高が五百円、そして白雪を三本飲んだとすると三百六十円で、合せて八百六十円、一本で六百二十円、懐石料理のように手が込んだものの中では、恐らく世界一に安い部類に属している。それで、まだ余裕があれば、ここの二百五十円の煮ものを頼むと、これも旨い。普通に我々が椀と考えているものを懐石では煮ものと呼ぶのだそうで、その晩のは鴨と椎茸と生麩（なまふ）と菜の花が入っていた。一番旨いのがその汁であることは言うまでもないが、これは冬が明けて春が来た感じがする。千円の予算ならば、酒を六本にこの煮ものだけでもいい。突き出しの値段のことは聞かなかった。主人が、突き出しというのは幾つでも出来るものだという例に、ここに書いただけ出してくれたのであるが、その要領は、臓の肝だの、油女の肝だのと、捨ててしまうものを生かすことにあるのだと言われて、勉強した。塩辛などというものも、初めはそういうことから考案されたのに違いない。

大阪は天麩羅の発祥地でもあって、徳川家康に鯛の天麩羅を食べさせて殺してしまった茶屋四郎次郎も大阪辺りの人間だったらしいし、後に江戸に天麩羅が本格的に入って来たのも大阪からであり、維新以後、今日の澄んだ色の天麩羅の揚げ方を発明したのも大阪の人である。だから、大阪に行けばさぞ天麩羅が旨いだろうと思うが、その通り、間違いなく旨くても、これが本場の天麩羅なのだという実感は湧いて来ない。それ程、日本中の天麩羅が大阪風のものになってしまっている。その、今ではどこのものでもない旨い天麩羅が食べたければ、曽根崎新地に菊屋という店がある。

ここは又、陶板焼きというものをやっていて、これは電熱器の上に陶器の板を嵌めた特殊な装置にオリーヴ油を塗り、鴨、魚、野菜、牡蠣(かき)などを焼くのである。野菜と牡蠣をこれでやると、特に味がよくなるようだった。この装置は一台二万円とかいうことで、テレビを買う位なら、これで家で食べものの味を楽んだ方が意味がある。

瀬戸内海に味覚あり

広島の名産が牡蠣であることは誰でも知っているが、やはり広島まで行って食べれば、来てよかったと思う。牡蠣というのは大体が複雑な味のもので、他の貝類などとても及ばない所へ持って来て広島のはその点が又殊の外、小刻みにこってりと出来ているようである。この辺の小魚が旨いのと同じ理由で、海の加減が丁度いいのかも知れないが、兎に角、他の地方にはない御馳走である。又、土地の人もそう思っているらしい証拠に、少し町外れの所には到る所に、牡蠣殻の小山が出来ている。これは牡蠣を殻ごと食べる習慣がない事を示すものでもあるが、こういう味のものならば何にぶち込んでもいいだろうから、殻など初めからない方が便利なのかも知れない。併(しか)し同時に又、この辺は牡蠣がこれ程豊富なので、誰でもが食べられるものである為に所謂、御馳走にならず、料理屋などで余り出したがらないことも事実のようである。

牡蠣舟の数も減って、広島全市に今は二艘しか残っていないというその一艘の、本川に繋いであるかき豊というのに行った。それで、広島の川のことも書いて置かなければならない。これは太田川が七本の支流に分れて広島市でデルタを作っているので、花崗岩が多いその水源地から流れて来る水は都会の中を流れている川の水とは思われず、晴れた日には青空を映して透き通っている。そしてそういう川が七本もあるのだから、広島にいて川から遠く離れていることは出来なくて、原爆でやられる前は、これは日本でも有数の美しい都会だったに違いない。それに、川は残っていて、東京の掘割と違って如何に慾張りなボス達でもこれを埋めることは出来ないだろうから、まだ広島は昔の姿を取り返す望みが残っているし、既に取り返し掛けているのが感じられる。

本川は、その七本の川が広島市を流れている中の一つで、これに掛った本川橋の川下にかき豊が岸から板橋を渡して浮んでいる。ここの銘酒千福は保証出来る。それと一緒に出された牡蠣酢は白味噌と酢を混ぜたものと和えてあって、白味噌が混ぜてあるのが珍しかった。尤も、広島の牡蠣ならばソースをぶっ掛けても、味は負けないと思われるから、味付けに色々と工夫の仕甲斐がある訳である。その次に、貝蒸しというのが運ばれて来た。これは土器の大きな平たい鍋のようなものの中に小石を敷き、その上に牡蠣を殻ごと載せて酒蒸しにしたもので、その蒸した汁に山葵を入れたのを付けて熱いうちに食べる。だしは酒と牡蠣自体の旨味で足りる訳で、極めて上等な吸いものと食べものを一緒にしたような料理である。牡蠣だから、それが出来ることは言うまでもない。

その次に、殻焼きが出た。これは牡蠣がある所ならばどこでもやっていて、ただ牡蠣を殻ごと七輪の火で焙ったものである。もし衛生のことが気になるならば、これは恐らく牡蠣をそのままの味で食べるのに最も適した料理法で、この店でも牡蠣に漸く火が通った程度で出した。それでも殻の底に汁が残って、これが旨い。ここでは一緒にぽん酢を出したが、こうして焼いた牡蠣に何も付けることはない。ただ食べればいいので、牡蠣を一々焼くのに時間が掛るのだけが残念である。

それから、どて焼きだった。何故これをどて焼きと言うのか、これは鍋に白味噌と、この店では牡蠣の出し汁に生薑の絞り汁を加えたのを入れて、それで牡蠣と具を煮るのであるが、ここの話では、どて焼きは土手という人の名前から来ているとするのが本当らしいということだった。尤も、鍋の縁に沿って味噌を土手の恰好に盛り上げて、その中に汁を注いで牡蠣を煮る所もあり、それでどて焼きというのだとも考えられる。併しこれでは牡蠣の味噌煮を作ることになり、この店でやっているように、ただ汁の中に木の葉の形に捏ねた白味噌を一切れ落すだけの方が、牡蠣の味に対する被害は少い。

勿論、それが広島の牡蠣である以上、こうして一種の味噌煮にしても、まずくなることはなくて、具は芹にこんにゃく、豆腐、それから葱だった。これを鋤焼きと同様に、生卵で食べる。実際、この牡蠣、或はこの辺の牡蠣というのは妙なもので、こうすれば又これで味が出て楽める。フライにするなどというひどい目に会わせても、まだ結構食べられるのだから、どて焼き位は牡蠣の方では平気なのかも知れない。牡蠣の他に豚を入れることもあるということで、そうすれば豚も旨くなることだろうと思う。牡蠣と豚は確かによく合うようで、豚を入れたどて焼きは食べたことがないが、ベーコンを五分位に切ったので牡蠣を巻いて焼いたのは旨い。つまり、これだけの味があるものだから、逆に牡蠣の方をだしに使った料理が考えられるのである。西洋料理では、牛肉の味付けにも牡蠣を用いることがあるらしい。

かき豊で最後に出た牡蠣飯は、牡蠣の出し汁で米を牡蠣、卵、椎茸、紅生薑、それから生薑などと一緒に炊き上げたもので、大阪のかやく飯の要領であるが、牡蠣が入れば味も自然、違って来る。幾らでも食べられる気がするのは同じで、ただそれが牡蠣の味の為なのである。そしてそれに就て前から考えていることが一つあって、それは、本当に旨いと思って他人を押し除けても手に入れたくなる種類の食べものには、何なのか解らないが、その味とは別に何かそこに幾らでも食べられる気にさせる共通の味に似たものがあるということで、西洋でその極致は恐らく鱘魚の卵で作ったカヴィアと、鵞鳥の肝臓を肥らせたのを練ったフォアグラであり、それと同じものが確かに牡蠣にもあることを広島に今度行って感じた。一種の消化剤に似た作用をする要素かも知れなくて、そう言えば、戦前に牡蠣が原料の胃の薬があって、これはよく利いたのを覚えている。

これだけ書けば解る通り、本当は牡蠣を食べるのなら生のままが一番いいのであって、それを中途半端に牡蠣酢などにせずに、殻ごとのを自分で割ってレモンか橙(だいだい)の汁を掛ければ、牡蠣に関する限り、もう何も言うことはない。牡蠣はそうして食べられるように天然に出来ているので、それであの厚い殻を被って他の動物から身を防いでいるのである。それを割って食べれば、まだ海の匂いもするし、海水に洗われた牡蠣の込み入った、ただもう味とでも呼ぶ他ない味が直接に舌に乗り、先ず二十か三十ならば瞬く間に平げられる。勿論、それが良質の牡蠣で新鮮であることが必要であるが、広島ならばその良質で新鮮な牡蠣が季節中には（十月―三月）、無尽蔵に手に入るので、その上に千福、酔心、賀茂鶴などの銘酒があり、牡蠣が牡蠣であるから無尽蔵に飲み、又食べられる。早く広島の人達が広島の牡蠣は当るなどという、東京辺りで捏造されたのに違いない迷信から醒めて、旅行者が広島に行った時は殻ごとの生牡蠣を大皿に盛って出すようになってくれることが望ましい。広島の牡蠣が一流品であることは、以上の料理を食べて見ても解る。それならば、なお更のことである。

尤も、これが広島の名産だというので御馳走に出すのには、確かに代金の問題がある。安過ぎて、今日の観念からすれば儲けにならないということになり、かき豊でもこれだけ食べて、一人当り四百五十円しかしなかったのには驚いた。併し幾ら安くても、旨いものは旨いし、親切な料理であって、どうしても金が使いたければ、食いしんぼうの友達ばかりを五、六十人、広島まで一緒に連れて来て食べればすむことである。一国、或は一都市の文化の程度は、そこでどれだけ旨いものがどれだけ安く食べられるかということで決るのであって、その点から見て広島も一流の都市である。殻付きの生牡蠣では加工賃も取れないというのなら、その為に殊に上等の牡蠣を選り分けて、特選の生牡蠣と銘打って相当の代金を取るということも考えられる。結局は、殻付きの生牡蠣がどの位旨いものか、日本全体に余りまだ知られていないから、値段も安くなるのだろうと思う。それならば、これ程のものを殆ど材料だけの値段で食べられるのは今のうちである。料理屋のおかみさんが止めるのも聞かず、広島の牡蠣を生のままで食べた友達の中で、死んだのはまだ一人もいない。

牡蠣は確かに広島附近で取れるのが一番いいようで、従って広島市まで行って食べることになるが、これから書く食べものの多くは広島に限らず、この辺一帯、というのは、大体、広島県から山口県に掛けての名物であることを断って置きたい。それが又、相当あって、それも今度食べたこの春先のものばかりであり、四季を通してこの辺にいたら後どんなものが出て来るか解らない。日本料理は世界一で、日本のように旨いものがある国は他にないと思っている人間がいるのも無理はないのである。本当にそうだと、こっちは少しも考えないが、日本のどこへ行っても、色々と食べさせられた後で、もう少し先ならば何があるとか、何を出すのには遅過ぎて残念だとか必ず言われるのは、如何にも豊かな感じがするものである。そしてそれで又腹が減って来る。ということは、鳥類はそう大量に取れるものではないから、魚、殊に小魚が多いということなのかも知れない。

今この辺で旨いものに、皮剝（かわはぎ）がある。牡蠣の養殖をやっている棚が方々に浮んでいる湾を右に見て一時間か一時間半ばかり行くと、呉に来て、その目抜きの通りから少し入った所にあるかなめという割烹旅館に着いた晩に、この皮剝を煮たのを食べた。前にも言ったように、この辺では今頃までならばどこでも食べられるもので、これが旨い季節は河豚と同じ十一月から二月までだそうであるが、まだ食べられるし、そしてやはり最初に食べた場所は書いて置きたい。

この辺ではこの魚のことをはげと言っていて、淡泊なのに脂気があって不思議な味がする。確かに、煮るのが一番よく合う魚で、その昔、東京附近の一膳飯屋に煮ざかなというのが必ずあったのを久し振りに思い出した。味の付け方は違っても、それは魚が違うから鯒鯛の煮で、煮魚の味というのは懐しいものである。今の東京でこれは旨いと思うのは、疣鯛の煮たの位なものだろうか。そして広島地方の皮剝はもっとさっぱりした味の中に膨らみがあって、夜食べても朝の感じがする。この魚の肝が又、肝よりもわたに近い垢抜けがしたもので、この二、三ヵ月間、魚の肝は随分食べて来たような気がするが、こんなのは初めてだった。要するに、捨て難い魚で、冬から春に掛けて広島地方に行ったならば、皮剝の煮たのは先ず頼むべきものの一つである。

それから、眼張がある。これは大体、年中ある魚だそうであるが、春先が殊にいいらしい。本当を言うと、これは今度食べたものの中では、牡蠣は別として一番旨かったもので、呉から岩国に廻って岩国でも御馳走になったが、今、この辺ではどこでもこの眼張の煮たのは絶品である。醬油と酒だけで煮て、木の芽を添えて出す。皮剝よりもしつこいことはないが、身にもっと腰があって、何よりもこれを食べていると、これが魚というものだと思う。

そのことを土台に、これよりももっと旨い魚は河豚とか、鮪とか、幾らでも考えられて、念入りに加工した所ではソール・ボン・ファムでも、鱶の鰭のスープでも、色々と頭に浮んで来ても、それが魚の料理で、魚の料理が旨いということを辿って行けば、しまいにはこの地方で取れる眼張の煮たのに戻って来る。岩国の河上徹太郎氏のお宅では、これを十匹ばかり大きな皿に盛ったのが出て、或はそれがこの魚を食べるのに最も適した方法かも知れない。二、三匹は直ぐに食べてしまう。そしてこの魚の肝も旨い。

同じ煮魚なので皮剝から眼張に飛んだが、皮剝を河豚づくりにしたのも呉のかなめで食べた。河豚の刺身と全く同じにして出すので、そうするとやはり、肝が光る。皮剝は余り大きな魚ではないのに、肝は相当量があって、眼張は肝だけが欲しいとは思わないが、こういう皮剝の生ちりになれば、先ず肝に行く。それから今はこの地方で白魚の季節で、岩国の河上邸では、この生きたままのに甘露醤油を付けて食べるのが出た。

考えて見れば、牡蠣も岩に付いているのを剝がしてその場で食べるのが一番旨いので、白魚が多少動き廻った所でどうということはない筈である。寧ろ醤油が着物に跳ね返る方が厄介であるが、本能的に気味が悪ければ、これを空揚げにしたのは如何にも軽くて甘い味がする。勿論、吸いものになっても出る。舌触りが涼しくて、これは一つには、東京の白魚と比べて半分か三分の一の大きさだからでもあるが、それが種類が違う為なのか、或は丁度いい季節だったからなのかは解らない。

他に生で食べたものを序でに挙げると、呉で水松貝と車海老が出た。水松貝は今がしゅんで、大阪のたこ梅の茹で蛸にもう少し甘味が出た味がする。車海老の刺身を紅葉おろしと晒し葱で食べるのも珍しくて、その他に鳥貝の柱と、横葉という変った魚の刺身があった。この横葉というのは見た所も、食べた味も、余りよくない鮪の赤い所に似ていて、東京で鮪がない時、これが鮪に化けて出ることもあるのではないかと思う。確かに前に食べたことがあるような気がした。

それから、これは干ものであるが、この辺はでべらという小さな鰈が名物である。焙って食べるので、香ばしい匂いがする軽いビスケットに似ているのが、やがてその匂いが鰈なのに気が付く。本当はもっと寒い頃の方がいいらしくて、それを過ぎると脂が出てまずくなるということだった。そういう言い訳をする必要もないものに、これまで挙げた料理の他に鰧の赤だしがある。中身は鰧と芽葱だったが、これは何とも優しい味がするもので、鰧の形と正反対のものと思えばいい。そしてこの魚に特有の香りがあって、勿論、これは二日酔いの朝食べて感動したのであるが、何もそういう場合に限ったことではない。宴会料理に出しても立派なもので、それが朝、鰯の骨を抜いた刺身とでも出るのがこの辺の朝飯というものらしい。毎朝、鰯の取れ立てを売りに来るのをそうして食べるのだそうで、非常に旨いものだという話だったが、生憎、今度は不漁でこれにはあり付けなかった。

その二日酔いの朝で思い出したことがある。呉のかなめ旅館での二日目の朝に、今度この地方をすっかり案内して下さった松本建設の野々上慶一氏と、呉の山の手が見渡せる二階の部屋で目を覚して、ビールを頼んだ所が、そのビールが素晴しかった。初めは二日酔いだからだと思っていたが、どうもいつものそういう時とは様子が違うので、三本目を頼んで手帳を構えて女中さんに聞いたらば、それが広島のキリンビールの工場で出来るキリンビールだということが解った。札幌のサッポロビールと並ぶものだそうで、これは確かにこの辺まで来たら飲まなければならない。小川の流れが日光を浴びてきらきらしているようなビールである。これも千福その他の銘酒と同様に、水質がいいのが手伝ってのことに相違ないが、兎に角、こういうビールが手近にあるというのは羨しいことである。捨てては置けないので、その午後、野々上さんと再び広島まで出掛けて堀川町のキリン・ビヤホールに行った。東京にはないような、宏壮なのに落ち着いた建物で、生ビールが壜詰よりも更に旨かったことは言うまでもない。

広島にも飲み屋、小料理屋は沢山あって、現に土地の有志の方々に中ノ棚の酔心と松鶴の二軒に案内して戴き、こういう店でもこの地方の料理が食べられるが、それはそれとして、又以上書いたものは旅館でも、知人の家でも出して貰えることを思い、広島に来たら先ずこのビヤホールに行くべきである。その時の突き出しにも印象に残ったものがあって、それはパイの皮で筋子を包んだものだった。勿論、パイの皮も筋子も広島地方の特産である訳がない。併しビールの摘みものには絶好であって、他の土地のビヤホールでこんなに何気なく凝ったものに出会った験（ため）しがないから、やはりここの特産として書いて置く。

広島には菓子もある。この頃、国鉄コンクールで一等を取ったりして有名になっているのは大石餅という菓子で、かなり甘い餡を求肥で包んだものである。求肥を上等の大福餅の皮に似た舌触りにする趣向が凝らしてあって、餡もよく練ってあるから、甘党には喜ばれるのだろうと思う。幾種類かあって、高井一夫氏が店主の忠臣大石餅というのがその代表的なものになっているらしい。この地方は又、柿の産地でもあり、名産の西条柿、祇園坊などを原料に使った柿羊羹（かきようかん）も広島の名物である。確かに柿の匂いも、味もして、季節外れに柿が欲しくなったら、この柿羊羹でも或る程度は代用出来る。それから金座街の亀屋で安芸路という菓子を作っている。糯米の円い皮二枚の間に、白餡に西条柿を混ぜたものが挟んであって、これは殆ど甘いという感じがしないし、その為に却って柿の匂いが強烈で、これは広島で自慢してもいいものではないかと思った。

呉には、五味煎餅というのがある。その名の通り、味噌、生薑、鶏卵、牛乳、及び豆の五種類の味で、五枚の煎餅が一組になり、ただそれだけのものであるが、一枚毎に、牝鶏や、味噌樽の絵が押してあって、子供にはいいお土産である。併しお土産ならばそれよりも、呉には千福漬けというものがあることを特筆して置きたい。尤もこれは、鉄道弘済会を通して冬の間しか売りに出されず、その残りを探して来て貰ったのであるが、これは千福の酒粕に鯨の軟骨を唐辛子と一緒に漬けたもので、酒の肴にも、熱い飯にも、得難い珍味である。ということは結局、酒粕が極上のものだということにはなっても、極上の千福の酒粕などというものが特別な方法でもない限り、手に入らない以上、次善の策に冬、この地方の駅で千福漬けを買うという方法が残されている。

広島から更に野々上さんと岩国に廻って、岩国の河上邸で御馳走になったことは、既に書いた通りである。岩国で食べものに就てまだ書かなかったことに、レタースを酢味噌で食べる方法があるのを今度ここに来て知った。長州の食べ方なのだそうで、サラダ・オイルと同じくレタースの味を出すから、これは覚えて置くと重宝である。併しそれや、眼張や白魚よりも、岩国では木菟(みみずく)の手水鉢(ちょうずばち)というものを見た。一羽の木菟が浮き彫りされている高さが四尺はある大きな手水鉢で、岩国の初代藩主だった吉川広家の墓所にある。岩国も入れて、この地方で旨いのは眼張から鮎に至る小魚であることを思い、この豪放な石の木菟を見ると、何か胸を打つものがある。豪放でも、この木菟は小魚の味とよく調和していて、そしてそれはこの木菟が小味だということなのではない。狡そうな顔付きで、眼張の骨も毟れそうなのが、笑いを漂わせ、それが豪放な笑いにまで拡って行く。魚食の民族が雄大だった所以がそこにあることを思えば、少くともその子孫である我々は、まだ眼張の味位は楽んでいいのである。

カステラの町・長崎

長崎の卓袱というのは大変な料理である。急行、「雲仙」で着いた晩に上西山町の富貴楼で食べたのを例に取ると、先ず酒が出るのは普通の料理と違わないが、それと一緒に御鰭というものが運ばれて来る。これは一種の吸いもので、ただお椀が大きくて中身も餅、海老、椎茸、それから海老で作った蒲鉾を海苔で巻いたものなど、色々とあって、吸いものよりも食べものの感じがするのは、茶懐石の煮ものに似ている。御鰭と呼ばれるのは、客一人に就て鯛を一尾使った証拠に、椀毎に鯛の鰭を二つずつ付けるからだそうで、客が先ずこの鰭を取り除けて宴会が始る。そしてこの御鰭で食慾をそそって置いて、それを酒の方に向けさせるのが狙いらしい。兎に角、前半は飲むのが主なのだそうで、その積りでこの次に出て来る小鉢と称する各種の盛り合せ料理を見ると、なる程と頷ける。

日本では、酒飲みは殆ど何も食べないことになっていて、事実、いい気持で飲んでいれば食べる方を忘れ勝ちであるが、これは一つには、後から後からと料理が運ばれるのがめまぐるしくて、それに付き合っていては飲む暇がないからでもある。そこを、卓袱料理のように或る間隔を置いて小鉢を出し、それが鮪と鯛と鱵の刺身だったり、鰶と卵の黄身を鮨の形に作ったものと独活(うど)を牛肉で巻いたものと胡瓜(きゅうり)だったり、牡丹鱧(ぼたんはも)と菠薐草(ほうれんそう)とトマトの酢のものだったり、青海苔が入った羊羹(ようかん)と鶏の甘煮と薑(はじかみ)の甘酢だったりすれば、食べながら飲むという、食いしんぼうで飲み助である凡て健全な人間の理想をいやでも実現することになるし、食べる程に、それだけ又飲む気になる。そして青海苔が入った羊羹だの、鰶と卵の黄身の鮨だのと、卓袱料理では甘いものが割に出ることに就て改めて感心したのは、菓子の後で果物を食べると実際以上に酸っぱくなるのと同じ訳で、甘い料理で酒を飲むと、甘口の酒も辛くなり、辛口のは今日のでも昔の辛口の味がすることである。この甘い方の料理は婦人用だという説明だったが、そんなことはないと思う。卓袱料理を考えた人間は、やはり酒飲みだったのに違いない。

　勿論、品数が少ければ、甘いものなどなくて構わないが、卓袱料理はまだこれから続く。中鉢、大鉢などと出るので、その晩の大鉢は伊勢海老の擂(す)り身をピーマンに詰めて揚げたものと、穴子の擂(す)り身を南瓜(かぼちゃ)に詰めて蒸したものと、小茄子(こなす)の煮たのだった。それで、やはりその晩言われたことを思い出したが、卓袱料理はもともとが一種の家庭料理で、今日でも長崎で客に家で御馳走する時はこの方式に従うことが多いそうであり、この海老とピーマンや穴子と南瓜を使った料理は、実際に味がよく合うのみならず、如何にも一家の主婦が手間を掛けて客をもてなすのに考えそうな料理だった。そこが又、卓袱料理のいい所なので、辺り一面に御馳走が並ぶのに、どういうのか、四角張った気持にならない。銘々が小皿に料理を取り分けるのに、箸は返さないことになっていて、小皿が一人に就て二つしかないのは、小皿に取ったものは全部食べてしまえということになる。だから、酒を浴びるように飲んでも、二日酔いはしない訳である。

中鉢は豚の角煮だった。長崎に行く前から聞かされていた料理だったが、他のものはどうでもいいから、この角煮に就て書きたい。例えば、同じ豚で作ったベーコンというのは旨いもので、あれを脂の所が付いたまま軟くしたのが罎れたらどんなだろうと思う。そして角煮というのは、丁度そのベーコンを軟くした味がするのである。片方は燻製で、これは豚を酒か何かで煮たのだから、どうしてそうなるのかは解らないが、確かに角煮はこのベーコンの夢を実現したものだった。脂っこいのに、それが滋味に感じられるだけで、一つ食べることがもう一つ食べる気持を誘う。どちらかと言えば甘い煮方なのが、この場合も酒を辛くするのに丁度いい程度で、本当を言えば、これを皿に盛ったのと酒があれば、それだけで充分な御馳走である。これを十一食べた先輩がいるという話も聞いたが、無理もないことだと思う。消化はいいのに決っているし、要するに、幾らでも食べられて、翌日、又食べられるのがこの豚の角煮である。

卓袱料理では最後に、梅椀（うめわん）と称するお汁粉が出る。読者もそこまで来れば満腹されたと推定させて戴いて、この料理のことはこの位にして置く。併し値段のことを書いて置かなければならない。卓袱料理は大体が、六、七人で食べるのが普通のようで、これに使う朱に網の模様を黒い漆で塗った直径三尺ばかりの円い卓子も、その位の人数で囲むように出来ている。併し富貴楼のおかみさんの話では、三人の客から料理の用意が出来るということだった。そして卓袱料理の値段はここだけでなしに長崎のどこでも、酒は別とし一人当り千円から千二百円までと思えばいい。尤も、頼めば三千円までは出来る。東京を出て、他所の町で料理の値段や宿屋の料金を聞く毎に、余り安いので驚くが、これが本当に安いのか、それとも東京では何でも値段がべら棒に高いのかはその東京の値段に馴れてしまった頭ではよく解らない。併しこれを外国の場合に比較して、例えばロンドンで酒は別として千円、つまり、一ポンド払えば相当な御馳走が食べられる。尤も、パリは高いということだから、東京の値段はパリ並ということになるのだろうか。

翌日は丸山町の花月（かげつ）で昼の食事をした。ここも卓袱料理が名物であるが、この日はそれ以外に長崎で食べられる旨いものを色々と出して貰った。その中では、あら（鯇と書く）という魚を先ず挙げなければならない。身を湯引きしたのの他に、腸（はらわた）、鰓（えら）、それから皮をやはり湯引きしたのが出た。ちり酢で食べるので、この魚は初めはただやたらに旨いものだということしか解らない。それ程、他のどんな魚とも違っていて、河豚に似ているが、河豚よりも軽いし、身が恐しく引き締っているのが、何かの軟骨を食べている感じで、その軟骨に味があるのだから、少しは興奮するに足りる。そう言えば、腸も、鰓も、それから殊に旨い皮もこの軟骨の歯触りで、それが凡て身とともに或る何か微妙な味で統一されているから、一度食べれば忘れることが出来ない。吸いものにも、味噌汁にもなり、ちり酢の代りに酢味噌でも食べられる。その日聞いた所では、これは長崎では年中ある魚で、一般の家庭でも御馳走によく出すそうである。大きいのは重さが五、六貫、畳一畳位はあって、ひどく出来損いの顔付きをしているということであるから、海の中では会いたくないが、食べる気持から言えば、二匹は欲しい。その味に敬意を表して、陸揚げした所を見に行きたいと思い、花月から電話を掛けて貰ったが、その日の魚市場にはもうあらはないという返事だった。

それから鯨があった。とろの所を薄く刺身に切って生薑醬油で食べるのは、鮪のとろよりも旨いようで、山葵の代りに生薑を使うのは鯨が哺乳類であることを尊重してなのだろうが、そう言えば、どこかロースト・ビーフの焼き過ぎないのに似ていて、ブルゴーニュの赤葡萄酒と食べても合うかも知れない。鮮かな霜降りで、今でもその幾切れかを重ねたのが眼の前にちらついている。聞く所によれば、これは冷凍の鯨だということで、それならば東京でも食べられそうなものであるが、やはりこれも値段が安過ぎるのだろうか。鮪よりも旨いようだと書いたが、もっとあっさりしていながら、肉の重みがある所は鮪の比ではない。

鯨の脂を茹でたのは東京でも見ることがある。併し長崎のは全く雪の白さで、その雪に少しばかり脂気がある所が何とも豊かである。酢味噌で食べるのであるが、脂だけを茹でたのの他に、黒い皮が付いているのがあり、これが殊によくて、この二種類と鯨の刺身だけでも充分に酒の肴になる。赤い所の肉もこうして刺身にするそうで、長崎では鯨を食べるのが普及し、鯨屋と言って、鯨のそういう身や脂だけを売っている店が方々にあるということだった。栄養にもなることだろうし、安いに決っているし、これは他に余り類例を聞かない食料品店である。併し長崎で容易に手に入る旨いものはあらや鯨だけでなくて、花月で出た鰯が丸干しを焼いたものだと聞かされた時は驚いた。脂があって柔かで、頭ごと食べられ、当然、生の鰯を焼いたのだと思っていた。この辺の鰯は存分に食べて暮して、命を失って乾されてからもその養分がなかなか消えないらしい。そしてその鰯を食べた鯨がここで取れるのなら、鯨も旨い訳である。

併し花月で食べた生雲丹も、唐墨(からすみ)も、するめも旨かった。生雲丹とするめは、何れも初めのうちは味が殆どなくて、それがやがて生雲丹であり、するめであることが解って来る様子は、この頃作られる極上の日本酒のようである。そしてその上に唐墨には、我々が東京で食べる唐墨とは縁が遠い、乾し柿の肉のねっとりした所があって、或はこの唐墨は長崎で今度食べた最も高級なものだったかも知れない。それから花月では、一寸位の鰈(かれい)の子を味醂(みりん)干しにしたのが出て、これもただ焼いただけなのが、味醂が利いて付け焼きの味がして旨いものである。この他に長崎には焼き河豚、河豚の味醂すだれ焼き、河豚の味醂干しなどがある。この中では焼き河豚がひどく辛いが、それだけ酒の肴や茶漬けによくて、味醂すだれ焼きというのはやはりふかふかした河豚の干もので甘いから、菓子の代りに食べられる。唐墨とするめは鍛冶屋町の稲垣屋、河豚は戸町の魚住で上等なのを売っている。長崎の若布(わかめ)も旨い。花月では酢のものにして出したが、我々が知っている若布よりはずっと薄くて、従って柔さにも格段の相違がある。味噌汁に入れても旨いに違いない。

やはりその日、花月で出たものに、煮ものがある。これは卓袱料理で最後に出す吸いものので、花月のには鶏、筍(たけのこ)、木耳(きくらげ)の他に、大きな団子が入って、全体の味がワンタンに似ているのは不思議だった。卓袱料理は勿論、もとは支那から来たものなのだろうが、このワンタンの味がする煮ものは花月の主人自身の趣向だったかも知れない。ワンタンの味がするのが少しも可笑しくない日本料理なのだから、それだけでも長崎に行ったら花月に寄って見る価値がある。これは丸山遊廓の真中にある非常に古い料理屋で、柱に坂本龍馬が切り付けた刀痕があったり、頼山陽が来て泊ったり、何とかいう人が春雨という端唄を作った部屋が残っていたりして、立派な庭があり、落ち着いていていい店である。電話は四二二、四六七八、それから富貴楼のは二五三、一八七三である。ここら辺で酒のことに触れるならば、長崎にいて地酒を探し廻ることはないのであって、広島や灘の銘酒が海と陸から始終運ばれて来るのだから、何でも自分が好きなのを注文すればいい。この辺で出来る酒の中では、黎明というのが甘口ではあるが、充分に飲める酒に思われた。

それから吉宗（よっそう）という全然違った種類の食べもの屋に行った。これも日本風の大きな店であるが、万屋町の繁華街にあって（丸山遊廓というのはひどく静かな所である）、茶碗蒸しと一種の五目飴が一組になったものしか出さない。これが一人前百五十円で、それがまだ五十銭だった時代からある由、そこへ案内してくれた人も、子供の頃にここにおばあさんに連れて行って貰うのが楽みだったそうである。そして今日の大人でも楽める。古びた二階家で、二階に幾つかある広間には一部屋に机が十幾つかと座蒲団が並べられ、坐ると間もなく茶碗蒸しと五目鮨を運んで来る。茶碗蒸しは淡味で穴子、海老、蒲鉾などが入っていて、五目鮨には鱧と鯛のでんぶと玉子焼きの三色が掛り、何ということはなしに旨い食事が出来る。そしてこれに付いている香のものが一種のはりはり風の、大根を昆布と唐辛子と一緒に甘酸っぱく漬けたもので、これが又、五目鮨に実によく合っている。要するにこの組み合せは、大阪のかやく飯と粕汁と比較するに足りて、それが大きな部屋の畳の上で坐って食べられるのが、何か忘れていたものを思い出させてくれる。昔の活動写真小屋の気分だろうか。そしてこの店は現に大繁昌で、上る時に、下足番が大きな木の札を渡してくれるのを、帰る時に女中さんに代金を払うと、小さい木の札と換えてくれて、それが代金を払った証拠になる。勿論、客が多勢なので混雑を防ぐ為である。この店でも飲みたければ飲めて、宴会も時々開かれるらしい。

この辺で、長崎の菓子に就ても一通り書いて置く。その日廻った順に言うと、磨屋町の岩永商店で作っている寒菊という菓子は餅に砂糖と水飴を混ぜたのを搗いて固く焼き、上から白砂糖を掛けたもので、昔あったラスクという菓子の味に似ているのが懐しかった。同じ店で、もしお草というのも作っているが、これはとろろ昆布を乾して砕いたのに餅と砂糖を混ぜて薄く長方形に切り、粉砂糖をまぶしたもので、これは昆布の匂いがして確かに旨い。薄茶で食べれば一層いいだろうと思う。それから浜名町の榎純正堂の一口香は有名である。見た所は小型の饅頭であるが、固く焼いた皮の中は空洞になっていて、皮の内部に蜂蜜が付いている。それで結局は、麦粉と蜂蜜の味で、これならばビールの肴にもなるのではないかと、妙なことを考えた。

長崎は支那料理が最初に日本に入って来た所だから、支那菓子も旨い。広馬場に一品香という支那料理屋があって、ここで晶酥と双喜という二種類の、見た所は月餅風の菓子を買った。併し何れも月餅ではなくて、晶酥は何の粉か解らないが、非常に芳しい粉を円形に焼いて二つ重ねたものであり、これだけの風味があるビスケットは、ビスケットの本場である英国にもないだろうと思われた。双喜は薄い茶色の餡をやはりビスケット風の皮で包んだもので、その餡が支那風のものであるのみならず、我々が月餅で馴れている餡とも違った、黒砂糖の味が勝ったものである。支那まで行けば、まだ色々とこういう珍しい菓子があることを思うと、日本にも、その製造を一手に引き受ける支那菓子専門の店があってもいいのではないかという気がする。これは、中共の当事者も文化交流の一端として取り上げるべき問題である。兎に角、この晶酥というビスケットなどは、魯迅のどんな作品よりも旨かった。それから長崎には勿論、カステラがある。カステラの味に就てここで書く必要はないと思うが、船大工町の福砂屋に寄った序でに、工場を見せて貰ったのは幸だった。カステラは規格に合って市場に出されるものよりも、何かの拍子に焼き損って撥ねられたものの方が、保存が利かないだけで、ずっと芳しくてねっとりしていることが、店で出されて解り、それで帰ろうと思っていると工場に案内されて、カステラを焼いた後で型にくっついている粕を削り取って食べると、この方が焼き損いよりも更に上等だった。あれが一罐手に入ったら儲けものであるが、店から外へは出さない。カステラが好きな人は、序でに平戸のカスドースも食べて見るといい。カステラを更に精製したようなもので、食べているうちにカステラの味がして来る所が妙である。長崎駅前に、平戸の湖月堂の直売所がある。

晩は広馬場の四海樓（しかいろう）という支那料理屋に行った。ここが長崎のちゃんぽん、皿うどんの元祖だそうで、その他に支那料理もやっている。勿論、今は戦後のことであり、一人前何千円、何万円と出す訳には行かないから、その晩の支那料理も普通のものだった。念の為に、それが一卓七、八人分で四千円の料理だったことを書いて置く。併しその献立の中で栗子全鶏という、支那風の鶏の丸煮がスープに浮んでいる感じのものが実はそのスープだけを楽むものなのだと聞いた時には、支那を思い出した。その名が示す通り、鶏には栗が詰めてあり、本式のロースト・チキンで、それを丸ごと又煮てスープを取り、その証拠に、鶏も持って来るのである。そして当り前なことかも知れないが、このスープは旨かった。それから東坡肉（トンポーロウ）というのが豚の角煮の先祖であることも、この時知った。これを饅頭の皮で巻いて食べるので、そうすると角煮が又違った味がする。

その後で皿うどんとちゃんぽんが出た。皿うどん、或は八宝皿うどんは、あくが入っているうどんを豚の脂でいためて、鶏、豚、海老、貝柱、筍、葱などを混ぜたのに葛（くず）を加えたもので、もし栄養価満点の感じがする風味というようなものがあるならば、この皿うどんはその味がする。親子丼も、特大型の豚カツも、これには及ばない。そしてそれは、滋養の方は満点でも、やはりこの皿うどんは旨いからで、ラムのエッセイに書いてある方式に従って豚を丸焼きにしたのを、耳の方から食べているようなものである。二、三本のビールとこの皿うどんがあれば、人間は堪能する。或は、皿うどんの代りにちゃんぽんであってもいいので、これはやはりあく入りのうどんを豚の脂は使わずに、海老、椎茸、蒲鉾、キャベツ、もやし、竹輪、豚、葱などと一緒に煮たものである。皿うどんよりもあっさりしているが、どっしりと重みがあることは同じで、全部食べれば一食になる。皿うどんが三人前で四百円、ちゃんぽんが一人前百五十円だった。四海樓でこのちゃんぽんを始めてから、それが長崎中に拡って、市中には五十円のちゃんぽんを売っている所もあるそうである。

長崎で食べるものはまだあるが、折角行って来たのだから、長崎とは島原半島の反対側にある島原のことも書いて置きたい。ここの南風楼（なんぷうろう）で名物の鯛のかぶと蒸しや、河豚のがね炊きを食べた。鯛のかぶと蒸しはこの辺で取れる大鯛の頭だけを酒で蒸したもので、入れものも大きいのでこれを膝の上に載せて食べる。鯛の頬の肉と言うか、鯛もこれだけ大きくなれば頬の肉も殆ど掌に一杯になる位あって、旨い上に沢山食べられる。眼と眼の廻りの所も、普通に潮になって出て来るのとは量が違う。鯛が大きくて新しくなければ出来ない料理の訳で、それでこの辺の名物になったのだろうと思う。平戸は有明海に面している。

河豚のがね炊きは、河豚を大蒜（にんにく）と煮たもので、これも鯛のもつとともに、何か爽快な感じがした。鯛のかぶと蒸しもそうで、島原の料理はどうも島原で食べなければならないように思う。それも南風楼かどこか、海に近い場所がいい。そこの部屋の直ぐ下が海になっていて、波が絶えず寄せて来て砕けているのが、料理の味の一部になっている感じだった。長崎から雲仙を通って島原に来る積りならば、雲仙では湯煎餅という、甘さが殆どなくて凡そ軽い煎餅を売っている。それと椎茸が雲仙の名物で、島原では、漁師の女が一々手で揉んで作る若布が、或は日本で一番旨い若布かも知れない。併し兎に角、島原に行ったならば、有明海の波の音を聞きながら、鯛のかぶと蒸しを食べることである。

味のある城下町・金沢

金沢の食べものや酒に就て書くのには、先ず金沢という町を説明しなければならない。この町は三つの高台とその間を流れる犀川と浅野川という二本の川で出来ていて、その形から高台は燕台という名でも呼ばれている。つまり、三つの高台を燕の胴と両翼、二本の川を燕の二筋に分れた尾と見る訳なのだろうと思うが、そういう地形の為に金沢では大概の場所が高台から川を見降して対岸の高台と向い合っている恰好になり、全く戦災を受けていないから家並は大木の蔭に隠れ、川にはまだ町の真中で鮎や鮴(ごり)が取れる位綺麗な水が流れている。そしてここが加賀、能登、越中に亘る加賀藩百万石の城下だったことは言うまでもないが、この加越能三国が又やたらに地味が肥えていて海産物が豊かな所なのである。

そういうものが集って、この金沢という町を作っている。ここは九師団が置かれていた所で、戦争中は上空を敵機が頻繁に通ったにも拘らず、実際には一度も爆撃を受けなかったという話を聞いた時、それはアメリカの情報将校か何かの中に戦前に金沢に来たことがあるのがいて、その話を吹聴したものだから、皆後で金沢に遊びに来たくなって爆撃しなかったのではないかと、こっちは真面目になって考えた位である。そしてそれでいて今日の金沢でも、英語で書いた看板一つ見付けることが出来ない。

金沢に着いた五月十五日は丁度お祭りの時分で、その晩は福正宗の醸造元の福光屋(ふくみつや)で金沢の家庭で出すお祭り料理の御馳走になった。お祭り料理と言っても、要するに、金沢ならばどこの家庭でも出す御馳走を集めたもので、それでこの町の人々がどんなものを食べてこういう町に住んでいるか、その一端を窺い得たような気がした。併しその話に移る前に、もう一つだけ食べもの以外のことに就て書かなければならない。福光屋で通された座敷は壁が朱か紅殻か、何かそういうもので塗ってあって、金沢では少し上等な家の座敷は皆そうするのだそうであるが、その赤は部屋を赤くするよりも、例えば泥沼を背景に紫色の菖蒲が咲いているのを思わせるくすんだ色合いのもので、古びていて派手なのがやはりこの町というものの感じだった。そして以後、この一種の基調に似たものが金沢で眺めた庭にも、口にした食べものや酒にも、何にでも付き纏って、それでいいのだとしまいには安心するようになった。

先ず薄茶と一緒に生菓子が出た。主客とも三人だったから、お菓子も三つで、一つは何なのか、緑色をしたものを混ぜた餡を薄紫の練り切りの皮で三方から包んだもの、一つは黄色い餡を葛で円く包んだもの、もう一つは白隠元の餡らしいものを薄い緑色の練り切りの皮で包んだ上に渦巻きの模様を押したもので、これは水を現したものらしかった。何れも大振りな見事な菓子で、後で同じ三種類を菓子屋から取って貰って東京まで持って帰って来たから、それで三つとも中身まで知っているのである。その晩、自分の前に置かれたのはその水の模様があるので、後からまだ色々と出て来ることを知っていなかったらば、その菓子を全部食べる所だった。餡もこの程度になると、何餡と書いた所で仕方がないので、聞きもしなかった。兎に角、朱塗りの部屋でこういう菓子を食べるのである。金沢が銭屋五兵衛の町でもあることを忘れてはならはい。この町で裕福だったのは、加賀様の家中だけではなかったことが解る。

この晩の酒は福正宗で、これもただ上等だけではすまない酒である。甘口だと聞かされていたが、例えば酒田の初孫という銘酒は甘口だと聞かされて、今でもそれを信じかねているのと同じ種類のこれは甘口である。つまり、口に突き当るものがないということなので、その点ではこれは菊正や千福に匹敵し、その他に何と形容したらいいのか、丁度、ここまで来る途中で汽車が新潟県から富山県に入り、石川県に近づくに従って沿線に雑木林が多くなり、それが夕映えしているのが何とも鮮明に落ち着いた眺めだったのを、この酒を飲んで思い出した。恐らく最高の文明は田園に都会人が生活することを許すものなので、この酒にはそれがある。併し興はまだこの酒で尽きなかった。

酒と一緒に運ばれて来たものの中にこのこがあって、これは勿論、海鼠(なまこ)の卵巣を幾つも集めて乾したものであるが、ここでは干口子(きくちこ)と呼ばれて、東京では大変な高級品なのに、ここの名産の一つで幾らでもあるらしい。従って、東京では知らず、金沢に来て始めて食べた訳で、そのぽくぽくした味が何かの木の実に似ているので考えているうちに、胡桃(くるみ)だと思い当った。その胡桃の煮たのもあった。胡桃もここの名物で、鮴の他に胡桃の佃煮も町で売っている。それから、百合根もあった。それで序でだから聞いて見ると、金沢は筍も慈姑もよくて、筍は掘り立てのをそのまま薄く切り、これを刺身と呼んで白味噌で食べるのだそうである。それからここのぜんまいも旨い。蕨は長さ一尺、太さが五分近くになるということで、こうして胡桃、百合根、筍、慈姑、ぜんまい、蕨と並べるだけで、この辺の土質がどんなものかが想像される。米のことは酒の味でも解り、そして季節になると、金沢で一番安い魚は鯛と鰯だということも聞いた。

その鯛もその晩出た。金沢の鯛は昆布で巻いた方が旨いということで、鯛を巻いてその味が染み込んだ昆布を微塵にしたのを山葵醤油に混ぜたので鯛を食べる。瀬戸内海の鯛とは違ってもっと淡泊でありながら、鯛のあの妙な腰の強さを失わない不思議な味で、そのまま干口子の味に繋るものがあるのは、やはりこの鯛も金沢の食べものであることに気付かせる。併しこの辺の昆布自体は厚過ぎて食用にならないということで、主に昆布巻などに使われる。それから鯛の押し鮨も出た。これも家庭料理で、箱の底に先ず昆布を布き、その上に鯛を並べ、鯛の上に米、その上に木の芽、生薑、それから紺海苔という、水色をしていて水雲に似た海藻を置き、又昆布、鯛、米と重ねて行ったものを押して、これを切って食べる。海と山と里のものが集っている訳で、一口に言えば、これも金沢の味というものだろうか。

併しその晩はなかったが、金沢で是非とも食べなければならないのは鰯の押し鮨である。これは金沢で泊ったつば甚旅館で作って貰ったので、鰯が一切れずつ乗っている米の裏に紺海苔と金柑を輪切りにしたものが付いている。鰯の脂を金柑の酢で解いたような味で、船に弱いものが二日酔いの頭を抱えて船に乗った途端に海が大荒れに荒れ出しても、この鰯の押し鮨ならば食べられるだろうと思う。あっさりしているとか、すっきりしているとかいうものではなくて、ただもう旨いのである。鰯が取れる時なら金沢のどこでも作っている訳であるから、金沢に行ってこれを食べずに帰って来るという法はない。食べれば、お代りをする段取りになるが、少くとも長さが七、八寸、幅が五寸、深さも五寸はある箱で押して作るので、一人ならば、足りなくなることは先ずない。そしてこれは勿論、酒の肴にもなる。

福光屋では、鰯はその摺り身を団子にしたのが葱と松露と一緒に吸いものの実になって出た。東京で考える鰯の団子とは全く別な種類に属する格調がある吸いもので、鶉の叩きに似たものさえあり、そういうことはあり得ないのならば、例えばそういう鳥類の吸いものに負けない落ち着きがあった。その辺で、この晩の料理がこの吸いものでも、鯛の押し鮨でも、干口子でも、それから干口子と一緒に運ばれて来た河豚の糠漬けでも、そしてそれと飲む福正も、何か或る共通のもので統一されていて、それが紅殻で塗った部屋や、鮴が遊ぶ川の流れにも繋っていることに気が付いた。上品という言葉が頻りに浮んだのであるが、これは所謂、お上品とは違ったものなので、普通は上品が一般の生活に対して壁を距てているのが、この味、或は一つの調子は鰯の脂のように何にでも染み込んで、そして透き通っている。光っているとも言えるかも知れなくて、それで景色も、住居も、食べものも酒も統一されているとなると、類似のことを求めるのには支那まで行かなければならないかと思われる。

河豚の糠漬けは河豚の半身をまるごと漬けたのを、糠を落してなるべく薄く切って出すので、それがどういうのか、上等の牛肉を焼いたのを薄く切った時の味がする。金沢では河豚の刺身は食べないらしいが、その刺身が幾らでも食べられるのと同じで、この糠漬けで飲み出したら、適当な辛さもあって、切りがない。併し金沢では鰯も鯡(にしん)も糠漬けにして、この三つのうちでは鰯の糠漬けをそのまま食べるのが一番旨い。これも鰯の脂のせいかどうか知らないが、それが脂っこい代りにこの糠漬けの味は変った感じで、やはり何か木の実を食べている時の満足した気持にさせてくれる。鯡の糠漬けは酢で食べて、その粕漬けや、河豚の粕漬けもあり、これは誰にも高級な印象を与える酒の肴である。こういう糠漬けや粕漬けは何れも食料品店で売っていて、大体が一本二十円と見ればいいから、金沢の土産には先ず第一にこれを挙げなければならない。

それからその晩の料理にばい貝が出た。これは法螺貝を二寸位の大きさにしたもので、壺焼きにしたり、甘く煮たりする。蓋がある所から箸を入れて、熟練した手付きでやれば、肉の一番先の所まで引き出せるが、その先の黒い部分が内臓なのにも拘らず、どこか優しい苦味があるのが、ここの貝の特徴である。肉にも一種のぬめりがあって舌に媚びる。栄螺の壺焼きがごつごつしているのと対照をなすもので、このばい貝も海の貝である。それから、もう一つ、金沢は豆腐が旨い所で、それが玉子豆腐かと思う位きめが細かい。夏は茶碗豆腐と称して、茶碗一杯に豆腐を固まらせたものを冷やして豆腐屋で売っているそうで、これは想像して見るだけでも楽しくなる。その隣では、酒屋でビールを冷やしているに違いない。

豆腐がいいので、鯛のおから蒸しということをやり、福光屋でも御馳走になった。鯛の腹におから、人参、木耳、牛蒡、銀杏などを詰めて蒸すので、食べているうちに、昔は確かにこの料理が東京にもあったことを思い出して壊しかった。鯛の味がおからに通って旨いのである。金沢でもこれは別にお祭りの時に出すとは限らないらしいが、お祭り料理のことを書いているのだから序でに言うと、お祭りに必ずなくてはならないものが三つあって、それはべろべろというものと、紅白の蒲鉾とぜんまいである。べろべろは寒天に玉子を溶かし込んで縞模様にしたもので、この三つというのは、何か由来があるだろうと思う。

それからもう一つ、福光屋に就て書いて置きたいのは、ここは造り酒屋なので店先で酒を一合五十円でコップで売るのを今でも続けているということで、それをお燗したり、肴を付けて出したりすると違法になる。それでコップ酒を飲みに来るものは泥鰌屋で三本十円の串に刺した泥鰌の蒲焼きを買って、それを新聞紙に包んで持参したりするのだそうである。

その泥鰌の蒲焼きは翌日、松原町の大友楼という料理屋で昼の食事に食べた。絶品であって、下手な鰻の蒲焼きなど遠く及ばず、苦味がある所は寧ろ鳥のもつ焼きに似ていて、もっと軽い。それからここでは、鰯の塩焼きが出た。どうも鰯のことになると取り乱し気味になっていけないが、こういうものがあってこそ人間は歯と舌と胃を持って生れて来たのだと思いたくなるのが金沢の鰯で、それを塩焼きにした真子の所は味も、舌触りも極上の豆腐だった。鰯と鯛が一番安い魚なのは前にも書いた通りで、大友楼で飲んだ鯛のこつ酒も泥鰌や鰯とともに印象に残った。鯛の塩焼きをそのまま大きな皿に入れて酒を掛け、これに一度火を付けてから、又その上に酒を注いで飲むのである。鯛で取った酒のスープが出来る訳で、それが酒なのだから、ただ旨いだけではすまされない。河豚の鰭酒よりももっと広々とした感じのもので、はっきり海を思わせる。その日の酒が、これも金沢の日栄という銘酒だったこともここで書いて置く必要がある。これは鯛のこつ酒に使うのに適したどっしりした酒で、併し金沢の酒だから勿論、重いということはない。

食事の前に、「生菓子」というものが出た。これは要するに赤い大福に白い大福、それから白い皮に黄色く染めた道明寺が振ってあるもの、草色で菱形をしたもの、それから四角に切った羊羹の五つが一組になったもので、赤いのは太陽、白が月、道明寺が振ってあるのは岩を表して山、菱形が波の恰好で海、四角い羊羹が田の形で里を示して、この五つをいつもお祝いの時に使うのだそうである。いい気なものだとも言えるが、そういう素朴な感じの菓子で、鯛をまるごと酒浸しにするのに呼応している。固くなったのは焼いて食べてもいい。

その晩は片山津温泉の矢田屋旅館で加賀の茶料理を食べた。加賀全体がお茶が盛な所なので、茶料理になったのであるが、食べる方から言えば、やはりこれは普通の、何料理でもない料理である。その中で殊に旨かったのは鸜の吸いものだった。実は鸜を食べたのはそれが始めてだったが、四月、五月が一番いいのだそうで、何かの肝かと思われる苦味を持った恐しく気品がある食べものである。それから河豚の真子の糠漬けがあって、これは近江の鮒鮨の卵に似てもっとあっさりした、得難い味がする。これも金沢で売っている。熱い御飯に掛けてもいいし、酒の肴にもなり、レモンを掛けると一層旨くなる。それからその翌日だったか、打ち豆の味噌汁が出て、これは東北地方などでも始終やるものであるが、打ち豆の味までが金沢風になっていて、どぎつい所がないのが殆どフランスの隠元に近かった。それで、金沢ではいい豆腐が出来る訳である。矢田屋で飲んだ酒は福正。

ここに泊った翌日、金沢に戻って、常盤町で川魚料理をやっているごりやで昼の食事をした。ここの部屋も壁が赤く塗ってあって柱が朱塗りで、そこから障子を開け放して新緑の庭を眺めた時にも金沢を感じた。鮴（ごり）というのは、そういう所の川に泳いでいるのが似合った魚である。長さは一寸か一寸五分位なのが普通で、頭でっかちで鰭を左右に張り、尾が細くて、如何にも可愛らしい恰好をしている。何匹か生きたのを笊（ざる）に入れて見せて貰ったが、元気がいいのは体が黒くて、疲れて来るとそれが段々縞になって来るということだった。佃煮か、飴煮きにするのが一般に知られた鮴の食べ方で、これもまずくはない。こうしてその形も楽める訳であるが、ごりやではその空揚げがあって、これが一番旨いのではないかと思う。鮴の身が漸く衣を支えているようで、脆いことこの上ない。鮴というのが大体、そういう魚なのである。

それから岩魚（いわな）の卵を大根卸しで食べた。これは半透明の玉の真中に金色をした部分がある実に綺麗なもので、朱塗りの部屋にもよく合う。そして外から午後の日が畳の上に差し込んで来て、卵が一層光った。鯎（うぐい）はこの辺では桜鯉とも言うそうで、その刺身は白い中に薄紫の所があり、これを口に入れると微かに芳しい。四、五月の子を持っている時が盛りということで、ごりやの池にも何十匹と泳いでいた。鯎の田楽も出たが、これは確かに刺身以外の形で食べるのに惜しい魚である。岩魚は塩焼きにして、これを酢醬油で食べる。そしてこの日は岩魚のこつ酒があった。鯛を使ったのよりもずっと優しい味で、鯉を別とすれば、川魚は一体に海の魚よりも女の感じがする。この日の酒は日栄で、それで味を引き締めるというのはいい趣向だった。金沢、及び金沢周辺の片山津その他でも、大概の料理は一人前千円程度、酒は一本百二十円前後である。つば甚のような行き届いた旅館でも、宿賃が一泊千円だった。

この辺で金沢の菓子のことをもう少し書いて置く。初めに福光屋の所で触れた生菓子は尾張町の森八（もりはち）のものであるが、生菓子は持たないし、森八の菓子を買うのならば寧ろ干菓子風の、例えば確か玉兎とかいうのなどがいい。これは小さな玉を赤か白の最中の皮か何かで三方から包んだもので、その玉が口の中で砕け、甘味は殆どなくて、山椒とも、生薑とも付かない匂いが後に残る。生菓子以外のものの中では、これは恐らく最高級品に属するものではないかと思う。長生殿に就ては既に色々な人が書いていて、ここで改めて述べることはない。金沢の五色の生菓子も市内で組にして売っていて、これはそれ程生なものではないから、貰って珍しがる人がいるかも知れない。前には気が付かなかったが、太陽と月と山と海と田を食べたらどんな心地がするか、やって見たら面白いのではないだろうか。

この他に金沢といえば、じぶとか、鶫とか、鴨とか、鰤とか、鮭とか、まだ色々ある訳であるが、それは季節ではないので食べられなかった。調べて見ると、ここはすっぽんも、鮎も、鰻もあり、名物を全部食べるのには一年中ここに来ていなければならない。蓮根、長芋、甘海老など、食べて書き落したものもあるが、今更書き足して見た所でその味が生きる訳ではない。後は読者に想像して戴くことにする。

ごりやで食事をした日に、車で一時間ばかり掛るが金沢市内になっている湯涌温泉の白雲楼ホテルに行った。恐しく設備が整っている所で、金沢で食べ過ぎた時に来て休養するのにいい。併しここの料理も旨くて、殊に西洋料理は東京でも珍しい位筋が通ったものを出す。久し振りに食べた仔牛の脳味噌にタアタア・ソース風のものを掛けたのが余り旨かったので、翌朝は是非とも英国式のポーチド・エッグスを頼もうと思っていたのだが、朝になって鯛の糠漬けや河豚の卵が運ばれて来たのをみると、やはりその方がよくなって、ポーチド・エッグスはいずれ英国に行きでもした時に譲ることにした。併し金沢で西洋料理が食べたくなったら、ここのは推薦出来る。

金沢に戻って「白山」に乗ると、大友楼の心尽しのお弁当が届けてあった。と言っても、大友楼は金沢駅に弁当を入れていて、箱の中の刷りもので駅で売っているものの献立が解ったから、それを挙げると、果物、肴、甘海老、紅白蒲鉾、長芋、蓮根、鮴の佃煮、野菜煮込み、それに幕の内で、「白山」に届けられて来たのは、果物が砂糖なしで食べられる苺、肴が鯛の昆布巻、甘海老の代りに蟹の鋏と腰、その他に河豚の卵の糠漬けがあった。一緒に入っていた秋の献立を見るともっと凄くて、能登牛のカツレツ、紅白蒲鉾、鶫の照り焼き、さる海老、長芋甘煮、玉子巻、松茸、ばい貝、河豚の塩漬け、鮴の佃煮、紋平柿、それに幕の内、香のもので、これで百五十円、恐らく日本中で最も豪華な駅弁である。

世界の味を持つ神戸

今度は詩人の竹中郁氏に案内して戴いた。ここの貿易商の家に生れて、学校はその辺の小学校から神戸一中というのだから、生粋の神戸人である。そう言えば、竹中氏や稲垣足穂氏、或は花森安治氏が書くものには何か共通したものがある。一種の開けっぱなしな性格で、神戸の町にも確かにそれがあり、これは港町だからとか、海に面していて光線が強いからとかいうような理由だけでは説明出来ない。いつか花森氏に聞いた話では、それは町の歴史が浅くて頭の上からのし掛るものが何もない為だということだったが、窮屈なものがどこにもないのは食べもの屋の店の構えや、そこで出すものの味にも感じられる。

竹中氏の唯一の欠点は酒を飲まないことで、併しそういうことにも神戸人のこだわらない性格が現れるのか、着いた晩に最初に連れて行かれたのはバーだった。布引町二丁目にあるアカデミーというバーで、スタンドの他には二人掛けの卓子が二つか三つ置いてあるだけであるが、スタンドの向うには葡萄酒を除いて、普通の人間の頭で考えられる限りの洋酒が並んでいる。それにもし葡萄酒があれば、これはスタンドに壘を立てる代りに酒倉にしまってある筈だから、要するにスタンドには何でもあることになり、ここで飲んだギルベーのフィノは恐らく日本で、バーに行って金を払えば飲めるドライ・シェリーの中で一番上等なものに違いない。ドライ・シェリーというのはいいものであればある程、殆ど味というものがなくて、味も匂いもどこか喉の奥の方でたんまになって後から出て来る仕掛けになっているものであるが、ここのは先ずそれに近かった。そしてそれが一杯二百五十円で、これだけのシェリーにしては寧ろべら棒に安い方である。

それには、この店をここの主人夫婦が二人だけでやっているということもあるには違いないが、一つにはやはり場所が神戸なので、こういう酒がこんな値段で飲めるのだろうと思う。つまり、ギルベーのフィノだの、ボルスのアドヴォカートだのと、聞いたこともないか、或は僅かに聞いたことしかない洋酒を箱に詰めて幾箱も積んで来た船が何十艘も港に並んでいれば、その箱が荷揚げされて税関を通って、誰だか解らないこういうものの大手筋の買主が全部を買い上げてしまう前に、箱の中身の少しは神戸の町にばら撒かれる訳で、それでそれがバーで安く飲めるのみならず、当り前な顔をして、というのは、一向に取り澄まさずに飲むことが出来る。神戸にゴルフ・コースがあったならば、廻って見たくなるのではないかと思う。そしてそんなことよりも、その晩も時々、港の方から船の汽笛の音が聞えて来た。神戸は、その音が利くような港町である。

併し飲んでばかりいる訳にはいかない。シェリーのことを丁度いいと思って書いたのは、これが主に食前に飲む酒だからであるが、その晩それから行ったのは握り鮨屋で、これは後で他の握り鮨屋と一緒にして扱った方が便利だから、ここから話を翌日の朝に移す。竹中氏が誘いに来て先ず行ったのが元町三丁目の青辰（あおたつ）という穴子の鮨屋だった。ここに穴子丼というのがある。見た所、ただ丼に飯が少な目に盛ってあるだけで穴子の切れ端もないが、これは飯の中に並べてあって、食べるとその味と飯の味が一緒になって適当に腹が減っていれば、鰻飯などこれに遠く及ばないのではないかという気がする。鰻飯よりも幾らか軽いのが却って舌には珍しいのかも知れなくて、その上に何故か、全体が酒に漬けたような味がするのがどうにも新鮮なのである。だから、別に腹が減っていなくてもこれは食べられる。この店で出すものの中での逸品であって、青辰に行ったらば先ずこれを験（ため）して見ることである。

尤も、これは始終ある訳ではないので、この穴子丼を注文する積りならば、店を開けたばかりの午前十一時頃に行って頼まなければならない。穴子も焼き立てで飯も炊き立てでなければならないからで、後は穴子を使った普通の大阪鮨になる。その他に、穴子、木耳、及び椎茸を使った巻き鮨があり、穴子丼には遅れても、大阪鮨の巻き鮨で結構楽める。これも神戸という町の空気のせいなのかも知れないが、青辰の穴子や玉子焼きの味は、不思議に子供の頃、丁度、昼飯の時刻になって、東京の通りや横丁の日向がひっそりしていたのを思い出させる。淡味であることからの聯想なのだろうか。それからここのちらしも軽くて旨い。値段は、穴子丼が一人前百八十円、ちらしも百八十円、大阪鮨一皿百七十円、巻き鮨が一本百七十円である。もう一つ、ここで酒の突き出しにかいやの焼き通し蒲鉾というのが出たが、これは堅く焼いてあって何か魚の照り焼きに似たいい匂いがする、酒の肴には絶好のものである。神戸市の兵庫区戸場町十五番地にかいやの店があるそうで、値段は聞くのを忘れた。

それから中山手通りのフロインドリーブというパン屋に行った。何しろここのパンは旨くて、ドイツ風のパンだということにはなっているが、妙な香料が混ぜてある訳ではないし、パンもここまで行けば、フランス風もドイツ風もあったものではない。パンの匂いがして砂糖気など思い出しさえもさせず、皮と白い所の違いが色と堅さだけのことで味は同じなのだから、こういうものにはバタを付ける必要もない。それで付ければ、バタまでいい匂いがして一層旨くなり、併しそれ以上にハムを挟んだり、筋子を載せたりするのには勿体ないパンである。ハムはハムで厚目に切って置いて、それをおかずにこのパンを齧ったら、大概の御馳走には引けを取らない昼の食事になる。そして形も、断面が楕円形の棒状だから齧るのに都合がいい。併し早く行かないと港に来ている外国船の乗組員がその日出来たパンの大部分を買ってしまって、我々が寄ったのは午後の二時頃だったと思うが、その日も大型のはもうなかった。

尤も、小型といっても長さが一尺近くあって、一人で一本齧るのにはこの方が適しているかも知れない。それでその値段であるが、いつ又神戸に来られるか解らないと思ってこの小型のを五本買って、これにチーズ・クラッカーを一袋と、ココナッツ・マカロンという菓子を一袋足して貰って全部で五百二十五円だった。所で、ココナッツ・マカロンもチーズ・クラッカーも一袋二百円ずつであるから、残りの百二十五円を五で割れば、小型のパン一本が二十五円だということになる。注文すれば、郵送もしてくれるそうで、フロインドリーブの番地は神戸市生田区中山手通一ノ十である。パンと一緒に買った菓子のうち、チーズ・クラッカーは菓子よりも寧ろビールに持って来いの肴で、要するに、パイの皮を一寸位の長さに細長く切ったものに過ぎないのに、食べると口の中がチーズの匂いで一杯になる。そしてパイの皮で、さっぱりしているから、ただ食べても旨い。又ココナッツなるものが好きな人間には、マカロンの方も推奨出来る。ただココナッツを食べさせる為に作ったような菓子である。

その後では当然、例のユーハイムに行くことになった。昔はどこにあったか忘れたが、そこは焼けて、今は生田神社の西隣に移っている。バウムクーヘンにクリームを掛けたのが一人前百円、まるごと買うのには、二、三百円から七千円もする大きなのまであるということだった。この菓子は勿論、東京にもあって、昔はジャーマン・ベーカリーのが旨かった。併し気のせいかも知れないが、カステラが口の中で溶けて消えてなくなる味は、どうもユーハイムのに限るようである。焼き加減の問題ではないかと思う。暫(しばら)く酒飲みの身分を忘れて、お茶の会の献立でも考えるならば、このバウムクーヘンにフロインドリーブのココナッツ・マカロン、それから例のパンを切らずに手でちぎってバタを付けただけで出したら、まだ舌が余り荒れてない女の子なら喜ぶに違いない。それに添えるのに、ユーハイムでは直径三寸位の円いミート・パイを作っていて、これは一度温めて食べると旨い。一つ五十円。バウムクーヘンを注文する場合は、ユーハイムの番地は神戸市生田区下山手通二ノ五。尤も近いうちに銀座裏のよし田の蕎麦屋近くに支店と東京工場を作るそうである。

書いているうちに、何だか口の中が気持悪く甘くなって来た。ユーハイムから少し行った所に、詳しくは生田筋西入口にハイウェイという西洋料理屋があって、次にはここでウィーナー・シュニッツェルを食べた。これは何のカツレツなのか、仔牛なのではないかと思うが、衣と一緒に肉も舌の上で崩れる出来栄えで、軽くて殆ど肉の感じがせず、それだけにレモンとトマト・ソースを掛けたのが利いて、先ずこれ以上の牛のカツは日本にはないと見てよさそうである。日本で洋食を食べることの欠点の一つは、料理が上等であればある程、それに適した飲みものが欲しくなり、つい葡萄酒などを注文すればその為に代金が三倍位に跳ね上ることとであるが、ウィーナー・シュニッツェルならばウィーンでも、ビールで手軽にすませるのだろうから、ハイウェイに行けばそれに倣って、かなり洒落た食事をすることが出来る。

これだけのカツを出すのだから、他の料理にも旨いものがあるのに違いなくて、献立表を貰って来なかったのを今になって後悔している。ウィーナー・シュニッツェルは一人前二百五十円。そこから今度は三宮センター街の武蔵という豚カツ屋に行った。ここは豚カツと海老カツで、何れも二百二十円、この他に豚汁などが付いて一コース二百七十円というのがある。先ず気が付いたのは、肉を四角に固めて揚げた豚カツの断面が或る種のソセージの切り口に似て如何にも旨そうなことで、それを口に入れるとここのカツも衣と一緒に肉が溶ける。或は、溶けると思う程柔くて、やはりソースやトマト・ソースのきつい味がよく利く。ここの主人の話では、豚カツが本当に好きな人間は生キャベツにソースをぶっ掛けて食べるのを楽むのだそうで、確かにそういう素朴なものがカツ類の生命なのかも知れない。油で揚げるのは肉の脂っこさを殺す為ではないかとさえ思われて、外見とは反対に、味がさっぱりしていてソースや辛子の味を引き立てるようでなければ、旨いカツとは言えないものらしい。ここの豚カツと比べて、海老カツの方が却ってしつこく感じられた位だった。それから、カツ類には日本酒よりもビールの方が合うそうで、ここではキリンビールを一本百五十円で売っている。

次に、元町駅下の別館牡丹園（ぼたんえん）という支那料理屋に行った。神戸でここを見逃すことが出来ないのは、殊にここで炒鮮奶（チャオシエンナイ）という料理を出すからで、神戸の町に一時間しかいられなくてどうするかという場合、ここに来てこの料理を食べることにしても決して損ではない。例えば、一流の菓子屋の窓に豪奢な西洋菓子が飾ってあって、そのクリームやチョコレートの部分や、細いビスケットが白砂糖の皮の上で模様を作っているのが、もしあんなに甘いものでなくて凡て料理だったらばと思うことがあるが、炒鮮奶は丁度そういう料理なのである。運ばれて来た所を見ると、やはり西洋菓子でよく使う、栗を砕いて紐状に押し出したものに似て、色だけが褐色をしているものが皿に盛ってある上に、クリームと薄いチョコレート色のクリームが掛っているのであるが、その褐色をした素麺のようなのが米粉を揚げたもので、クリームの材料は卵の白身、もう一種類のクリームは牛乳、胡桃、鶏、及び海老で、これをマロン・シャンティーなどと同じ具合にごちゃ混ぜにして食べる。

つまり、念入りに拵えた西洋菓子の口当りの柔かさがこの料理の柔かさでもあって、それが甘くはなくて鶏や胡桃や米粉を揚げたのの味なのであるから、目が覚める思いをする。大体、もとの材料の味をなるべくそのままで置くのが日本料理で、これを自由に変えてしまいにはもう何で出来ているのか解らない旨いものを作るのが西洋料理や支那料理ならば、この炒鮮奶などはその支那料理の粋ではないかと考えたくなる。勿論、もっと名が知られていて典型的な支那料理が他に幾らもあるに違いないが、例えばルーベンスやフランツ・ハルスの大作がごろごろしている中で、幅五寸位のワットーの人物画が少しも引けを取らずに光っているのと変らず、この殆ど点心風の料理も支那料理の珍味のうちに数えて構わない気がする。その流儀から言って支那のどの辺のものか聞かなかったが、この店の主人は王熾炳氏である。別に前から頼んで置かなければ出来ない料理ではないらしく、値段は一人前二百五十円である。

店を出て、ここら辺で一休みしようということになり、勿論、竹中氏の案内でボン・コアンというバーと喫茶店を兼ねた店に行った。どこなのかはっきり解らなかったが、建物の一列向うが海で、どうも昔、レーン・クロフォードという洋品店があった近所に思われた。東京にも方々にある、ただ感じが明るいだけの店で、ハイボールやコーヒーなどという飲みものと同じく特色がないのが、東京では、だから現代文明はいやだということになるのに、神戸では却ってそこにも町の性格が現れているようで、喫茶店というこの凡そ味気ない施設で青年時代以来、始めて落ち着くことが出来た。所謂、文化的な生活が神戸では単に生活であり得るので、それで文化人がやりそうなことを我々がやっても、少しもそれが負担にならないというのは、確かにこの町の恵まれた条件の一つである。

それだけに、例えば天麩羅屋などに行くと、もう少し何か地方色に似たものがあったら天麩羅ももっと旨くなるのではないだろうかと思ったりする。豚カツはウィーナー・シュニッツェルの変形と考えればすむが、天麩羅はやはり町の真中に川が流れていて、岸の石垣が所々崩れているという風な眺めに似合った食べもののようで、味を引き立てる地方的な潤いが神戸にはどことなく欠けている。というものの、まずい訳ではないので、例えば元町三丁目の眼鏡屋横丁にある藤(ふじ)はらという天麩羅屋の烏賊(いか)の天麩羅は、瀬戸内海で取れる文子(もんご)烏賊という、厚さが七分から一寸もある烏賊を使っていて、食べでがある。今これを書いている気持では、もっと積極的に言って旨いもので、それを食べている間、あれを刺身にしたらなどと余計なことは考えない。この烏賊は九月から五月辺りまでのものだそうで、他に海老を紫蘇（しそ）で巻いたのや、鱚（きす）があった。

　昔は神戸にあった地方色は、今でも支那町に僅かに残っている。何々記だとか、何々号とかいう看板が出ているのを見ると、まだ日本租界などというものがあった時代の支那を思い出し、つい入って買いものがしたくなる。そういう店の一軒で、荷物になることが解っていながら買ったのが、烏葉茘枝（れいし）なるものの大きな罐詰だった。日本の茘枝には少しも似ていない苺のような恰好をした果物の絵が印刷してあって、中国汕頭罐頭出品とあるから中共の産物で見た最初のものであり、兎に角、楊貴妃の本場の本ものである。併しどんな味がするのか、まだ開けて見ない。そこから少し先へ行った路地に老祥記（ろうしょうき）という小さな支那饅頭屋があって、ここの三つ二十円の肉饅頭も本ものである。何よりもその皮が支那式で、支那醤油の代りにソースが出ているのは惜しいが、ソースを付けずにそのまま食べても旨い。恐らく、これだけ支那式の支那饅頭は日本国中を探しても神戸のこの老祥記にしかないのではないかと思う。

　併しこれは文字通りの点心であって、料理では、神戸で別館牡丹園の炒鮮奶と双璧をなすものは、花隈のハナワグリルの西洋料理である。ここへはその日の夜遅く行った。モダン寺下にあって、見た所は別にどうということはない西洋料理屋の下が椅子席、二階が日本間になっている。竹中氏と二人、二階の畳の上で先ずボルシチを頼んだ。表面に浮いている油の粒が目に見えない程の細かさで、こういうスープを入れた皿を後で熱湯をさっと掛けただけで乾いた布で磨くと、残った油がそのままあの一流の料理をしている場所でしか見られない皿の艶になる。併しその次に来た仔牛喉頭部クリーム煮という料理はもっと豪奢なもので、これは仔牛や仔羊の喉頭部に少しばかり付いている肉に卵やベーコンを加えて煮たものである。だから、相当こってりしたものである筈で、事実、こってりしているのであるが、これを食べているうちに不思議なことを発見した。

色々なものを加えて材料のもとの味を変えるのが西洋料理で、そうしないのが日本料理でも、西洋料理も或る段階を越えると、料理の味が一口毎に舌を満足させて後に何も残さないから、それがどんなに濃厚なものでも、言わば、味が全くないのと同じことになる。一杯の水、或は、日本料理で例えば名手が作った蓴菜(じゅんさい)の酢醤油に味があるとは思えないのと少しも違わなくて、蓴菜とリ・ド・ヴォー・ア・ラ・クレームが同じ味になるというのは美しいことである。贅沢の極致だろうし、偶にはこういうものにあり付けなければ、——或は、あり付けなくても一向構わないが、幸に出会った時のことはそう簡単に忘れられるものではない。辻留の雛さんに日本料理も修練の結果得た技術であることを教えて貰って以来、西洋料理で改めてその事実を認めさせられたのがこのハナワグリルだった。主人は花輪勝敬氏、ボルシチは一人前百二十円、仔牛の喉頭部のクリーム煮が二百円である。

そういう訳で、凡て世の中で一番旨いものはあれどもなきが如き味がするならば、神戸で見付けたもう一つの旨いものは灘の菊正だった。灘は神戸の一区であって、菊正は神戸のどこででも飲めるのが、どういう訳か、一番旨かったのは神戸にいる間泊っていた本菊水旅館のだった。どういう訳かではなくて、ここでは酒を大切に扱っているに違いない。醸造元では、そんなことはないと言うに決っているが、醸造元が責任が持てるのは壜詰の酒が工場の門を出るまでのことで、一本の壜詰の酒にも意地があり、余り勝手な真似をされれば気を悪くしてまずくなる。併しそれはそれとして、本菊水の菊正がどんなかと言うと、味、香り、こく、色などというものは皆揃っていて、恐らく何れも満点である。併しそうだから、それが一緒になるとそこに出現するのは、ただもう酒というもので、どこまでがこくで何が色なのか、別にそういうことは問題ではなくなる。つまり、上等のシェリーと全く同じなのである。

尤も、旅館に飲みに行くのも変なものであるが、それならば、神戸に行った時に他に定宿がなければここに泊ればいい。一泊千五百円だから普通並の料金で、酒は一本百六十円である。この他に神戸で行く場所に就て書く余地がなくなった。従って、握り鮨のことも省く。ただ元居留地のイタリー料理屋のドンナロイアが本もののイタリー料理であること、それから菓子類では明石の西本町の分大餅、東本町の富士の山煎餅、及び三番町の向井屋の蛸焼き、殊にこの蛸焼きが印象に残ったことを書いて置くに留める。

山海の味・酒田

この食べもの行脚は今までのやり方では、目指す場所に着いたら先ずどこかに宿を取り、そこを根城にして、誰か土地の篤志家に案内して戴いてあすこここと、旨いものがある店を食べ歩く形を取って来た。これは新潟、大阪その他、一地方の中心になっている都市で旨いものを探せば、こうするのが便利であり、又そうせざるを得ない場合が多いからであるが、例えば、ビフテキはアストリア、或は小川軒、お買いものは美松という風にではなくて、一地方全体に旨いものが行き亙り、それがそこの常食、或は家庭でも楽める御馳走になっていれば、店から店へと廻ってそれを食べるというのは余り意味をなさない。現に広島県の旨いものと言えば、眼張(めばる)でも、牡蠣(かき)でも、或は鯛、鰯でも、別に広島市のどこの何屋に行かなければならないということはないので、従って又その辺に位置する任意の一点に信用出来る店さえあれば、そこに一日中いて朝から晩まで食べていることでこの地方の旨いものが食べ尽せる訳である。そしてそこで旨いものなら、他の信用出来る店、或は友達の家で食べても旨い。

今度はもっと北へ行って、山形県の酒田でこの理想を実現した。山形県も、庄内米から始って、旨いものがどこに行ってもある地方の一つである。尤も、酒田市今町の相馬屋は料理屋で、宿屋を兼業してはいないから、そこから一歩も離れずにという訳には行かなかったが、二日間、朝から晩までここにいてこの地方で今が季節のものを食べ続けたことは事実である。これを書いている現在思い出して見ても、その二日間が初めも終りもない、そして客と言って別に自分の他に誰もいない宴会だったような感じがする。ローマ人は日に一度しか食事をしなくて、それは朝始って夜終ったそうであるが、こっちも二日間はローマ人の生活をしていたことになる。そしてその実地の経験から、ローマ人もそうしてのべつ幕なしに食べていたのである以上、例えば猪の丸焼きなどという重量があるものよりももっと日本料理に近い、孔雀の舌を葡萄酒に漬けたのだとか、八つ目鰻の酢のものだとか瀟洒にやっていたのではないかと思ったりした。

十月十四日の四時頃に相馬屋に着いて、それから食べ出した。先ず車海老の刺身で、それならば東京にもあると考えたら間違いである。この辺の海が海老類にいいのかどうか、東京ではしゃきしゃきしていれば満足しなければならないのが、ここのには何か恐しく優しいとでも形容する他ない、はっきりした味があって、それが山葵も醤油も受け付けず、塩で食べるのが一番旨いのに違いないという感じがする。確かにこの地方の海は海老の甘味を増すようであって、その次に出た南蛮海老の刺身は、これは前に新潟に行った時もそうだったが、それが名産になっているのにも拘らず少し甘過ぎて、二切れ以上食べる気になれなかった。火を使った料理法で味を殺いだ方がよくて、これは三日目に出たから、その二日先の所で書く。それから、今この辺ではよし蟹の季節で、これは見た所は東京の所謂、蟹の恰好をしているが、もっときめが細かくて、それでも蟹の匂いは確かにするのが如何にも蟹を食べているのを感じさせる。その日のは、茹でたのだった。

それから最上川の鮭。これは十月から十一月一杯までのものだそうで、素焼きにしたのを生薑と大根卸しで食べたが、鮭の味は凡て皮と皮の下の所に集っているのを改めて認めさせられるような取れ立ての鮭で、鮭といえば塩鮭かと思う感覚では、西洋人がこの魚に夢中になる理由が解らないことに漸く気付いた。併し鮭の料理はまだ色々出て来て、その話も後に譲る。次に、酒田市の一部に編入されている飛島の鮑の水貝が出た。鮑は生きがいい程、水貝にすると固くなるものらしくて、総入れ歯の身にはトラック用のタイヤ位に感じられたが、それでも噛んでいると、昔は水貝が何でもなく食べられたのを、その味で思い出した。これは恐らく世界の料理の中で最も固いもので、併し御馳走には違いない。その匂いにも、味にも海が染み込んでいる。

次は鯛の潮と栄螺の壺焼きだった。これも東京と江ノ島にあると思ってはならないので、先ず鯛の潮の方は、汁の味が引き締っているのまでが鯛の新しさを伝えていて、これは勿論、鮑と同様に鯛が目の前の海で取れるからであるが、一体に酒田の料理が淡味で殊に鮮魚を食べるのに適していると思われるのは、一つにはここが昔からの港町で料理法も関西から来ている為に違いない。そして栄螺の壺焼きは一つの栄螺の中身だけを壺焼きにしたもので、それもまるごと入ったままなのを巻き出して食べる。その点では、金沢のばい貝のようなもので、先の方に付いている腸の所が一番旨いのもばい貝に似ているが、この方が味は遥かに強烈で、ばい貝の殻が華車なのと栄螺がごつごつしているのと位の違いがある。つまり、こうなれば血が通った大人の食べもので、お雛様の時に作る子供騙しの料理ではなくなる。

その頃は夜ももう大分遅くなっていて、最後に運ばれて来たのが鰰(はたはた)の湯上げという料理だった。これは湯豆腐の豆腐の代りに鰰を使ったものと思えばよくて、それ故に勿論、昆布だしである。鰰の季節は産卵期の十一月が絶頂ということだったが、この料理に就て先ず感じるのはそれがひどく魚臭い、というのは、生臭いという意味ではなくて、如何にも魚だという匂いがすることである。それだけで半分はもう食べる気にさせられるので、確かにその肉も上等の鱈(たら)を思わせて旨い。併しどんなことがあっても逃してはならないのは、身と一緒に土鍋の中で煮えている鰰の白子で、これは世界の御馳走の一つに数えて構わないものの中に入る。又それだけ、その味を説明するのは困難であるが、強いて言えば、酒田に出掛ける前に邱永漢氏のお宅に招かれて、食事の最後に出た扁桃の実を擂って作ったスープの滑かな舌触りがこの鰰の白子に一番よく似ていた。勿論、この方には或る程度の甘味があって、それに動物と植物の違いがあるが、つまり、比較するものを探しあぐねて支那料理の終りに運ばれて来る手が込んだ菓子を思い浮べる位、鰰の白子はこうして食べると見事なのである。

ここで、こういう料理を肴に飲んでいた酒のことも書いて置かなければならない。酒田の地酒で、この辺で酒は十数種類造っているそうであるが、今度行っている間飲んでいたのはその中の初孫というのだった。ここで聞いた話では、この酒は甘口だということである。人に甘口か辛口かを教えられるのも、この頃の酒に見られる特徴の一つに違いないが、それでもまだ初孫が甘口だとは思えない。要するに、全然舌に逆わない酒で、これが甘口ならば、菊正も甘口だということになる。尤も、こういう違いは確かにあって、菊正は西ノ宮の硬水で作るが、酒田の水は朝嗽いしただけでも解る通り、如何にも口当りが軟かな水で、それを口に入れている間に酒に変った所を想像すれば、大体は初孫の味というものが得られる。そしてこれがあって、どれだけ助かったか解らない。これからまだ何十種類かの料理が出て来るのであるが、その傍にはいつも盃と、初孫のお銚子があったことをここで断って置く。

翌十五日の朝は初孫に、先ず甘鯛の味噌漬けと無花果(いちじく)の砂糖煮が出た。それで早速書いて置かなければならないのは、この辺で作る味噌が非常に良質のものだということで、それで味噌漬けか、味噌汁の実にしたものならば、大概何でも安心して、又場合によっては相当な期待を持って食べられる。この甘鯛の味噌漬けもそうだった。その肉はよく締っていて、甘鯛の甘味は殆どなくなり、どうやって漬けたのか、味噌はその匂いが微かにするばかりで、初め自分が食べているのが何なのか解らない位だった。そして無花果も今頃になると酒田では幾らでもあるのだそうで、こういう甘い果物を砂糖で煮ればどんなになるだろうと思うかも知れないが、その煮詰って苦いのに近い味が酒を一層旨くして、この甘鯛の味噌漬けと無花果の砂糖煮で初孫を飲むのが何とも豪奢な取り合せになった。相馬屋に来るのが遅くなって、縁側には日が一杯に当っていた。これも勿論、どこにでもあるもので、だから、これは酒田に行ったら試みるのに価する。或は雪でも降っていて炬燵が入っていたら、その時はその時で又何か旨いものがあるに違いない。

その朝の味噌汁には飛島で取れるいげしという海藻が入っていた。見た所はとろろ昆布に似ているが、とろろ昆布を吸いものなどに入れて出されると、こんな何の味もしなくてまずいものがあるだろうかと思うのに対して、このいげしは味もあり、一種の芳しささえあって、味噌汁の実には申し分ないものだった。それに庄内米の御飯と人参の味噌漬けで、序でに、その後の煎茶も旨かったが、これは酒田では出来なくて、静岡辺りのものを使っているそうである。それから庄内柿が出た。これは最中を少し厚くした程度の小さな平たい柿で、渋味が全くない代りにその甘さも、甘いというのよりは水の甘さに近くて、こういうのを甘露というのかも知れない。そしてこの柿には種がない。

つまり、前菜、水菓子付きの凝った朝飯を出して貰ったことになった。併しそれで一休みしては、ここにまだ幾日もいられる訳ではないし、残りの二十何時間かで酒田で今食べられるものを全部食べ切れるかどうか心配だったから、そのまま次の料理に移った。それに丁度、昼飯にしてもいい頃になっていたのである。

そして又初めからやり直す形になって、よし蟹の脚と卵の黄身が味噌漬けになったのを、パンにバタを付けたのに載せても合うだろうと思いながら食べていると、そこへ鰰の水炊きが運ばれて来た。大概の水炊きというものがそうなのだろうが、これもその汁が何よりも旨くて、余り旨いので一緒に入っている白菜も旨そうなので食べて見ると、その通りだった。この鰰という魚は確かにこういう水っぽい料理の仕方に適しているようで、つまり、それだけだしが出るのに違いない。白菜の他に、白子も入っていた。

その次に、辛子豆腐というものが出た。胡麻豆腐の胡麻の代りに辛子を使った料理で、この辺で根のりと言っている野生の植物とかたくりと辛子粉で作るのだそうであるが、これを酢醤油に味醂を混ぜたもので食べるのは支那料理の最も人工的な味に匹敵すると思った。辛子は調味料で、肉など食べている時にそれに付けた辛子が舌に触ると、その辛子だけ欲しくなることがあるもので、この望みを適えてくれるのが辛子豆腐である。辛子だけでは無理なことが解っているから、その為に肉や肉の汁や、その他肉を使った一皿の料理をなしているものの凡ての代りを酢醤油、味醂、それから根のりやかたくりが勤めている。何か肉の脂に似たものさえ感じられて、これも辛子の味から生じる幻想の魔術かも知れない。その根のりという植物がなければ出来ない訳であるが、もし誰か東京で酒田料理を始めるものがあったら、先ずこの辛子豆腐を注文したい。

その後に来たのが木茸の土瓶蒸しで、この木茸も酒田の特産物だということだったが、これは意外な発見だった。きだ・みのる氏は「あまカラ」の最近号で、フランスでは御馳走になっているセップという蕈(きのこ)が八王子の奥の山に生えていることを報じている。料理の方法が違えば、材料も違って来るから、そこの村ではこのセップが少しも珍重されていないというのはありそうなことであるが、酒田で出された木茸はどうもフランス料理で言うトリュッフのようだった。松茸を大きくて五分位の長さに縮めた恰好をしていて、フランスではこれをソースや詰めものに使い、高価なものらしくて、一時は日本にも罐詰になって来ていた筈である。そしてこれは土の中に生えているのを特別に訓練した豚に掘り出させるのであるが、酒田でもこれをその道の専門家が土の中から掘って来るのだそうで、料理法は違っても、食べて見ればトリュッフとしか思えなかった。海老と三葉と一緒に土瓶蒸しになっていて、松茸よりももっとあっさりとしているのに、汁の味そのものは鰰の水炊きに劣らないのが不思議だった。

　この辺から少し料理のことを書くのを節約しなければならない。それで、樽烏賊(たるいか)というこの辺で取れる小振りの烏賊は付け焼きにすると香りが高くなり、鬼焼きというのだと味がよくなることや、やはりこの辺の名物になっている木の葉鰈(こはがれい)の塩焼きはどこかよし蟹に似た味がして旨いことや、前にもどこかで書いたことがある剝き蕎麦のことは、ただそうして触れるだけにして置いて、次に目星いものに、飛島の鯛の刺身に庄内納豆をまぶしたものを挙げたい。これは全く何とも言えないもので、鯛と納豆がこれ程合うものであることは食べて見なければ解らない。殆ど西洋料理の趣があって、納豆が卵と辛子と塩で和えてあるうちの、卵と納豆の中の蛋白質が辛子や鯛の刺身の舌触りと一緒になって、卵を使った上等の肉の料理を思わせるのかも知れず、それが食べているうちに白い魚にタアタア・ソースを掛けたのに変ったり、鶏のカレー煮になったりした。そして兎に角、納豆は芳しくて辛子が利いていて、これを紛れもなく鯛の刺身であるものが受け留め、どうせ何か食べて生きて行くのならば、こういうものをという感じを新たにした。
尤も、ただ鯛の刺身に納豆をまぶせば、それですむ訳のものではないことも確かである。鯛はこの辺の、納豆に負けないだけの腰が強い鯛でなければならないだろうし、又納豆がこういう味がするのは、この地方の味噌や青豆が旨いのと同じ理由からで、要するにいい大豆が取れるからである。だから、この納豆をまぶした鯛も酒田の料理に加えなければならなくて、そして覚えていて損をしないものの一つだということになる。又この言わば一種の荒っぽさ、或は親しさは、恐らく所謂、宴会料理ではない。

その頃、酒田の菓子も食べて置かなければならないので、何か適当なのを頼んで置いたのが届いた。その中で相馬屋と同じ今町の小松屋の焼諸粉子（もろこし）という菓子は、黍（きび）の代りに小豆を使った落雁で恐しく固いが、甘さが殆ど口に残らない。それから同じ店に甘氷（かんごおり）という赤と白の松葉のような恰好をした菓子があって、これはその中に入れる香料に何か秘伝があるらしくて旨い。焼諸粉子が一つ七円、甘氷が百匁三十円。それからこれは菓子ではないが、酒田で買って帰っていいものにもう一つ、庄内麩（しょうないふ）がある。これはその晩出た味噌椀に入っていたのを、初め見た時は油揚げと間違えたもので、別にどうということはないが、確かに何かを食べている感じにさせてくれて頼りになり、これを肉類などと一緒に煮ると、その味が麩に移って断然旨くなる。酒田千台町の大丸屋製麩所で作っていて、長方形に切って乾したのの大きさによって値段が違うが、十枚一包みで四十円位のならばそう嵩張らない。

併し料理の話に戻らなければならない。その晩も引き続き色んなものが出た中で、圧巻は鮭の土手鍋だった。これは鮭、鮭の子、揚げ、白菜、椎茸、木茸、葱などを味噌と味醂の下地で煮るので、これに入れる鮭はその頭と、眼と、鰭の所に限られている。つまり、鮭の一番上等な部分だけであって、これが煮えて来ると、ただ滋味の一言に尽きる。鮭の眼は、それが実際にそうなのか、それとも具や下地の配合がいいのか、鯛の眼よりも旨いようで、鮭の子はフランス料理で出すグリン・ピースの柔かさになる。そして鮭の頭の所は、近江の鮒鮨（ふなずし）だとか、鶫（つぐみ）の焼いたのだとか、伊勢海老の茹でたのだとか、頭の味で持っているものを次々に挙げて見ても、これ程とは思えない。恐らく、我々の頭が要求するものが動物の頭にもあるので、それが一つの味になって鮭の頭に染み込んでいる感じがする。

まだ食べ残したものが幾らもあるということなので、翌日は早朝から相馬屋の小座敷に陣取った。そして車海老の鬼殻焼きに添えて出された生薑の味噌焼きで先ずいい気持になった。これは新鮮な味がするものである。それから味噌汁には麩、大根、及び豆腐の他に皮付きの鯔（ぼら）が入っていて、こうすると鯔の脂っこい所がだしになって味噌汁に溶け込み、鯔はただの魚肉に変って、皮の所にだけ鯔の味が残る。そう言えば、前の日には鯔の照りようである。

焼きも出たが、鰡の味を楽むのには刺身でなければ、こうして味噌汁にするのが一番いい

それから木の葉鰈の西京焼きで、これも味噌のせいなのか、それともこれがそういう魚なのか、真名鰹の西京焼きに少しも劣る所はないと思った。序でながら、木の葉鰈をこうするのには五、六寸から七、八寸位なのがいいのだそうである。

それから又幾つか料理を飛ばして、この朝、南蛮海老の塩焼きが出た。塩焼きだと、この海老の甘味が少くなって、殊に頭の所が丁度食べ加減になり、これならば刺身と違って気持よく平げられる。尤も、これは筆者の個人的な意見なので、やはり文学の作品と同様に、食べものもそれが好きな人間が書いた方が適当のようである。例えば、こっちは鮭に就て語る資格の方があるので、その次に出た鮭の茶碗蒸しの味には、確かに鮭の甘味が行き亙っていた。

併しその後で運ばれて来た鮑のわただけの吸いものは、これを相馬屋の板前さんがそれまで取って置いたのが解るようなものだった。その味は濃厚とも、淡泊とも付かないもので、名手が作ったスープであり、湯であって、こっちの舌をそこまで訓練するのにここの板前さんはこの二日間、随分と苦労したのに違いない。或は、もしこれが技術の結果ではなくて、ただ飛島の鮑のせいならば、そういう鮑はどうかしている。併しそんなことはな

いと思う。

最後に止めを刺す積りなのか、板前さんは汽車の時間が間近に迫ってから、よし蟹の味噌椀を出した。よし蟹の身だけでだしを取ったようなもので、立ったまま飲んでから、もう一度坐りたくなった。併し汽車が出るまでに後八分しか残っていなかった。味噌椀を載せて来たお膳を見ると、御飯に筋子の味噌漬けと茄子の辛子漬けが添えてある。大急ぎで筋子の一切れを口に入れて玄関に行って、どうにか間に合った。

以上の裏の所

どこの何という店の刺身は実に大したものだなどということを思い付くままに書いていると、そのうちに雑誌社から、いっそのこと方々を食べて廻ってその記事を書いてくれという風なことを頼まれたりして、それから先が相当に面倒なことになる。ただで汽車に乗せて貰って、行った先で無銭飲食を重ねて又帰って来た後は、原稿料を取って原稿を書けばいいというのでは、初めはただもう嬉しいことばかりという気がするかも知れないが、引き受けて見ると、決してそのように簡単なものではないことが解る。

講演旅行の玉に瑕（きず）が講演をしなければならないことであるのと同じ訳で、食べて廻る旅行も、後で原稿を書くことが目的である為に凡てがぶち壊しになる。小説家というのは旅に出て、いい景色の所に来ても、民謡を聞いても、直ぐに手帳に細々と印象や歌詞を書き込む忙しい人種だと、誰かがどこかで言っているのを読んだことがあるが、食べる方の旅も、雑誌に克明に書くのに後で記憶を手繰るのは覚束ないから、やはり始終、何か食べては手帳に付けていなければならない。そしてそれをやっていては、大概のものがまずくなる。或は、一口食べて見て旨ければ、もうそれはそれで止めて、早速その味を後で思い出すのに都合がいい符牒の役目をする言葉を考え、それを書き付けて次の食べものに移るので、旨いからと言ってお代りなどしていれば、直ぐに満腹して食べて廻ることが出来なくなる。所で、そんなものの食べ方があるだろうか。

旨いというので、ただ一口でもの思いに耽ったりすることは、一口でも相当の作用をする筈の酒でも出来ない。食べものというのは、旨い味がまだ口の中から消えないうちに又その旨い味をその上に重ね、そういう味が口の中でしていることに就て充分に納得が行くまでこれをやって、始めて食べたという感じがするのである。又それだけに、全部食べてはならない、或は、食べれば後で困る旨いものなどというものは殆ど意味をなさないので、それ位ならば食べない方がいいとさえ言いたくなる。又旨いものを食べながら、これをどんな言葉で書き立ててやろうかなどと考えるのは下の下のことであって、食べている間は浮かれた気分になり、その日も過ぎて、もっとずっと後になってからそのことを思い出し、自分も曽てはアルカディア、或は桃源境、或はどこかそのような場所に遊んだことがあるのだと感じて、そこから言葉が生れて来るのでなければならない。

併し雑誌に後で書くことの不便はそれだけに止らないので、例えば、書く以上は読者もそこへ行って同じものが食べたいと思うかも知れないから、食べたものの値段を聞いて置かなければならないということがある。これも困ることで、一々値段のことまで考えて食べていたら、食べている気がしない。それ故に食べものは誰でもが、場合によっては多少の無理をしさえすればあり付ける値段を越さないのが本当なのであるが、幸、東京を離れさえすれば、財布を食べさせられているのに似た高い金を取って商売をしている食べもの屋は、極く少数の例外を除いて先ずないと言える。併し書くとなれば、兎に角、この料理は一人前幾ら、酒はお銚子が一本百三十円、ああ、そうですかとやらなければならず、一旅行で二十何軒も廻るのに、聞いた値段を空で覚えている訳には行かないから、これも聞く度に手帳に書き留める必要がある。

そんなことをして何が面白いかと言われるならば、全然少しも取り得になることなどここにもないと答える他ない。その上に、やはり読者のことを思えば、店の番地も忘れてはならず、又誰かがどこかの駅に着いて、乗り換えの汽車が来るまでに一時間あり、そこの町にある店でこっちが書いた所に寄って見たいような気もするが、込んでいるかも知れないので迷うという場合もあるから、序でに電話の番号も書いて置く方が親切である。それならば、駅からそこまで行く円タクの運賃も必要かも知れず、歩いて行くなら地図、という訳で、しまいには、食べものに就て雑文を書いているのか、それともガイドなのか解らなくなり、どこかでそのけじめが付けたくても、こういう記事の性質上、これはそう簡単には出来ない。食べもののことを読めば、そういうものを読む人間である限り、自分も食べたくなるのが普通で、それにはお構いなしにただ自分の体験を材料に使って記事を書くのは気が引ける。毎月、雑誌に相当の紙面を取ってのことならば、なお更そうである。

要するに、これは宙ぶらりんな仕事であって、食べ疲れよりも気疲れの為に、一度引き受けた後は又どこかそういう注文が来ないものかと、首を長くして待つというようなものではない。併し全く何の取り得もないと書いたが、実際にはそれ程ひどいものでもないのである。色々と面倒なことがあっても、兎に角、旅行をして行き先の土地で食べて歩くことに変りはないので、用事がなかったならばいつまでも行かなかったかも知れないそこの土地に馴染むことになる他に、後になって見れば各種の思い出が残る。繰り返して言うが、旅行が出来ることは確実であって、それが損なことはない。途中の汽車の窓から景色が眺められるという単純なことからしても儲けものであり、それから宿屋に泊り、又そこの土地の景色を眺め、ガイド用の記事に書く程は旨いものがあったり、可笑しな目に会ったりする。併し大体が、こういうことは凡てガイド用の記事には不必要なことなので、それ故にそれをこれからここで書いて見たい。

例えば、神戸で泊った本菊水という旅館の菊正というものがある。これには前にもガイド用の記事の方で触れては置いたが、実はその先があるので、神戸の町はやたらに細長いということがそのことと関係がある。これは、神戸に行くことに決めた時には勘定に入れていなかった辛いことだったので、細長い町をあっちへ行ったり、こっちへ行ったりするのには、ただその行き来だけでどれ位時間が掛るか、全く考えても見なかった。勿論、初めからどこのどういう店に行きたいかが解っていれば、ただそこに行けばいいので、幾ら神戸の町が細長くても、その為にそう時間が掛るということはない。併しこれから青辰（あおたつ）に行って穴子丼を食べましょうというのだけではなくて、その後ではあすこ、次にはここと、ガイド用の記事を書く関係上、方々飛び廻らなければならないとなると、神戸のように細長くて、どこへ行くのにも一定の距離を進んでから始めて左か右に曲る他ない町程、そうして食べて歩くのに不便な所はない。それだけで疲れてしまって、どこか町の東の端から車で明石まで行った時などは食堂車も、駅弁もない汽車に乗せられたようで泣きたくなった。

それを慰めてくれたのが、本菊水の菊正だった。菊正がどんな味がするかは前から知っているから、別に手帳に書く必要はなくて、なるべく早目に朝起きると、女中さんがそれを入れたお銚子を持って来てくれる。前の晩にも、細長い神戸の町を廻り歩いて宿に辿り着いてから飲み、まだ少し二日酔いしているので、ただでさえ旨いのがなお更何か、この世のものではない水を飲んでいるように感じられて、酔って来ると、こういう本ものの常として、或る程度以上に酔わせもしなければ、それ以下に酔いを覚めさせることもない。自分はここで一体、何をしているのだろうと思ったりしていると、そのうちに食べ歩きを始める時間が来て、この時の辛さと言ったらなかった。従って又、これを逆の方から考えるならば、神戸の食べものの中で、それでも旨かったものは確かに旨いのに違いないのである。

序でに神戸に就てもう一つ難を言えば、神戸でなくてはと思う程旨いものが主に支那料理か西洋料理で、自然にそれをビールを飲みながら食べることになることである。勿論、少しばかりの苦労をすれば、老酒でも葡萄酒でも注文出来ることとは思うが、それが値段の問題であって見れば、考え込まざるを得ない。老酒は仮に本ものがあっても、まだ老酒の本ものを自前で飲んだことがないから幾らするのか知らないし、葡萄酒は御馳走を食べるのに適した上等なのを注文すれば、一人当りの勘定がそれだけで三倍か四倍に跳ね上ることが初めから解っている。つまり、一本が三千円、或はそれ以上もするので、それでは辛いから、どうしてもビールになり、例えば今度行った時のようにそういう場所ばかり廻っていると、朝から晩までビールを飲んでいる訳で、これはやり切れなかった。

尤も、そこにもガイド風の食べ歩きの記事を書く面倒が加っているので、誰も食事をするのに別に三千円も出す気はしないから、その誰もに代って書く時は、例えば花隈のハナワグリルで一流の御馳走が出て、三千円でも何でもいいから旨い葡萄酒でこの御馳走が食べたいと思っても、やはりビールを頼む他ない。勿論、葡萄酒で食べてビールを飲んだように書くことも出来ないことはないが、それでは感じが出なくて、そしてハナワグリルに行ったのは、一日中ビールを飲んで暮した後だったから、これは何とも言えないことだった。今度、神戸に寄ったらこの店で前と同じ献立でシャンベルタンか、コルトンか、そういう上ものでいい気持になりたいと思う。神戸のことだから、葡萄酒がないなどということはない筈である。支那料理も老酒で食べられるかも知れない。そしてそのことに就て後で書かなくてもすむと来れば、もうそれで満足である。

尤も、こういう外国の料理にも日本酒が合わないということはない。前にもどこかで書いたことがあるような気がするが、上等の日本酒は上等の白葡萄酒に似ていて、それよりももっと日本酒に近い洋酒に、ティオ・ペペという銘柄のシェリーがある。シェリーはスペイン産の白葡萄酒にスペイン産のブランデーを割って又何年か貯蔵したもので、それで外国の料理の時に日本酒のことが直ぐ頭に浮ばない理由も解る。というのは、シェリーが主に食前の酒だということは、それが普通の葡萄酒と違ってただそれだけでも飲めることなので、その点も日本酒に似ている。日本酒を飲んでいるとつい他のことを忘れてしまって、飲む一方になるからいけないのだと胃病の専門家に注意されたことがあったが、そういう特質があるものだから、どうも洋食の時に日本酒を注文する気になれない。

洋食は食べものが酒を呼び、酒が食べものに答える仕組みになっていて、その酔い心地には格別なものがある。又その方が自然であるのは言うまでもないことで、日本酒も、これに合うように出来ている日本の食べものを肴に飲むのに越したことはない。例えば、生牡蠣を殻ごと山盛りにしたのを前に置き、これを台所で割って洗ったりして貰っては味が薄くなるから、誰か割るのに馴れた人を頼んで傍で割らせ、それを片端から食べながら千福を飲む、という風なことだってある。そして後で食べたうどんにその生牡蠣をぶち込んだのがやたらに旨かったというおまけまで付いているのだから、これは本当にあったことに違いないのであるが、それがいつのことだったのかは今思い出せない。併し兎に角、そういう訳で、今度の食べ歩きでも日本料理が主な所は楽だった。ということは、神戸以外に行った場所の全部ということになって、それはその通りの訳だから、従って又色々とその思い出もある。そしてその一つに、こっちにとって旨いものと、土地の名物になっているものが必ずしも一致しないということがあって、これは楽なことの中に入らない。

尤も、向うが旨いと言って出すものは大概は旨いに決っているので、それをまずいと思うのは先ずこっちのつむじが曲っているか、体の調子がよくないからなのであるが、その土地で旨いことになっているもの以外にも旨いものがあることがあって、例えばそれは金沢の泥鰌の蒲焼きである。これなどは幾らあっても足りないような安くて口当りが軽い食べもので、大体その通りのことを書いたら、そういうものが金沢の名物に思われては困るという苦情が出たことを後で聞いた。併しこれは酒の肴にしても広島の牡蠣に殆ど引けを取らない食べものであって、金沢の泥鰌でなければこういう蒲焼きにならないらしいから、これはやはり金沢の名物に数えていい。それに鯛に、鰤に、鶫に、牛に、鰯に、米に、水までが名物の金沢で、泥鰌も名物であって少しも構わない筈なのだし、そのうちに又金沢に行ったら、もう一度食べさせて貰いたいものである。第一、一串十円のことがもう解っているから、こっちで買いに行って食べる。

併し金沢に限らず、どこへ行っても旨いものが安く食べられるのは、東京に住んでいるものにとっては羨しかった。これは、食べ歩きの取り得で、何でも値段を聞くから、どこにどういうものがあるかということの他に、それが幾ら位するかも大体の所は覚えたが、東京の有名な店で出すものと違って、どれも食べるのに一通りの覚悟をする必要がないのは、悪夢が去って明治、大正の日本の興隆期に戻ったような気がした。その土地土地では、やはり物価が高くなったのが嘆かれているのかも知れないが、それでも東京とは比べものにならなくて、高ければいいらしいこの頃の東京は、田舎の中でも田舎臭い場所に落ちたことになる。そしてこれも田舎の証拠であるが、東京で旨いものを食べさせる店は皆所謂、有名店で、これに反して金沢では、泥鰌の蒲焼きは何という店に限るということはない。つまり、文化の程度がそれだけ違うのである。

だから、金沢でも、長崎でも、或はどこに行っても、その土地の生活に早速浸って東京の埃に塗(まみ)れた垢を落すのに限る。併しそれには食べ歩きというのは余り適していないので、駅で降りてこれからどこへ行ったものか迷うのは少し心細いが、食べ歩きで行くとそれが極端にその反対になる。友達、或は前から知っている宿屋の人ではなくて、カメラマンが二、三人、マイクが二つ、駅長さんが旗を持って楽隊が盛にやっている、とまでは行かなくても、名刺を五、六枚は受け取らなければならない迎え方をされると、人口八百万のうちの半分が有名人か、名士か、或はそういう代物に憧れている人間の東京が自分と一緒にそこまで付いて来た感じがして、これでは東京に残して出掛けた借金のことも忘れることが出来ない。名士と言えば大臣か、陸軍大将に相場が決っていた昔が懐しくなるのであって、食慾など起る訳がない。

尤も、こういう妄想を起したことはあるので、汽車が駅に入って行くと、そこに盛な歓迎陣が待っている。そして東京から持って来た舌がまだ変らないうちに比較して貰いたいというので、そこの新聞社の新聞記者が一人、因果を含められて大きな俎の上に寝かされる（凡ては、文化の為である）。では、というので駅長さんが小型のダイナマイトを記者の腹の辺りに仕掛け、一同、舌なめずりをするうちに爆破。この、まだ脳味噌が柔かならちに召し上って下さい。如何ですか、この味は。ははあ、東京の新聞記者よりも旨いとおっしゃる。いや、そんなことはないでしょう。併しこの地方でも今頃から四、五月までが新聞記者のシュンだと申しまして、はあ。それで、そんなにお気に召したのなら今度は市長を差し上げましょうか。市長さん、どうぞこちらへ。……

新聞記者その他のお出迎えがいやなら、食べ歩きをする時は友達がいる場所を選ぶのに限る。そして出来れば、前に行った町にするので、そうすれば、それまで知らなかった食べものに出会って面食うことも少い。そこにも、食べ歩きの辛さがあるので、普通ならば、何か珍味を見付ければ嬉しい筈なのに、食べ歩きではこれをどんな風に書いたものだろうかと思案するだけでうんざりする。つまり、こんなものがあったのかと喜ぶ一方、もうそれを伝える方法に就て苦心しているのである。写真機をぶら下げて旅行するようなもので、素人がいい景色を見付けてはぱちぱちやり、あれでどうして旅行が楽めるのだろうという気がすることがある。

そういう点で、大阪に行った時は殆ど理想に近かった。宿屋は難波新地の、もう何年も前から泊っている家で、駅にはやはり古くから付き合っている大阪のお嬢さんが迎えに来てくれていた。そうなると、ただ遊びに大阪に寄ったようで、そして大阪が第一、そういう感じにさせてくれる町なのである。ネオン・サインからしてが、東京よりも町全体の感じにしっくりしていて、これはそのお嬢さんも言っていたことであるが、誰だったか先日、大阪から帰って来た人にその話をしたら、その人も大阪ではネオン・サインの色を統一する工夫をしているのではないかという意見だった。それ程だから、駅から出た所の眺めが既にそこに一つの町があることを思わせるもので(東京駅の前や後は、東京に来たという印象を与えるのにはまだ建物その他の整理が不充分である)、自然、食べもののことを書く仕事がなくてもどこかに飲んだり、食べたりしに行きたくなる。そしてその時もそうだった。

御堂筋は何度も通ったことがある。それも、又来て懐しくなる程度で、それだけにこれからどこかその先の所に原稿の種を探しに行くのだという気持にならずにすみ、その状態は少くとも、最初の店に入る瞬間まで続いた。それから先のことは仕方ないが、店に着いてからも、大阪が大体がものが旨い所なので助かった。それが解っていれば、御馳走を食べるのも大阪に来た上は当り前なことだから、ノートを取るのにも余裕が出来て、そうがっかりせずに松花堂の見取り図まで手帳に書いた。併しその時のことをここで又繰り返して述べることはない。そしてそれでも、わざわざ大阪まで食べもののことを書きに行くなどというのは馬鹿げたことなので、宝の山に分け入りながら、これは確かに二十金の冠にダイアモンドを鏤(ちりば)めたものですなどと目利きする人間は、――つまり、それが食べ歩きをやる人間である。是非とも、書く方は抜きでもう一度又大阪に行って見たくて、まだあれからその機会がないのは残念でならない。

　大阪は今度行ったら何度目になるか解らないが、始めての場所でも、もう一度行くことに決めた所は方々にあって、そういう気を起すことは確かに食べ歩き旅行の役得である。金沢に行った時は笛が上手な名妓が一人いて、食べる方が終ってから今は名を忘れた秘曲を繰り返して吹いてくれた。それには座敷の電気を消して、外は月夜なのでそれが出来たように覚えているが、これは笛のせいでそう思っているだけのことかも知れない。併しその晩も、金沢の名産が慈姑(くわい)に百合根(ゆりね)にぜんまいに胡桃(くるみ)、筍(たけのこ)に鯛に鰯に鰤(ぶり)とか、鯛の押し鮨の裏に付いている空色をした海藻を紺海苔(こんのり)というとか、盛に書き付けた上でのことだったので、笛の音で頭の混乱は或る程度収っても、本当に楽めはしなかった。今度行ったら、あの押し鮨を何も書かずに山盛り食べて飲んだ後で、もう一度笛が聞きたいものである。東京で笛を聞きたくはないし、聞きたくてもお能の囃子方でも借りて来なければ聞ける訳がないが、金沢ではそれが出来る。

長崎の卓袱料理も食べ歩きの人間に食べさせるのには勿体ないもので、あれは気が合った人間が何人も、或は何十人も集って、時がたつのも忘れてゆっくり、次々に平げて行くものに違いない。そういう風に献立が出来ていて、料理が果てしなく運ばれて来るから、これでもうおしまいかと思う心配はないし、丁度、もうそろそろ食べて飲んで喋るのが止めにしたくなる頃に御飯になり、その後に汁粉まで付いている。確かに友達と人生を楽む為のものであって、それならば、これが実際は一種の家庭料理なのだということも頷かれる。それで思うのだが、今は家庭でそんな悠長なことをしている時代ではないと言う人間が出て来るのに違いなくて、そしてそれは嘘である。同じ一晩を潰して料理屋に行ってキャバレーに行った後で、又バーに寄って円タクに揺られて家に帰って来る時間があるのなら、それを自分の家で卓袱料理で過せない訳はない。或は、料理屋からキャバレーの方は会社の金で出来るというのなら、日本の会社も馬鹿なことに金を使い始めたものである。つまり、皆それ程貧乏なのだということに過ぎなくて、もっと恵まれた時代になれば、卓袱料理屋の出前がもっと繁昌することになるだろうと思う。

長崎に一人で行った時は、寧(むし)ろ丸山の花月(かげつ)辺りで鯨の刺身だの、鯇(あら)の湯引きした皮や鰓(えら)だのでやった方がいいかも知れない。何しろ長崎も酒の肴の種類が多い所で、五島烏賊(いか)のするめだけでも長崎を記念するに価するし、若布(わかめ)は薄くて味だけが舌に残り、邱永漢氏によれば、日本の唐墨(からすみ)は台湾のに及ばないそうであるが、取られてしまった領土に就ては泣き言を言わないことにして、長崎の唐墨は乾し柿を思い出す位肥えている。そういうものを全部並べて、片端から食べながら飲んだら、これは一人で法悦に浸れるに違いない。そしてそれには花月が適していて、この店は小さくて由緒ある古びた部屋が幾つも庭を囲んでいる。行った時は丁度雨で、ここでこれから飲めたらと本当に思った。併し郷土料理に就て事情を聴取しながらではそれも出来なくて、頼山陽が泊った部屋というのも、ただそういう部屋があることを聞いただけだった。今度はそこで飲む。

花月の門から下の町まで段々になっていて、それを降りて行く時もまだ雨が止まずにいた。辺りは長崎で、まだ午後の二時頃なのに、そこから次に行った所はどこでも構わないが、そうなると行った先で又食べるのに努力することになる。要するに、食べ歩きというのは、御馳走を眼の前に出されて、それが直ぐに持って行かれて又別な御馳走が運ばれるのを繰り返しているようなものである。詩は一行でも堪能して、又全く違った詩の一行に惹かれるというような豪奢な境地に遊ぶことを許すが、食べものはそうは行かない。鰻丼は底まで食べるのが本当であって、その鰻の一切れを摘んで味って見たりするのが何だというのである。当時の食べ歩きの手帳を引っ張り出してめくっていたら、その真中頃に酔っ払った手付きで雑木林、と紙を抉るように書いてあった。可哀そうに、その辺まで来た時に飲んでいた酒の味が、雑木林がある景色に似ていることを、何とか後まで覚えていたくての乱筆だったのである。

私の食物誌

長浜の鴨

これは琵琶湖にいる鴨のことなのだから長浜でなくてもよさそうなものであるが、どういう訳か長浜の辺で取れる琵琶湖の鴨は旨い。又長浜の鴨と特に呼ばれてその季節には神戸のホテルの食堂などにも出る。広島の牡蠣とか明石の鯛とかいうのと同じことなのかも知れない。勿論冬食べるので、それがどうも厳密に二月一杯のことのようで前に一度それ程とも思わずに三月一日に食べに行ったら何か味が違っていた。

長浜に行くとその鴨を食べさせる店が幾らもある。ただ何か出しを入れた鍋で煮て食べるだけのことであるが、それが鴨の味がする。これは妙な言い方で他にもっと旨い説明が出来る筈であってもその味以上のものはないと食べながら思うのが結局は鴨の味ということに落ち着く。いつだったか三、四人で行って、それが殊の外に出来がいい年で何人前お代りしたか解らない。その鴨自身が恐しく雑食する鳥のようであるのに濃厚なその味が穀類ばかりが餌なのではないかと思いたくさせる。神戸辺りのホテルの献立てにも出て来ると書いたが、それは実は見ただけでまだ食べたことがないからこの鴨を西洋風に料理してどんな味がするか解らない。併しこれだけのものが材料ならば本来の味をごまかすのが目的のフランス式のやり方よりも日本料理と同様にもとの味を生かすことを狙う英国式の料理法で行った方が旨いのではないかと思う。フランス料理で食べたいのは鴨よりも家鴨(あひる)である。

冬の方が鳥獣が旨いのは寒さで脂が乗るということの他にこっちも寒い中で食べるからだということもあるような気がする。昨年の長浜は雪が降っていて飲みながら鴨を突っついているうちに酒の方が留守にならざるを得なかった。もう一度あんな思いで食べて見たい。それに何と言っても取れた現場であるということが強味で食べものも運搬によって味が落ちるのを免れない。それならば神戸では却ってフランス料理で食べた方がいいだろうか。長浜は秀吉がまだ羽柴筑前守だった頃に居城があった所で、それも相当な期間その辺を領していたらしい。日本も元亀天正の時代になれば盛に肉食が行われるようになっていたから秀吉は長浜の城主で鴨も一番いい所を食べていたに違いない。信長が秀吉をここに封じた時そのことも考えていたのだろうか。

神戸のパンとバタ

こういうパンとバタなどというものはどこにでもあってどれも似たり寄ったりだと思っ

たのでは少くとも朝の食事がまずくなる。戦後は殊にそうで戦争が始る頃までは確かに東京でも横浜でも旨いパンがあり、どこからか旨いバタが送られて来ていたが、それが戦後はどうもアメリカさんの影響で、或は日本を占領しに来た種類のアメリカ人の好みのせいでパンはただ砂糖を入れて焼いて真っ白で甘いものならばいいことになり、バタは単に脂を補給する方法になった。勿論ものを食べるというのが単に栄養を補給する方法でしかないならば甘い白いパンでもただの脂のバタでも構わない訳である。そうした考え方が行き着く先が月まで飛ぶ時の食べものとも言えない食糧であるが、やはり命が惜しければ食べものは食べものらしい方がいい。そしてどうした訳か神戸で食べるパンやバタは昔通りの味がする。その神戸が灘の酒の産地でもあることを思えば或はこれは神戸にはまだ文明があるということなのかも知れない。東京から来た序でに是非お土産にと思って入った道端のパン屋ではパンは朝のうちに全部売り切れるから朝買いに来る他ないということだった。別に東京の人間に食べさせる為に神戸でパンを焼いている訳ではないからそれでいい訳で、それで神戸にいる間は毎朝のパンが何とも旨かった。

それはバタも同様でパンはパンの匂いがし、バタ臭いという言い方を神戸のバタで思い出した。そのバタの匂いというのは結局は牛乳の匂いで昔はバタを食べ付けないものがこの匂いをバタ臭いと言ったのに違いないが、その点はこの頃東京で売っている無味無臭のバタだったならば昔の人間も苦労しなかったことと思われる。パンの匂いというのは小麦の匂いでどうかするとビールが本当に大麦の匂いがするようなものである。そういう神戸にあるようなパンならば生でも旨くて焼いて神戸のバタを付けるとパンとバタというものの観念が変る。或は昔の観念に戻る。考えて見るとこの頃はパンと呼ばれてパンでないもの、又それと同じ伝で何かであることになっていてそれではないものが多過ぎるようである。例えば酒でない酒などというのは始終のことでそれで偶に神戸に行ってパンとバタにあり付き、飲む段になって神戸で神戸の酒を飲み出して漸く人間らしくなる。

飛島の貝

日本海の山形県沿いに飛島という小さな島があってここの貝は旨い。どういう貝だろうとここで取れる貝は何でも皆いいようであるが、その中でも挙げたいものに鮑（あわび）と蠑螺（さざえ）がある。

その鮑の方は最初に水貝で食べて、それから或る時こういうことがあった。勿論飛島の貝と言ってもそこまで行って食べる訳ではなくて山形県酒田市のどこかで飲んでいた所が何か鼠色をして少し粒が大きな粉を捏ねたようなものが出て、又これがやたらに旨かったので直ぐに食べてしまった。そしてもっと欲しいと言うと断られもしなかった代りにそれが来るまでに相当な時間が掛ったのを覚えている。後で聞いたことによるとこれは飛島の鮑を先ず水貝にして次にこれを丹念に擦り降したものなのだそうで、それに付けても他所で何か旨いものが出た時に無暗にもっと欲しいなどと言うものではないことがその時よく解った。併しどうしても欲しい位そのどろどろしたものが旨かったのである。

蠑螺も色々と料理の方法があるのだろうが山形県ならばその塩辛というのが壜詰めになったのを海沿いの場所ならば大概どこでも手に入れることが出来る筈である。それとも知人の家から送って貰う壜には札も何も貼ってないからこれはどこかの手製なのだろうか。併し確かに買えると聞いていて、そこの所はどうだろうと兎に角これも絶品である。これも多くの海産物と同様に多少の磯の香りが残っているのがその味の一部をなしているような具合になっていて、その味が蠑螺の臓物掛ったものだからこたえられない。勿論それが塩辛になっているのだからかなり強烈なもので鮑を擦り降したのと違って一切れか二切れずつ取るだけで口中にその磯の香りと味が拡る。何故これ程のもののことを余り聞かないのか考えて見るとこれはやはりそう手広く作って売る訳には行かない性質のものなのかも知れないし、それならばそれでこの味はいつまでも落ちることがないことが期待出来る。

大体旨いものだから皆で食べなければならないという法はないのである。それと栄養の問題は別でその上に各自の好みがあり、旨いからと言って早速それを全国の名店街で売り出す必要は少しもないということがこの頃は忘れられ掛けている。序でながら、この蝶螺の塩辛も別に高いものでも何でもない。

近江の鮒鮨

この鮒鮨の製法に就ての詳しいことは知らないが、これは兎に角普通に言う鮨ではなくて飯を発酵させたものに琵琶湖の鮒をまるごと漬けたものでその鮒を食べるのである。こういうものになるとその味をどう説明したものか考え込む仕儀になる。先ず言えることはこれは尾を除いて頭からそこまで食べられて、その頭が殊に結構である。

この鮒鮨が入った箱が着いたら中の鮒を一匹出して薄く輪切りにして食べるので、この頃の鮒は小さいから一人で一匹分でも別に多過ぎない。その幾切れかを熱い飯に乗せて塩を掛けて食べるのであるが、それにはその頭の所が最も滋味に富んでいるというのか妙であるというのか、そう言えば大概の動物が頭が旨いのはやはりそこに一番いいものが集っているのだろうか。この鮒鮨の場合はその次が腹に卵が詰まっている部分で、それでも頭には遠く及ばなくて人間も含めて凡て動物というものの体の構造から鮒も頭が全体に比べて少ししかないのが残念に思われる。一人に一匹分でもと書いたが、この鮒鮨は相当に精分が付くものらしくて食べ過ぎると上せるとか頭が禿げるとか注意されたことがある。併し随分食べても別にどうもなかったからこれは高血圧の人などに言いさえすればいいことなのかも知れない。これ程の味のものなのだから勿論酒の肴にもなって実際の所これといい酒だけで幾らでも時間が過せる。

一体に酒の肴に適している食べものは熱い飯にも合ってこれは各種の塩辛から唐墨(からすみ)、くちこの類に至るまで先ず例外がない。併し鮒鮨ばかり肴にして飲んでいれば酒の方が切りがなくなり、この今日の時代に夜明しで飲むだけの暇があるというような幸運に恵まれることは滅多にないと考えられるから鮒鮨はやはり少しずつ食事の時に食べるものだということになりそうである。これを茶漬けに使う時は塩の他に海苔も足すべきで、この茶漬けで食べるやり方の方がただの飯でよりも遥かによく鮒鮨の味が出るから初めから茶漬けで食べた方が楽める。大事なことをもう少しで忘れる所だったが鮒鮨には味醂を使うか何かして甘くしてあるのとそうでないのがあって勿論甘くしてない方が旨い。又懐石にでも出す為なのか精製してあるのともっと荒っぽく作ったのがあり、これも荒っぽい方がずっと鮒鮨の味がする。

瀬戸内海のままかり

これは瀬戸内海のどことも決っていないようで岡山から送って貰ったこともあり、尾道辺りにもあるらしい。又それが何という魚をどうしたものかもいつも聞いて忘れて、それに魚の名前を言っても駄目でままかりということで通用しているのだから人に頼んだりするのに不自由することはない。これは要するに小さな魚の或る種の方法による酢漬けであってもともと瀬戸内海の猟師が取れた小魚を酢に漬けて船での食事のおかずにし、それが余り旨いので食が進んで持って来た飯を全部食べてしまって他の漁船から飯を借りて食べ続ける所からままかりという名が付いたのだそうである。つまりは売れないような小さな魚を自分で食べるということだったのだろうから或はこれは何という魚と決ったものではないのかも知れない。今はこれが壜詰めになって売り出されているが、どこのどういう店のがいいと言ったことは土地の人しか知らないのだからそういう人に頼むのに限る。

こはだの子かと思ったこともあって、そういう味がする。併しそれに似た味と言った方が正確のようでその名が示す通りこのままかりの旨いのに当ると何とも鮮烈な楽みを知ることになる。大概の旨いものというのは一応甘いとか辛いとかいうことで味の印象を統一出来るものでこのままかりにも酢漬けであるから酢の味はするのであるが、それがもっと何かこれが魚というものだぞと言われた感じにさせるものがある。勿論魚を酢に漬けたものなどに就て講釈を聞かされたりすることはない。このままかりは講釈をするのではなくて実物でその味を示してそれでもっと食べたくなるというのが一番説明として当っているかも知れない。それがおかずになるのであるから酒の肴に絶好であるのは勿論のことで、ただ酒の肴ではどうしても酒の方が主になるので勿体なくてやはり熱い飯と一緒に食べるのがいいのではないかという気がする。それ程旨くて又飽きるということがない。

一つこのままかりで解ったのは春になった頃のが魚が小さくて最も味があり、春が進むに従って壜に詰められて来る魚も段々大きくなって来て味が落ちるということである。併しこれは漬ける魚がいつも新しいということにもなってそれ程需要があるのか、それとも作られる量が少いのかそこの所は解らないが、やはりこれは早春の食べものだろうと思う。

広島の牡蠣

それが今でもこれまで通りに食べられるかどうかに就ては何とも言えない。誰もが知っている我が国の政府の企業を優先にする政策に基いて瀬戸内海全体が現にどうなっているか解らない時に広島辺りだけが無事だとも思えないからであるが、もしどこかに牡蠣が汚水その他にやられていない所が残っているならばそれを食べて損をすることはない。

ヨーロッパでは英国が西暦紀元前からの牡蠣の名産地で遠くローマまで輸出され、これは今でも英国の牡蠣で知られているのに対して日本では広島のが牡蠣というものではないかとこの頃は考えるようになった。この貝もただ漠然と貝の肉というものが我々に聯想させるものに止らなくて独特の匂いも味も舌触りもあり、広島のを食べていると何か海が口の中にある感じがする。又現に海の匂いが強烈であって潮風を思わせ、それに牡蠣というのがもともと消化剤に似た役目をするものらしくてこの牡蠣を二、三十食べるのは何でもない。ただ気を付けなければならないのはこの頃は役所からのお達しとかで牡蠣を殻から出して水に漬けて味も匂いも洗い落してから又もとの殻に戻して持って来るということが行われていて、それならば東京の西洋料理屋でいつ死んだのか解らないのを食べるのと変ることはない。どうでもいいような所で我々国民の健康を気遣うのが役所というものらしい。

それでまだ広島の牡蠣らしい牡蠣を見付けることが出来たならばそれを自分の所に送って貰って食べるのならば問題はないが、もし広島で牡蠣を食べさせる所で食べるならば自分の健康のことは自分で責任を取ることをはっきりさせて牡蠣を殻付きのまま海から取れたばかりの状態で持って来て貰うことが先決である。その殻をこじあけるのに少し手間が掛るがそれに使う道具もあり、どうしても自分で出来ない時は土地の人にやって貰えばいい。又その産地に敬意を表して酒は広島県産のものを頼むとこれが丁度この牡蠣に合う。勿論そうして生のままの他にも食べ方があって牡蠣フライならば東京にもあり、前に広島に行った時に土手焼きと言って何か牡蠣の廻りに味噌の塀のようなものを作って焼いたのを御馳走になったことがあったが生のままが一番旨いことは説明するまでもない。日本のように各種の食べものに恵まれた国ではこれは当り前で、ただいつまでそれが続くか。

新潟の筋子

勿論この筋子は新潟だけのものではなくて北陸、或は東北一帯で常食になっているようであるが、それを最初に旨いと思ったのが新潟だったという縁で今でも新潟と聞くと筋子のことが頭に浮ぶ。それも粕漬けがいい。これを新潟で食べるならば塩漬けでも味噌漬けでも文句を言うことはなくて殊に家庭で作った味噌漬けの何年もたって琥珀色に変色し、口に入れるとそのまま溶けてしまうようなのはこの世の味とも思えないが、そういうのは滅多にあり付けるものではなくて新潟から送って貰うのならば粕漬けに越したことはない。

それに粕漬けだと筋子が酒に酔うのか他の漬け方では得られない鮮紅色を呈して見ただけで新潟の筋子だと思う。とても東京の魚屋で売っているどこか生臭いものなどからは想像出来ない味がして、これも肴なしで飲める日本酒という有難い飲みものの肴にするのは勿体なくて食事の時に食べるものだという気がする。その上に白い飯の上にこの柘榴石(ざくろいし)のようなものの粒が生彩を放つ。その酒と肴の関係に就て一言書くと新潟でこの筋子の粕漬けを肴に飲んでいると酒も旨いのでつい筋子のことを忘れ、気が付いて少し慌て気味にそれが下げられる前に小皿に盛ったのを一口に食べてもやはり筋子の粕漬けは旨いのだからこれは確かに食べものの中でも逸品に数えていいのである。或はこれは筋子を漬ける酒粕の問題でもあるのかも知れなくて粕漬けを送って貰って筋子を食べてしまった後でその粕に魚を漬けると鮭(さけ)でも鱈(たら)でも実にいい粕漬けが出来る。丁度或る種の奈良漬けを作るのに使う酒粕と同じで酒粕が悪ければそういうことにはならない筈である。

又筋子と酒粕が揃った上での漬け方にも何か秘訣があるに違いない。どこだか忘れてしまったが、いつだったか新潟のそういう製造元の一軒を尋ねて行った時に表の店の構えは全く人目を惹かない態のものながら薄暗い奥がどこまで続いているか解らない感じで、そこでどんなことが行われているのだろうと思ったことがあった。筋子の粕漬け位大概の町の所謂、名店街で売っていると考えてはならない。少し頭を働かせればそれが妄想であることが直ぐに明かになる筈で、もしその名店とかいうのが名が知られた店ということならばそういう店が一つの街を作って並んでいたりする訳がない。

金沢の蟹

日本海沿岸で取れる蟹は余りにも有名で今更そのことを書くのも、又それを石川県の金沢の特産と見るのも無意味であるが、ここで書きたいのは金沢でどうかすると出る蟹の塩辛で何故か蟹の塩辛というのは金沢とその周辺の土地でしか食べたことがない。又それが貴重なものなのか味が強烈な為かいつも小振りの香合のような入れものに盛って少しばかり出て来るだけで、その位が丁度いいのかも知れない。と書いてしまえばこれは甚だ疑問でお代りを頼む勇気がないから大事にあるだけの分を食べているものの、この塩辛も食べているうちに飽きるということは考えられない。その味が強烈だというのは何か塩気を多くすることで蟹の肉、又それにも増して内臓の味を一層はっきりさせる方法によるものと思われてそれで食べていてこれこそ蟹というものだという気がして来る。

まだ何という蟹を使うのかも聞いたことがないが、もしずわい蟹、こうばこ蟹その他この辺で取れる凡ての蟹の旨い所ばかりを集めたらばこんな風なものになるのではないかというような味である。海で取れるもので本当に旨いのは必ずどこかで海の匂いがする。この蟹の塩辛もそうで、これを要するに蟹も旨いのは海の匂いがして蟹の味の特徴を生かして漬け込んであるからこの塩辛も海の匂いがするということになるに違いない。金沢の料理というのか酒の飲み方の一種というのか、こつ酒というのがあってこれは大きな水盤のような皿に鯛、或は岩魚を焼いたのを入れ、その皿に熱い酒を注いでこれに火を一度付けて燃やしてから飲むもので、これだと全く海を飲み乾すような感じになるものであるが、そのような手間を掛けなくても金沢の蟹の塩辛を肴に飲んでいれば結構似た気分になる。

　併しそこが蟹というものの味の細かな、或は濃やかな所でこの方は海を飲んでいるよりも西洋で貝殻を耳に当てると海の音が聞えると言い伝えられているのと同じで蟹の味に海を偲ぶという具合になるのである。それ故にこれで御飯が何杯でも食べられるのは言うまでもない。この壜詰め位売っていそうなものであるが、まだそういう話を聞いたことがない。そう言えばいつか九州の人から蟹の塩辛の壜詰めを貰ったことがあって、これもまずくはなかった。併し金沢のが抜群に旨いのはやはり家庭での手製であってのことなのか。

関西のうどん

この関西はうどんの旨さからすれば実際は名古屋辺りから始って関西を遥か通り越して広島、或は下関まで及ぶかも知れない地域を指すことになるが、それを関東のうどんのまずさと比べてのことと考えるならばやはり京大阪、奈良と言った所がうどんの本場と思われて来る。何故そこで食べるうどんが旨いのかは解らない。

凡て旨いものがそうであるようにこれも麦の質とか汁の作り方とか、或はうどんの茹で方とか色々なことがあってこういううどんが出来るのに違いなくて、それだからこれはそれが出来る所まで行って食べる他ない。その味を言うならば一体に関西の食べものは淡味ということになっていて、それならばうどんの汁も淡味だから旨いのだということになりそうであるが関西のうどんはうどんそのものが淡味のせいでうどん粉臭いのとは反対に何かあの白玉というものをうどんの形に伸ばしたものを食べている感じがする。この白玉というものをこの頃は余り見ないので念の為に字引きを引いた所がこれは寒中に糯米(もちごめ)を洗い、天日にさらして挽いた粉をこねて作った団子と説明してあった。関西のうどんも寒ざらしにするのかも知れない。

そのうどんの汁が淡味で旨いことは言うまでもない。凡てその淡泊な調子なので天ぷらを足せば却って引き立ち、うどん屋に入ってこの天ぷらうどんを何杯でもお代り出来るのだと思うといい気持になる。その三杯位は何でもなくて五杯目位になって漸く少し飽きて来る。その昔、奈良のホテルに泊っていて、いつも朝寝坊して食堂で朝の食事を出している時間に間に合わないので毎日町に出ては朝の食事に天ぷらうどんを食べたものだった。そういう関西のうどん屋の気分というのもいいもので、先ず例外なしに煤けた古い店だったのが外の光を本当の朝のものに思わせた。実はその朝のうどんが今でも最も強烈に印象に残っていていてこれを昼食べたらまずいのではないかという気さえするが勿論そんなことはない筈である。現にその後、関西に行った時に偶に思い出して夜寝る前にうどんを取って貰うとそれも旨い。尤もその時間になると大概は鍋焼きうどんしかない。

生憎ここで新潟のうどんも旨いことを思い出した。併し新潟は江戸時代から国内航路でも重要な港町で京大阪から直接に文物の流入があり、うどんが旨いこともそれで頷かれる。

東京の握り鮨

東京の名物というものが今日では殆どなくなって、もしあるとすれば握り鮨位なものである。或はもっとはっきり言って今ではこの鮨しかない。昔は例えば江戸前の料理というものが確かにあったが、そんなものや浅草海苔のことを思い出して見た所で姿を消したものは消したのだから仕方がない。それに東京が握り鮨を自慢にしていいのはこの町を一歩でも出ればもう味が違うからで握り鮨は関東でも東日本でもなくて東京のものである。或は江戸のものであって掘り割さえもなくなった今日、鮨だけに江戸が残っている。

そう言えばその種の中でこはだは最も歴史が古い部類に属しているのだそうで、こはだは鮨の種の圧巻ではないにしてもこはだが旨い鮨屋の鮨は旨い。これはこはだではないが、その昔まだ東京に掘り割が縦横に切られていた頃銀座の三原橋の傍に新富という鮨屋があって、これが鮪(まぐろ)の赤い所と烏賊(いか)しか握らなかった。それも本ものの大握りの三口でも食べ切れない型の鮨で、その鮪の鮨や烏賊の鮨が一応こっちの鮨なるものの観念をなしていたことを思い出す。このこはだ、鮪、烏賊という辺りが江戸前の鮨の種というものではないかという気がして通人はひらめの縁側、生海老その他のことを言っても通人の味覚などというのが当てになるものではない。実に率直に鮪や烏賊やこはだ、これに加えてかんぱちや穴子はそのもの自体の味がする。それに酸っぱいというのは各種の味の中でも最も容易に識別出来るもので鮨の飯を作ってその上にその鮪だの烏賊だのを載せるというのは江戸の人間の知恵があってのことと納得出来る。

もともと江戸というのは田舎の町である。その歴史も江戸開府の時から今日までまだ四百年とたっていなくて更にその後に来た東京に至っては何れこれが町と言える程の個性を持つことになるか持たないうちに消えてなくなるかもはっきりしていない。そこにもし少しでも取るに足るものがあるならば、或は今日でもまだそれが色々あるとしてその根本をなすものは開府以前にあった関東の漁師の淳朴を都会であることに向う為の洗練が消化し切れずにこれと不思議な混り合い、綯い交ぜをなした結果生じたように思われる。そういう田舎臭さが一つの伝統になった都会というものも考えられる筈であり、それがどんなものかを説明する一例に江戸の鮨の味がある。

明石の鯛

この頃はこういう食べもののことも書いて置いた方がいい。或は少くともそのような気がする。昔は東京湾でも鯛(たい)が取れたものだそうで、それが又非常に旨かったということを矢田挿雲の「江戸から東京へ」で読んだことがある。今では考えられないことであるが、その東京湾の方はまだ「江戸から東京へ」が新聞に連載されていた頃まで実際に鯛が取れていたらしいのに対して現在の雲行きでは鯛と言えば明石鯛だったその鯛も近いうちになに変るのが食い止められれば別である。

くなるのではないかという風に思われて来る。尤も瀬戸内海が今の東京湾のような泥の海に変るのが食い止められれば別である。

その明石の鯛を最初に神戸で食べた時は鯛だということが直ぐに頭に浮ばなかった。既に東京湾が泥の海だったのか、それとも明石の辺りで取れる鯛が他所の場所のと比較を絶するのか何か今まで食べたことがない上等な魚を食べているのだと思った。例えば海老が旨いのはゼラチンをもっと堅くしたような歯触りのものがゼラチンではなくて海の味、又どこか微かに海の匂いがするからであるが明石の鯛も同じ力強い歯触りで、そしてどうにも豊かな魚の味がした。それは山葵醤油で食べるのが惜しい程の味で又その味が山葵醤油まで甘く感じさせた。大体甘い味というのは調味料を使っての甘さと天然自然の甘さと二種類あって、例えば牛肉も本当に牛肉であるものは甘い味がする。その甘さの鯛でこれは所謂、甘鯛の味とも違い、いやになるには淡泊であり過ぎてそれでも甘い。何かこれは食べながら大きな魚が波間で跳ねているのを思わせるものでこれならば魚は鯛に限ると少くとも食べている間は考えたくなる。

一体に旨い魚や鳥というのは飼って見たらさぞ可愛いだろうという気がして、これは例えば石川県金沢のごりがそうであり、獣の中では象や河馬が可愛いが、その両方とも非常に旨いそうである。明石の鯛は生きているのを見たことがない。併しこれは可愛いのを通り越して立派な魚に違いなくて、この魚が波間で跳ねているのを見たらどんなだろうと思う。従って食べるならば刺し身ということになり、これは明石の鯛ではなかったがいつか支那料理で鯛が出たことがあって何とも勿体ない気がした。兎に角神戸やその近辺に行く毎に鯛が食べたくなるとは限らなくてもこれも今のうちに食べて置くべきである。

富山の鱒鮨

神通川といえば今は先ず汚染ということが頭に浮ぶ。そして生憎この川で取れる鱒（ます）は旨くて、これを使った富山の鱒鮨も旨い鮨の一つである。これは大概は丸い木の桶に入っていて飯の上に鱒の赤い肉が敷かれ、その上に又飯、その上に鱒が又敷かれて全体が笹の葉で包んである。尤もこの頃の物価高で鱒の肉の厚みが戦前の半分程になり、これには鱒自体が取れなくなったということも影響しているに違いないが、それでも富山の信用出来る店で作っているのは桶が小包で着くと嬉しくなる。それも六月頃に作るのがよくて、どういう関係かその頃の鱒が一番脂が乗り、飯にもその脂が染み込んで旨くなっている感じである。

この鱒もパンにバタを塗った上に載せて旨いに違いない。併しそれが鮨の種になっているのが一つの着想で鮭の燻製にレモンを掛けるのと同じ意味で酢が鱒の脂っこいのによく合う。それに色の問題もあって淡紅色の鱒が白い飯と笹の葉の緑に映り、この鮨は見た目にも美しい。そして勿論この鮨は醬油など付けずに食べるもので、ここまで書いて来てその製法を別に聞いた訳でもないことに気が付いたが、恐らく鱒に多少の塩が利かしてあるに違いなくて凡て必要な味は鮨自体に含まれている。六月と言えば梅雨時の蒸し暑い頃で、それでもこの鮨ならば食欲が出る味である。そういう淡泊な脂っこさなどというのは可笑しなことに思われるかも知れないが、それは脂っこいのとしつこいのを取り違えているので又レモンを例に引けばレモンのように脂っこいものはない。そのことを考えないで胡瓜揉みがさっぱりしていいと思ったりするから夏痩せするのである。

それでこの鮨を肴にビールということも出来ないことはない。併しこの別に高級でも贅沢でもない食べものを肴にしてのことならば余程のビールでなければ飲みものの方が負けるのではないかと危ぶまれて、そうするとビールというのがそれだけ下等なものなのだということに思い当る。ただその冷し方と注ぎ方で旨いまずいが決るこの飲みものはどうも夏の暑い時、梅雨の頃の蒸し暑い時に喉を潤すのに役に立つものでしかないようで、こう書くとそれだけでもお世話になっているビールが気の毒になるが、それ程この鱒鮨というのは豊かな味がするものなのである。これも尤もいつまであるものなのか解りはしない。

長崎の豚の角煮

これは今では方々でやる料理になっていて懐石でもそのもっと洗練された形のが出ることがあるが、その始りが長崎であることは明かで今でも長崎で食べると一番旨いように思う。要するにその名が示す通りの豚の肉を四角に切ったのを煮たもので、どういう風に煮るのかは解らない。併し牛の尾を煮た西洋料理があり、その材料に牛の尾の代りに豚を使ったものと思えば先ず間違いなくて豚だからもっと淡泊なのでこの何かしつこい料理法がよく合う。つまり牛の尾だと余りこってりしていて胃が弱っている時などは聊か参ることがあってもこの豚の角煮はビールの肴にも食べられて、或はビールの方を従にして充分に楽める。これはオランダ人や支那人に倣って牛や豚の肉を食べ始めた長崎の人々の工夫による料理に違いないとともに鶏よりも脂っこくて牛程ではない豚の味をよく生かしている点ではやはり日本の料理である。

一体に豚という動物は見た目には可愛いが、その肉には何か一つか二つ足りないものがあるようで仮に病気の心配がなくてもその刺し身など考えられず、それで酒蒸しにしたり塩に漬けたりして味を補うことになるのではないかという気がする。その時にこの角煮でやる具合に恐らくは色々と香料を使って思い切りこってりした料理の仕方をすると豚の味が消えてしまう一歩手前まで行って、そこで踏み止ることとで豚の味がして来る。どうもこの角煮の味を説明するのにそうとでも言う他ない。

兎に角これを長崎で食べた時は旨いものだと思い、それでその名前まで聞いたのであるが、そういう気を起す位旨かった。併し酒の肴にはどうだろうか。これは旨いものの通例に反して熱い飯とかバタをたっぷり付けたパンとかと一緒に食べる時は珍味であっても一般に酒、つまり日本酒の味というものを考えてそれからこの角煮の味を思うとどこか合いそうにもない感じがする。併しそれだから食べものとしてまずいことにはならない筈で例えばカレーライスにも酒は合わない。その後に長崎でこの角煮を鑵詰めにして売っていることが解って送って貰ったことがある。他の大概の食べものならば考えられないことであるが、これは鑵ごと温めて食べると殆ど味が変っていなくて鑵詰めの食べものの中ではこれが王者であると思い、その鑵に何の印も付いていなかったのも奥床しかった。

大阪の雀鮨

大阪鮨というのが東京の握り鮨とともに鮨の世界を両分していることは誰でも知ってい

る通りであるが、この雀鮨も大阪鮨の一種である。そして東京でも作って売っているのはこの頃は少しでも旨くて作り方がごまかせそうに思えるものは何でもそうであっても勿論この雀鮨も大阪で食べなければ大阪の雀鮨ではない。これは小鯛を種に使って白身の半分に皮を残した大阪鮨で丸い桶に詰めたその白と紫掛った鼠色の色調と鮨の格好が雀に似ていなくもないので雀鮨とも呼ばれるようで、その本当の名称は小鯛鮨であるらしい。併しこの鮨の場合も乱獲その他の理由から最近は材料が不足して来ていて桶に詰めた所謂、姿鮨は必ずしもいつもある訳ではないが、これを鯖鮨と同じ長方形に作ったものは大阪の方々で普通に手に入る。

　関西は食べものが淡味であることで知られていて、この雀鮨などはその典型的なものと思われる。大体が小鯛というものが上品な味でその味があるかないかである所に特徴があり、これを上手に生かして鮨に作ってあるのだから旨いに決っている。どうも飯の炊き方、又その味の付け方にも何か秘伝があるようで飯と種の調和が本場の大阪の雀鮨でなければ味わえない。多寡が鮨ではないかと言えないものがあって、もし極上の酒が洋の東西を問わず水の味に近くなり、味があるかないかが食べものの味の中で最高のものに属するならばこの雀鮨も極上の食べものである。もし花ならば桜という所だろうか。先ず口に入れたものが何だか解らないうちにそれがこの雀鮨であることがいや応なしにはっきりして来て安心する。例えば同じような作り方のものでも鯖鮨にはない味で、その鯖鮨は鯖鮨で確かに旨いものであっても雀鮨ならば食べていて飽きることがない。又どうかして食べ残して飯が堅くなった時には焙って食べると又別な風味がある。序でながらその種の小鯛だけを酢漬けにしたものを京都では売っていて、それが全くそのままの味でこの雀鮨になっている。

出来るならば長方形のものよりも材料がある時に桶に詰めた姿鮨に作って貰った方が見た目にも美しい。そういう店が大阪にはまだ二、三軒残っている筈である。大阪というのは大体が食べものが旨い所でこの鮨を皮切りに少し続けて大阪のことを書いて見たい。

大阪のかやく飯

これは東京では混ぜ御飯と言っているもので、ただ違うのは東京の混ぜ御飯よりも大阪のかやく飯の方が遥かに旨い上に大阪ではこれを売っている店があってそこで食べられることである。又その混ぜ御飯なるものが今の東京では普通の家庭でもあり付けないものになっているから差し当り現在の東京でこのかやく飯に相当するものは支那風の炒飯（チャーハン）という所だろうか。全くこの東京の町というのはどこまで落ちて行くのか解らない。

それで混ぜ御飯ももう忘れられているならば大阪のかやく飯の説明もしなければならなくて、これは油揚げとか人参とか牛蒡（ごぼう）とかを飯に混ぜるのではなくて初めから米と一緒に炊き上げたものである。その作り方からして恐らくはこれももとは家庭料理だったのに違いないが、それを主に売っている東京風に言えば食堂が大阪には方々にある。あの味を思い出すと東京の混ぜ御飯と比べたのが悪かった気がする。再び今日の東京風に言えば家庭的とか庶民的とかいう愚にも付かない形容詞を並べることになりそうであっても、これはそのようなことと凡そ縁がない本ものの食べものの味がする。その作り方、であるよりも材料を説明しただけでそれは解る筈で油揚げその他を米と炊けばそうして混ぜたものの味が飯に染み込む訳であり、油揚げと人参と牛蒡と、その他に椎茸、蓮、豆などの味が米の味と一緒になったものがどんなか、これは説明の域を越えて大阪で食べて見る他ない。

　大概そういう店ではこのかやく飯の他に粕汁とそれから何か煮締めのようなものを売っていて、この粕汁もかやく飯とこれとどっちが食べたくて店に入ったのか解らない上々のものである。序でにその煮締めも関西風の淡味のものであることを付け加えて置くべきだろうか。ここで粕汁の説明まですることはなさそうである。或はそう思いたくてしないで置く。このかやく飯と粕汁と煮締めで東京の天ぷらそば位の値段で食事をするという贅沢も今の東京では考えられないことである。これは贅沢が値段の上下、外見の地味とぴかぴかなどと関係がないことを示すもので、それが如何にそうであるかは現在の東京では贅沢という言葉が忘れられてその代りに豪華という言葉が使われていることでも解る。大阪のかやく飯は東京の貧民の口に入るものではない。

大阪の小料理屋

これは大阪のどこの何という店の料理が旨いというのではない。昔は東京にも小料理屋、おでん屋、飲み屋という風なものがあって今はもうないということにはならないのかも知れなくても例えば小料理屋は、もしそれがまずくて話にならない店でなければ東京風に高級料亭というようなどこの国のものか解らない言葉を使わなければならないものにいつの間にかなっていて、ただ小さな店でそこの主人か板前が腕にものを言わせて旨いものを客に食べさせるということになれば東京にそういう店はもうない。

所がこれが大阪では小料理屋、或は同じ意味の関西語が指すものの定義である。それが大阪の至る所にあるのであるからこれを総括して大阪の小料理屋と称する他なくて、従ってどこの店の何が旨いなどと言っていては切りがない。それに旨いものはその日に何が入ったかで違う筈であって楽みもそこから生じる。一体に小料理屋というのがいいのは前から電話を掛けて部屋や席を予約して置いたりしないでいきなり入って行けることで、その上で献立てを見て何があるか探すのも小料理屋というものであってこそのことである。或る年の春だったような気がするが、そういう店の一軒に入っておこぜの肝とあぶらめのもつを茹でたのにちり酢を掛けたのと生雲丹に生姜を添えたので飲んだことがあった。大阪に行けば酒は何でも旨いのであるから酒の銘柄を書くことはなくて、それにもう忘れてしまった。そして肴の方を覚えているのは余り嬉しかったのでその主人に聞いて書き取って置いたのである。

その後で煮ものを頼んだらそれが鴨と椎茸と生麩と菜の花が入ったものだった。一体に酒飲みが肴に余り手を付けないと考えられているのは一つには確かに飲んでいるうちに食べるのが面倒臭くなるということもあるが、それにも増して肴がまずくて食べ難いということがあってあの晩の店で食べたようなものが出て来れば食べずにはいられない。ただその店に入ってそういうものを食べたり飲んだりして又出て来たのである。尤も随分遅くなってから出て来たのだったがそれは小料理屋でも、或は小料理屋だからこそ出来るのである。こういうのは贅沢でなくて生活であり、それ故にこれも今日の東京では望めない贅沢になっている。併し大阪というのは東京からそう遠くなくて、そこに着いたなら近所の何という店が旨いか誰でも教えてくれる。

日本の西洋料理

偶には贅沢なことをしてもいいかと思う。これが偶にであるのは仮にそれがいつでも出来るのであってもそれでは飽きるからであるが、それならば偶にはそういうことを書いてもいい筈でその一つに日本で食べる西洋料理がある。別に日本のどこの町とも限らなくて東京でも横浜、神戸、大阪でも少し調べれば本式の西洋料理を食べさせる店が今でも何軒かはあるのだからそのうちのどの町、或はどこの店と断る必要もない。

その多くは西洋料理の本筋と見られているフランス料理で、それだから贅沢な話になるのは日本で飲むヨーロッパの葡萄酒その他が恐しく高いからである。又これは丁度日本の料理が日本酒を中心に考えられているのと同じでフランス料理もフランスで飲む各種の酒が土台になって発達したものである為にその酒が高いからというので日本のビールやウィスキー、或は日本酒で間に合せるのではフランス料理の味の半分が消える。併しそのことを念頭に置いて先ず何万かの金を借金などの方法で拵えてから信用が出来る店に行くならば金の方の心配は当座はもうないのだからその辺から飲んで食べる気分になって来る。必ず酒の表を最初に見せて貰うべきであるようで、その表に従って白葡萄酒と赤葡萄酒を選ぶのが或はこういう食事での一番の楽みかも知れないと同時に贅沢の始りでも終りでもあるのはヨーロッパで一本七、八百円のものが日本では少くともその五、六倍を覚悟しなければならないからである。

フランスのブルゴーニュ産の葡萄酒はこくがあるのに対してボルドー産のは淡泊で腰があるとでもいうのだろうか。そういう酒が置いてある店ではスープ、魚その他、その日注文するだけのことがあるものは今日の特製とか何とかいう名目で献立てに別に書き出してあるからその中から好きなものを選べばいい。その酒に比べれば料理の値段は大したことはないから白葡萄酒に生海老と鶏、赤葡萄酒で子牛と野鳥、或は初めから赤葡萄酒で通して家鴨の肝に野鳥に子牛の喉の肉という風に、そこまで来ればおでん屋に行ったようなものでこの点は肴がなくても構わない日本酒と違って食べものの一口が葡萄酒の一口の味を増す仕組みになっているので食卓に向って時間がたって行くのを忘れる。又それを日本でやるのを少しも考慮することはなくて日本は曽て西洋料理も世界一に旨い国だったのである。

京都の漬けもの

味噌漬けは東北に限るようであるが塩や糠を使っての各種の漬けものが京都位に多い場所は他にないかと思われて、そのどれもが旨い。併し例えば柴漬け、菜の花漬け、千枚漬けなどと挙げて行ってもその名のものを駅や所謂、名店街で売っているのがそれだと思ってはならない。こういうものはその一応の製法が解れば類似のものが先ずどこでも作れて、その本ものを知らない人間はそれでも釣れるのであるから名前だけは同じなのが日本国中に氾濫する結果になる。それならば京都の何という店のが本ものかということになるが、これは生憎解らない。或は段々解り難くなって来ていて京都に行ったらば自分が泊っている宿屋のおかみさんにでも頼んで取って貰うのに限る。流石に京都に住んでいる人達は知っている。

本場の京都の漬けものである以上そのうちのどれが一番旨いということはない。勿論例えば柴漬けと菜の花漬けでは材料とともに味も違うが、それは林檎と梨の味が違うのと同じで旨ければ林檎か梨かということはない筈である。京都の漬けものに共通の何よりの特徴はそのどれもが新鮮に感じられるということで菜の花漬けは文字通りに菜の花を塩漬けにしたもので生の菜の花を食べたことがなくてもこの漬けものでこれが菜の花の味だということが疑えなくなる。或は柴漬けはどういうものを漬けたのか、それが茄子（なす）のようでも茗荷（みょうが）のようでも、又蓼（たで）のようでもあって恐らくはそのどれもなのだろうが、そう思うのもその全部の味がするからである。又それだけではないのに違いなくて、こういう京都の漬けものをこうした味に仕立て上げるにはその製法ということで簡単には説明出来ない手立てがあるとともに長年の経験で定った材料の数々が漬けものに加えられているのでなければならない。併しその味とそれから序でに歯触りは単純に、或は見方によっては複雑にただそれだけの、そしてそれ以外にはないものになっている。

これも漬けものの一種であるから更に一つ足すと京都には桜の花の塩漬けがあって、それを湯に浮べて飲むと桜の花の匂いも味もする。例えばヨーロッパの漬けものと言えば食べものの中でも上等の部類に属していて滅多にあり付けるものではない。それだけ日本と比べて文明の歴史が浅いのであり、そこへ行くと京都は日本最古の町の一つである。

金沢の蕪鮨

日本で食べられる旨いもののことを書いていて、それも一回に一つに就てであるから同じ町の話が何度か出て来るのは止むを得ない。ここでいう金沢も前に一度出た石川県の金沢のことでそれを断って置くのは神奈川県にも金沢という町があり、いつだったか石川県の金沢にいる友達に腐り易いものを送ったのが神奈川県の金沢の方に届けられて友達に迷惑を掛けたことがあるからである。兎に角この石川県の金沢も旨いものが多い町でその中に、これは今がその季節ではないが蕪鮨（かぶらずし）というのがあって金沢の各家庭で毎年暮れになると作られる。それで恐らくはお正月の料理の一つなのだろうが、これは近江の鮒鮨と同じで今日の一般の観念に従えば鮨ではない。その作り方は別として出来上ったものに就て言うならば蕪を薄く切ったのに鰤（ぶり）をやはり薄く切って挟んで麹（こうじ）に漬けたもので、この蕪も普通のものと違っているらしくて京都にしか出来ず、金沢での需要を当て込んで金沢でその栽培を企てた人達にどうしてもこの蕪が作れなくて損をしたという話をいつか聞いたことがある。

　この鮨を漬けるのに麹の他に何を使うのであっても見た所は蕪と鰤を麹でつけたのがどうしてこんなに旨いのか解らない。そう言えば京都の千枚漬けも京都の蕪を漬けたもので、その蕪だということが何かの手掛りになるかも知れなくても千枚漬けと蕪鮨では漬けた蕪の味が違い、更にこの蕪鮨の蕪と鰤の取り合せということになると実際に食べて見る他ない。それを無理に説明する為に話を非常に落すならば、ドイツにソーセージを煮たのにキャベツを酢に漬けたのを添えた料理があり、酢漬けのキャベツとソーセージは蕪鮨の蕪と鰤にどこか似ていないこともないが、殊に金沢から送られて来た蕪鮨の開け立てはそんな土臭い西洋料理を忘れさせる。或はどこか土の中から抜いた蕪の土臭さが残っていてそれが鰤の腰がある味によってもっと食べものらしいものの格に引き上げられ、蕪と鰤とそれからこれを漬けるのに使った麹、唐辛子その他が一緒になってこれが金沢の蕪鮨、もう間もなくお正月という感じになる。

幸にこの蕪鮨は沢山作って一般に売り出すというような器用なことが出来ないものの一つで、それで駅でも名店街でも売っていないからそんなのは贋ものだと断る必要もない。

京都の蓴菜

これも季節のもので六月頃になると京都で蓴菜（じゅんさい）が食べられる。それが壜詰めにしてどこでも売っているのと同じものと思ってはならなくて、これは京都に一ヶ所しかない池で育ったのを季節になると取って市場に出すものを指す。尤もその池の蓴菜もこの頃は傍を通る自動車の排気ガスで大分痛められていると聞いたが、どこか他にもこの蓴菜がある場所が見付かったのか今でも六月に京都に行けば料理屋でこれが頼める。ただこれを山葵（わさび）醤油で和えただけのものなのである。勿論この場合も蓴菜の扱い方、和え方、山葵醬油の作り方などに素人にとっては埒外の色々な秘訣があるに違いないが、それを聞いた所でそれでこれが出来る訳ではなくて京都の蓴菜を説明する上では山葵醬油でこれを和えると言う他ない。

その味のことになると、これは抽象的に味と呼ばれているもののその味という味しかない。確かに食べものもこういうものになると話が厄介になる。併しそれはただその説明が厄介であるだけなので旨いことは他の旨いものと変りがないのであるから味が簡単に言えないというので省く訳には行かない。その昔、或る食通が何が一番好きかと聞かれて蕗の薹と答えたと聞いて食通などというのはだからやり切れないものだと思った。併しそのいや味は蕗の薹が一番好きだというその口振りにあり、確かに蕗の薹も旨いものであるが、これも味の点で蓴菜に及ぶものではない。それには季節も手伝っているかも知れなくて六月と言えば梅雨で大概は蒸し暑いからそういう時にこの蓴菜を山葵醬油で和えたものを冷して出されるとただそれだけで何か口に入ったのが感じられ、それに蓴菜の舌触りがあり、更に山葵醬油と混じった京都の蓴菜の味があってそこまで行くと後はこれが味というものだと言う他なくなる。

それだけに蓴菜には栄養分が少いのだろうか。併し食べて旨いものに栄養分が少いということはない筈であって曽ては蒟蒻に何の栄養分もないと言われたものだったが、この頃はそれどころではないことが解ったようである。要するに現在用いられている分析の方法の段階で何は食べても少しも足しにならないということになっていても食べものの良否を験すのに我々には舌が与えられている。現在の分析の方法ではどうだろうと六月の京都の蓴菜はやはり旨い。

東北の味噌漬け

少くとも福島、新潟、山形の三県に亘って味噌漬けのものが確かに旨いのだからこれは東北地方全体に就て言えることなのだろうと思う。その中でも野菜の味噌漬けが殊にいい。これは味噌の問題に違いないのだから鮭などの味噌漬けもその場所で食べるならば旨いに決っているが、それでも野菜のが何よりも印象に残る。大概の野菜ならば味噌漬けになるらしいのは奈良漬けに似ていて酒飲みには奈良漬けの方が向いているようであってもこれは奈良漬けという言葉からの聯想による浅見に過ぎず、東北の野菜漬けを肴に飲めないならば少くともその飲み助の味覚がどうかしているのである。

先ず新鮮であるとでも言う他ない。恐らく実際に新鮮な野菜を漬けるのだろうが、それが芳香を放つ味噌に慣れて味噌でも野菜でもない別なものに変ったその味や歯触りが類を絶する意味で新鮮なのである。その中には随分凝ったものもあって例えば瓜を刳り抜いて中に色々な野菜を刻んで詰めたのを漬けたのもあり、これは作り方が手が込んでいる点でも珍品であるが、もっと簡単にただ人参や大根を漬けただけのものでも旨い。どうしてこの味噌漬けが東北で発達したのだろうか。誰でもが思い付く理由はこの地方の冬が長くて味噌自体、又それで漬けたものその他の貯蔵食料が必要だったということであるが、これを食べていて頭に浮ぶものが東北の長い冬や雪や日本海の暗い色ではなくて日が差している春の野原であるのはこの味噌漬けにもこの地方の冬に堪えて生きている人達の念願が籠っているのだと思う他ない。これ程かららりとした味はないのである。

大体旨いものを食べて旨いと思って暗い気持になるということはあり得ない。併しもし光と緑と温暖を望む心が食べものを作るのにも働くならば我々はその場合もその味に染み出た明るさを楽めばいいので、その心に人間をさせた生活の条件の暗さに目を向ける必要はない。もしこれを表と裏と呼ぶならば裏の方が本当だという見方にどれだけの意味があるのだろうか。東北の雪が降り続く間、囲炉裡(いろり)を囲んでの無聊を凌ぐ為に作られたものにはその丹精に甲斐あらせるだけのものがある筈である。まだ外は雪でも茶受けに出されたものが囲炉裡の火の色に照応する。東北の味噌漬けはそういう味がするものなのである。

関西の真名鰹の味噌漬け

東北の味噌漬けのことを書いていて関西に真名鰹(まながつお)の味噌漬けがあることを思い出した。この関西というのはいつも大阪の知人からこれを送って貰っているので関西と書いたのであるが勿論これは大阪辺りに限ったことではなくて岡山からも上物が届けられたことがあり、恐らく瀬戸内海の沿岸全体に亙っていい真名鰹が取れるのではないかと思う。又この魚を味噌漬けにして食べるのに限る訳でもなくて現地では寧ろそんなことをするのは勿体ないことなのかも知れない。併しただ真名鰹を食べる為にその地まで行くことが許されないならば大阪その他から送られて来るこの魚の味噌漬けは逸品である。

これと似たものに甘鯛の味噌漬けがあるが真名鰹のはそんなものではない。この魚の方が第一大きいに違いなくてそれだけ肉もよく締り、それにその味は甘いなどというものではなくて最も肉というものを感じさせる。例えば肉ということに掛けては魚は獣に劣るという風に見られ勝ちであってもそれは普通に魚として食べられるものの場合であって、この真名鰹だの、或は鮪だの鱸(すずき)だのの貫禄がある魚になると肉は肉でも牛肉など遥か及ばない凝った味がし、その中でも真名鰹の味噌漬けは味噌も勿論いいものを使うのだろうが食べていて何かこれさえあればと思い始める。

第一に歯触りが上等で次に味が口の中に拡り、それが味噌の香りと一緒になって何故こういうものを勿体振って一切れずつしか焼いて出さないのだろうかと食べ終る前にもうそんなことを考えている。そのことで漸く思い当ったのであるが、これはやはりかなり高価なものなのだろうか。それならば持つべきものは瀬戸内海の沿岸に住んでいて食べもののことが解る友達である。この真名鰹の味噌漬けが来るのがいつも年の暮れであることからここで次々に取り上げている食べものの季節の順序が滅茶苦茶であることに気が付いた。併しこれは食べものの歳時記ではなくて思い出すままに旨い食べもののことを書いているので、こういうものを思い出すのに記憶は季節の順に従ってはくれない。ただぼんやりしていて頭に浮ぶものが夏の京都の蓴菜だったり、二月がぎりぎりの締め切りである近江の鴨だったりするので今度は何故か真名鰹の味噌漬けのことを思い出した。その味は次の冬まで待つに足りる。

金山寺味噌

これはもと支那の寺から伝わったものということであるから恐らく日本では宇治の黄檗

山というような所で作られ始めて今でもそこでは旨いものを食べさせるのではないかと思われ、その他にもどこそこの金山寺味噌ということを聞くが、これを時々奈良のお寺さんから送って戴く。どうも原料が味噌、つまり、大豆だけではないらしくて更にその何かに豆その他の野菜が混ぜてあり、一口に言えば甘い感じの食べものであっても甘いだけではすむものではない複雑な味がしてただ味噌として食べるものの中では旨い種類の一つである。これに混ぜてある野菜には豆の他に瓜、茄子などがあるが殊に偶に食べ当てる豆がこの味噌を一層旨くしている感じがする。

そういう味のもので例えば西洋の菓子に色々な果物が、そして又胡桃その他の果物でなくて木の実も入っていて先ずその木の実が楽みで食べるのがあり、この金山寺味噌もそれに似た趣向のようで何れの場合も味の引き立て役になるものに引き立てられるだけの味がもともとなければならない。別な言い方をすればこれは全く芳しい味噌だということになるだろうか。兎に角どこからか届いた時にそのなくなり方が早くて、まだある積りで入れものの蓋をあけて見るともう空になっている。これは幾ら食べても飽きないということでもあってその点、木の実や果物を混ぜた西洋の菓子に優っているのはこれは洋の東西の問題であるよりも菓子と菓子よりももっと直接に主食に繋る食べものの違いから来るものということになりそうである。

まだこの味噌を肴に飲んだことはない。併し味噌を肴に飲むのに就ては遠く最明寺殿の例もあり、この味噌ならばその甘さで酒の味が一層辛くなって旨いだろうと思う。金山寺味噌の場合、飯というのは一菜だけで結構楽んで食べられるものだということが改めて頭に浮ぶ。本当を言うと例えば金山寺味噌だけということでなしに更に他に佃煮に紫蘇の実に胡麻塩という風に二、三種類の細ごましたものがあって始めて米の飯で食事をする法悦の境に達し、その二、三種類のどれもに生かされるだけのものが米の飯にはあるが紫蘇の実も塩昆布も茄子の辛子漬けも白子干しもなくて金山寺味噌だけでも、もしそれが金山寺味噌ならば別に貧しい思いをすることはない。この取り合せには日本がある。

横浜中華街の点心

この横浜の中華街というのは昔の南京町のことで、その入り口に中華街と金文字で書いた牌楼風の門が立っているからこの名称に間違いはない。又それ故に横浜駅ででも降りて円タクに中華街と言えばもとの南京町のここまで連れて来てくれる筈である。又点心というのは要するに食事の時以外に食べるもの一切の総称であるようで、その中には焼売も肉饅頭もその他各種の饅頭も菓子も入る。そしてここでこの町の点心を挙げたのはそれが殊の外旨いからであって、こうした支那のものが食べたい時にここで買ってその場で食べるなり持って帰るなりすれば無精をしないで横浜まで行って戻って来ただけのことはあるという気がする。勿論もっと本式の支那料理も旨いが、そういう大問題はこういうささやかな記事で扱う訳に行かない。

何というのか知らない点心で友達が或る店で買ってくれたのがあって、これは豚肉の代りに海老が入った焼売だと思っていた所が後で聞いたことによれば焼売とは少し違うということだった。確かに形も普通の焼売のではなくてよくヴィーナスが海から現れた時の絵でヴィーナスが乗っている貝殻の格好をし、その表に付けられた幾本もの細い筋が思わせる通りに優雅な味がする。これは海老が海のものだということから誰かが考え付いた意匠なのだろうか。兎に角、貝殻の格好をした薄い皮に包まれているのが淡味に作った海老の摺り身でその形も味もただ優雅ともう一度繰り返して言う他ない。支那の食べものにこんなものがあるとは知らなかった。勿論、支那の文明がこの程度のものを生じたとしてそれ自体は別に驚くに価することではないが、そうした前提が想像させるものが一つの新たな形を取って具体的に現れれば目を瞠る思いをするのも自然のなり行きで、この点心はそのうちに是非もう一度食べたいものと思っている。

焼売も横浜の中華街のは他所のと違う。もっと大振りで皮が薄くて、これはそれだけ中身が多く入っているということであり、その中身がやはり淡味でこれは北京料理の焼売だと考えたくなる。一体に焼売というのはここのがそうであるようにその皮が鉢、或はチューリップの花の格好になっていてそれに同じ皮の蓋が付いていると言った感じのが上等のようであるが、どんなものだろうか。ただ何か皮で丸めただけのものは東京にもある。

金沢の胡桃餅

これも石川県の金沢の話で、その金沢の或る所での食事に柏と思われる葉に包んだ白い餅のようなものを出されたことがあった。それが中に何か入っているのではないかという気がする所まで餅に見えたが、これを食べるとどこまでもその白いものだけで何なのかどうにも合点が行かなくて旨いのが文字通りの珍味だった。それが餅程の粘りがなくて粘りが全然ないとも言えず、どこか芳しくてそれが正体の手掛りにならず、よく魚の擂り身をそういう餅に似たものに作った料理があってもそれだと決めるにはこれが魚かどうかに疑問があった。

併し先ず思ったのはそれが何とも旨いものだということだった。例えば仄かにという言葉があるが、この料理は味も香りも凡てが仄かでもしそれがもっと濃厚だったならば一切が失われる感じがする点では、今気が付いたのであるが料理法その他は違っていてもこれに一番似ているのが京都の蓴菜である。それで聞いて見るとこれは胡桃を摺り潰して蒸した胡桃餅というものということだった。確かに胡桃も金沢の名産の一つである。又料理法もその通りなのだろうが、それに従って胡桃を摺り潰して蒸してこの餅が出来上るとも思えない。もしそれだけのことならば例えば英国の焼き肉もただ牛肉の塊を焼いて薄く切って出すだけのことである筈である。

又この胡桃餅を作るのがそう簡単なものでない証拠にその御馳走になったのが一度か二度切りで今年も又それがあるかと思って出掛けて行って望みが適えられずに帰って来るのがここの所続いている。どこかの店の献立てにあるものを注文するのでなしに他所の家で御馳走になるのに、この前のこれとあれが旨かったから又それが戴きたいと礼儀正しく言う方法があるものかどうか、これはやはりそういう日がいつか又来るだろうとお蝶夫人式に遠い先に望みを掛ける他なさそうである。こういうことがあった。これは今でも後悔していることであるが、初めにこの胡桃餅が出た時に余りに旨くてもっと戴きたいと言った。勿論そんな法はないのであるが、どうかすると人間は恥も外聞もという程何か食べたかったり飲みたかったり見たかったりすることがある。そして確かに又この胡桃餅が運ばれて来たが、それはお願いしてから一時間はたった後だった。それ程手が込んだものらしい。

日本海の烏賊の黒づくり

これは要するに烏賊（いか）の墨も一緒になった塩辛で、それが烏賊の黒づくりである限りではそれが作られているのは日本海の沿岸に限らないかも知れず、兎に角その名称のものを方々で売っている。又その中にはそれなりに旨いのがあるが、ここで言うのは日本海沿岸のどこかの漁師が烏賊が取れたのを浜辺で自家用に塩辛にしたもので、それも戦争中に一度どこからか送られて来たのを食べたことしかない。これはそういう荒っぽい作り方であるから一般のと違って烏賊がまるごと幾匹もその墨に塗れて塩漬けになっていて、それが豪壮に目に映るのみならず、その味と来たら何とも言えなく見事なものだった。その筈であって普通の烏賊の黒づくりは食通か何かが決めた或る特定の味を出す為に烏賊の一部だけと墨で作ったものだろうが当の烏賊が海の中を泳ぎ回ってその生活を楽むにはその体全部が必要である筈で、このことはその味にも関係する訳であり、それならば烏賊のまるごとの黒づくりの方が一般に売っているのよりも遥かに旨いのは少しも不思議ではない。

これだけ立派な理由が付けられるのだから、あれが戦争中のことだったからあんな味がしたのだとも思えない。もっと何かと述べ立てるならば大体が烏賊というのがいい烏賊ならば旨いもので、これは握り鮨の烏賊や烏賊の刺し身で誰もが経験ずみのことである筈でその肉の他に内臓から墨まで一緒に塩辛にしたものが旨いのに決っているのに就ては更に肉が旨い動物の内臓は多くはその肉よりも旨いことを付け加えてもいい。兎に角あれは御馳走だった。又いいことは重なるもので、それが旨いばかりでなくて大きな盥のようなものに十何匹かの烏賊が塩辛になって届けられて来たから五、六日の間、家中がその異様な匂いで一杯になるとともに三度三度の食事にこの珍味にあり付けた。先ず戦争中に食べたものの中で旨いものの筆頭に挙げるべきものであって、もし又あれを手に入れることが出来たらと時々思う。又これは必ずしもそう無理な願いでもなさそうである。

今でも烏賊の黒づくりというものはあるのだからその烏賊を取る漁師がその一部を自分が食べるのにいつかのような黒づくりにしている筈で、この世からあれがなくなったということはあり得ない。それならば後は手蔓だけの問題で、だからいつかはと思っている。

瀬戸内海のめばる

これも瀬戸内海のどの辺りということはなさそうである。実は知らないからそう書くので、これを食べたのは岩国だったがそこでしか取れないのだとも思えない。兎に角、広島の牡蠣を挙げて置いて同じ瀬戸内海のめばるという魚を省くことは出来ない気がする位そのめばるは旨かった。

それが料理屋というような所でなくて家庭料理の形で御馳走になったのでなおよかったのかも知れなくて、その時勘定した訳ではないが少くとも十何匹かのめばるが大きな皿に盛って出された。ただ普通に煮ただけのもの、或はそうとしか思えない淡泊な味付けの煮方をしたのを銘々が勝手に自分の皿に取って食べるので四、五人で御馳走になったのに魚は残らなかった。ただめばるという魚は旨いものだということが記憶にあるだけで他には生姜（しょうが）が使ってあったこと位しか覚えていない。併しそのめばるを煮たのは旨かったともう一度繰り返して言いたい。一体に白身の煮魚というのはどうも子供の頃に病気した時の聯想が付き纏って苦手なのであるが、その晩のめばるは病人の消化にいいというので食べさせられた鰈（かれい）だの何だのと格段の差があって煮た魚というものを嫌っていたことを後になってしか思い出さなかった。

前に鯛や鱸（すずき）のような貫禄がある魚はこれこそ肉だという味がすると書いた。それならばめばるは魚というのはこういうものだということを教えてくれる味や歯触りのもので、その岩国での晩に出た取れたばかりの瀬戸内海のめばるは一人で五、六匹でも或は十匹でも食べられて一匹の勿体振った料理屋の料理で満足出来るものではなかった。これを素朴な味などと言っていいものかどうか、それが取れ立てだったということとは別に何とも新鮮なものがあって例えば日が当っている野原が平凡な眺めである以上に瑞々しいものであるのに似ていた。東京の魚屋にもどうかするとめばるがあってこれも煮て煮こごりになったりしたのはまずくはないが瀬戸内海でのように、或は岩国で御馳走になった時のように大きなのが皿に盛り上げられたのをただもう無心に食べると言った楽み方は出来ない。併しめばるの旨さに就てはまだ何か書き落したものがある感じがする。それは平凡でも日溜りの野原でもいいが、言わばその日その日のよさが我々の生命であることにめばるは気付かせてくれる。

石川県の鰌の蒲焼き

これを広く石川県の食べものとして置くのは前に或る特定の町で食べたこの鰌（どじょう）の蒲焼きが実に旨かったと書いた所がそのような下等なものを食べさせたとあっては我が町の名折れであると怒られたことがあるからで、又それはそれで石川県のように土地が肥沃であれば水田の付近ではどこでもこの上等なものが食べられると考えて先ず間違いなさそうである。

これは恐らく偏に石川県の鮨がそこの土地と同様に肥え太っていて美味だということによっている。初め見た時に鮨と思わなかった位大きいのだからそういう発育がいい鮨であることは確かであって脂の乗り方も上々であり、それが鰻の蒲焼きのやり方で焼いてあって鰻とはどこか違った風味があるのだから旨くなければ可笑しい。或は脂が乗っていても鰻程でないのが却ってしつこさが取れていいのかも知れなくてこういう鮨が餌を探して泳ぎ回り、或は泥に潜っている水田というものが蒲焼きの味から何となくその辺に拡っている感じがする。余り褒めたらそこを立つ時に友達の家の方が大きな重箱にこの鮨の蒲焼きを一杯詰めて駅まで持って来て下さって、これでいいお土産が出来たと思って喜んでいるうちに少し又食べて見たくなり、北陸線で直江津、長野を回って上野に着くまでに重箱が空になってしまった。折角のお土産を家に着くまでに平げたのはこの時だけである。

そういう石川県の町にある作り酒屋の御主人の話に昔は作り酒屋でもお燗をしたり肴を出したりしなければ酒の小売りをしてその場で飲ませてもいいことになっていて、それで近所のものが肴にはその辺で一本十銭だったか三本十銭だったかの鮨の蒲焼きを串に刺したのを買って酒を飲みに来たものだったそうである。その酒を注いで渡す入れものも沢山用意してあったということでまだ残っていたその一つを戴いて帰って来たが、これは漆器でも知られている加賀の朱塗りの椀で片手で持って飲めるように注ぎ口と間違えそうな形をした取っ手が付き、その朱が時代がたって落ち着いた色になっていて今でも正月に屠蘇を注ぐのに使っている。併しこんな入れもので鮨の蒲焼きを肴に作り酒屋で酒を飲むなどというのは春か秋の日差しがその朱に映っている所を思わせる。尤も今でも鮨がいるのかどうか、公害はどうなのか。

北海道の牛乳

牛乳は飲みものであるよりも食べものだろうと思う。その証拠に果物の汁の類は直ぐに飽きはしても満腹するということはないのに対して牛乳は旨ければ飽きない代りに一時に楽める量に限度があり、いつか子犬を飼っている時に既に定量をやったことを忘れて又その分量だけやった所がそこは食欲旺盛だから全部飲みはしたが小さな布袋のようになった腹を上にして伸びてしまった。

もう一つ牛乳で思い出すことでこの話と関係があるのは、或る時外国人に日本で牛乳が飲めることは確かでも牛はどこにいるのかと聞かれたことで、その時返事が出来なかったのと同様に今でも牛が牧場で草を食べているのを関東のどこに行っても余り見ない。それが北海道に行くと違う。尤もこれは何年も前に北海道に一時凝っていたことがあって毎年夏になると行っていた頃の話であって今日のような時代になれば北海道の牛乳も今は昔のことになっているのかも知れない。石狩川は三年前までは鮭が水面を蔽って上って来たのに今は一匹も見えず、これは川岸に出来た製紙工場が水面を埋めて廃液を流し込む為だということである。併し北海道に毎年出掛けて行ったその頃は北海道という土地の聯想に背かず鉄道の沿線にポプラの並木道で区切られた牧場が続き、そこここに外国の写真で見るような牛が草を食べていた。それで牛乳が飲みたくなったのでは実はないが根室から旭川に行く汽車が十勝平野という典型的に北海道である草原を通っていた時、或る駅で牛乳を一本買ってその味が今でも忘れられない。これはただそれが鮮かに記憶に残っているだけで、それではその味はと聞かれてどう説明していいものか解らない。

そこから一歩下って、それならば我々はその頃から既に味も匂いもこくも何もなくてただ白くて表面に皮が出来ることから牛乳と判断する東京の牛乳を飲まされていたのだろうか。もしそうならばその十勝平野の駅で飲んだ牛乳はただ本ものの牛乳だったということに止るかもしれない。あの何とも口中に拡る香りがあって滋味と言う他ない味がするものが本ものの牛乳というものなのだろうか。それは丁度日暮れ頃のことだった。その時刻で牛乳のことを覚えているのではなくて、あの味のことを思うと時刻も目に映った景色も記憶に戻って来る。時々夢にまで見る。

浅間山麓の浅間葡萄

これは何県のものとも言えない。要するに群馬県でも長野県でも浅間山の麓に当る所ならば取れるもののようで、更にこれは葡萄（ぶどう）の一種ではなくてこの山麓に生えているそういう灌木の桑の実に似てそれよりも粒が小さな黒っぽい実である。又これを生で食べるのでもなくて、或は食べられるのかも知れないが、それよりも多少の加工をすると他の果物や木の実にはない味が出て来る。

その一番普通の方法はこれでジャムを作ることで自分の所で作るのが面倒ならば罐詰めになったのが東京にも来ている。ただ気を付けなければならないのはこの頃のが無暗に甘いばかりで浅間葡萄の紺に近い紫色をしているのから僅かにそれがそのジャムなのだろうと思うようなのが多いことで、これは何という銘柄のならばいいというのではなくて大概は新しく出来たのであればある程甘い。いつだったか群馬県の山間の小さな村を通っていて食料品店があったので覗いて見たら戦争前のものではないかと思われる浅間葡萄のジャムの古い罐詰めが幾つか埃を被っていたのは掘り出しものだった。こういう本ものの浅間葡萄のジャムは甘いのと半々位に苦くて浅間の高原に照り付ける日光を思わせる匂いがし、その紫よりも濃紺に近い色を味や匂いが裏切るようなことがない。

もう一つの食べ方はこの実を煮たのをパイに入れるので、これも戦争前には西洋料理屋で出すものの中でも御馳走になっていた。それからもう一つ、これを砂糖と混ぜて壜に詰めて置くと溶けて発酵して何とも新鮮な飲みものになる。それが気を付けないと爆発する程の発酵の仕方でアルコール分も相当あるのだろうと思う。或るやはり小さな村の蕎麦屋でこれを作って売っていて初めは頼めば直ぐに出してくれたのに、そのうちに特別のお得意にしかこれを飲ませなくなり、これは年々浅間葡萄が取れなくなって来ているからということだったが昨年寄った時にはもう作らなくなっていた。兎に角夏になるとその辺まで自動車で一杯になるのだから植物も痛め付けられずにはいないのだろう。もう一つの理由は土地開発とか称して別荘の分譲地を作って売るのが流行していて、丁度この浅間葡萄が取れる所に会社が三つも四つもこの土地売りに懸命になっている為に村人がそこへ浅間葡萄を取りに行けなくなったのである。つまらない話である。

信越線長岡駅の弁当

これは仮に弁当と書いたが実はこの駅で売っている食べものならば何でも食べるのに価

する。そういう不思議な駅で、ここで降りたことは一度しかないのにも拘らず汽車がこの駅で止る毎に停車時間が一分位しかなくていつ汽車の戸が締るか解らない危険を冒して駅に立つのはそこへ通り掛った売り子を摑まえて何でもその売り子が売っているものを買って食べて見るのが楽みだからである。そう言えばこの頃は汽車が早くなったのは有難い代りに駅売りのものを買うのがどうかすると命掛けの早業に似て来たのは残念なことで、あれでは客の乗り降りにも不便ではないかと思う。これは新幹線は勿論のこと他所を走る急行でもそうであって、その為に食べものの方は車内でも売って歩いているというのならば駅で買うべきものを席から立ちもしないで手に入れるのは邪道で味も違うと返事したい。

長岡駅で最初に鱒（ます）の姿鮨というのを買ったのは偶然だった。富山の鱒鮨と違ってこれは小振りの鱒を二匹ばかりそのまま鮨に作ったものでその格好の入れものに入っている。勿論これは駅売りのものであるから何もこれを食べなければ一生の損であるというようなものではないが、その味付けはさっぱりしていてその上に米の炊き方が親切で、そんな説明をするよりも要するに食べると旨い。或はこの辺はいい米が取れるので、この飯が旨いということはこの駅で売っている凡てのものに就て言えることでそれでここの幾種類かある弁当も、それからいつか買うことが出来た蟹鮨も先ずその点で最初の一口から惹かれる。その蟹鮨というのは蟹の肉をほぐして混ぜた一種のちらし鮨で、これもここの鱒鮨と同様に特別に面倒なことが言いたくなるのでなしに食べものにあり付いた感じにさせてくれる。又勿論この辺の米がいいという理由だけでこういうことの説明が付く訳ではない。

例えばいつか買ったサンドイッチは野菜を挟んだのにマヨネーズが掛けてあった。それが上等なマヨネーズとか何とかいうのでなくてそれだけの手間を掛ける用意があるということになりそうである。その同じ用意が各種の弁当のおかずにも見られて、それでそのおかず毎に食べて見るのが楽みになる。併し兎に角一分かそこらの停車で行き当りばったりに一種類のものを色々とある中から手に入れるのである。まだ何があるのか楽みである。

群馬県の豚

この群馬県には何かと縁があってその山に囲まれている部分の村や町を回っているうちにこの県は豚がいいことが解った。尤もまだ豚を飼っているのを一度も見たことがないから平地のを持って来るのだろうと思われて、それに他に食べるものが余りないようだから豚だけになってそれが旨い感じがするということも考えられるが、もしそうであるならば飽きる筈であり、飽きる代りにいつまでたっても旨いのだからやはり豚がいいのである。これは材料の話をしているのだから豚をどうしたものというのでなくて群馬県ならば豚を使っても何を作っても、それが豚汁でも豚カツでも生姜で焼いたのでもそれが出て来ると思えば食事が楽みになる。この県の山地はこの頃流行する観光の見地からすれば全く奇もないもので寧ろ荒涼たる部類に属し、その中で日が暮れ始めて豚汁の晩飯になれば今日も一日が充実して終ったという感じがする。

豚が旨い証拠にこの辺りの村にもある食堂のようなものに入って何か注文する時には一応の名物になっている蕎麦よりもここの豚肉を使ったチャシューメン、或はカツどんを頼んだ方が報いられる。そのチャシューメンのメンというのはどこかで大量に作られて日本中に送り出される支那蕎麦なのだから問題にならなくてもそれだけにどこでもと同じ味がして、これに群馬県の豚の肉が加って群馬県にしかないチャシューメンが出来上る。いつだったか、或るバスの停留場の近くにある食堂でこれでビールを飲んでいたらどういう回り合わせだったのか東京で公演したウィーン歌劇団の「フィガロの結婚」の全曲をラジオが放送し始めてこんなこともあるものかと自分が抓って見たくなった。そのチャシューメンを肴にビールというのは可笑しいと思うならばビールを飲みながらチャシューメンを食べていたと言い直してもいい。因みにこの辺の山地は湿度が少くてビールが旨い。

又或る店で豚カツを頼んだら丼に飯を盛り、戸棚の引き出しに既に出来上った豚カツが沢山入っているのから幾切れか取って載せてくれた。それでも冷たくはなかったのは汁が熱くしてあったからだろうと思う。その上に豚カツの量を惜まずに幾切れでも載せてくれて、そのやり方でやはり旨かったのだから群馬県に豚が多くて肉が旨いことは確かである。

京都のすっぽん

すっぽんは京都に限るということもなさそうで、これが名産になっている場所があるかどうかも解らない。戦前には東京にも日本橋の丸善の傍に旨いすっぽんを食べさせる店があったが、そういう詳しいことは兎も角、冬に京都に行く楽みの一つはすっぽんである。これも冬でなければ食べられないとは決っていないようであってもあの京都の寒さですっぽんの鍋は格別の味がして、いつか三人で行って五人前注文したのにまだ充分に食べた気がしなかった。そういう店の一軒でこの鍋の作り方を聞いたことがあって、それがその時の話では極めて簡単なことに思われたのは覚えていてもそれだけで他のことはもう思い出せない。何でも生姜を相当に使うということだったような気がする。

すっぽんが何故あんなに旨いのか解らない。これが煮えている鍋一面に浮いている脂を見ればかなりしつこい食べものの感じがするが、それは見ただけの話で食べれば滋味そのものというのに近くて寧ろ淡泊だと言った方が事実に近い。それにもししつこければあんなには食べられない筈で酒の肴に何か食べていれば酒の方が先になって食べるのを忘れるのが普通であるのにすっぽんでは酒の味ですっぽんが一層旨くなるという風に頭が働いて酒が却って引き立て役になる。又そういうこともあってすっぽんが食べたくなった時はすっぽんしか出さない店に行くのでないともの足りない。それがそうでない普通の料理屋でもすっぽんが出ることがあるが他の料理と組み合わされてのそういう上品な食べ方ではすっぽんの店ですっぽんが煮え立っている大きな鍋の汁を飲み乾してもいいという気分になったりするというようなことが望めない。

すっぽんはそうしてただ煮て出すだけのものらしい。確かにこれだけの味のものに手が込んだ料理の仕方を工夫することはなさそうで、尤もこれは鍋を友達と囲んでそう思うのであって実際にそんなに簡単なことですっぽんが我々の前に運ばれるのかどうか解らない。いつか聞いた料理法がそうした簡単なものだったのも必ずしも信用出来なくてどんなものでも、殊に本当に旨かったりよかったりするものの作り方は聞けば簡単であり、その後にその簡単なことをちゃんとやる仕事が残っている。併し兎に角そういうことを心得ている専門の店に行けば間違いがなくて旨い。

瀬戸内海の鯛の浜焼き

尾道からも岡山辺りからもこの鯛の浜焼きが送られて来るからこれも瀬戸内海で鯛が取れる所ならば大概どこでも作っているものなのかも知れない。併しもう一つ、この浜焼きは製塩業と関係があって昔は塩釜の中に鯛を入れて焼いたものらしい。今はどうするのか、塩釜をその度毎に一つ潰すようなやり方はもっと気が利いた製法に変ったものと思われるが、この起原が示す通り、これは鯛をまるごと一匹塩焼きにして一匹ずつ菅笠の格好をした入れものに入れて送られて来るもので腸を取った後に今は昆布が詰められ、前は茹で卵が一つ入っていた。その茹で卵が塩が利いて旨かったのを思い出す。

併し勿論こうして焼いた鯛そのものが旨いのである。これは塩焼きであっても鯛がまるごとそうなっているのであるから丁度いい位に塩味になっている程度で、そのままよりも山葵醬油で食べた方が鯛の匂いが引き立つ。それに肉が引き締って固い感じがする一歩手前まで行っていることもこの浜焼きの特徴で、その点は鶏の丸焼きの肉に似ているが余程いい鶏でない限り鯛の浜焼きに及ぶものではない。これが皮ごとでその皮は鱗(うろこ)が付いたままで食べられないからその下の肉を剝がすのに一苦労しても先にそうして一山の肉を皿に取って食べに掛ると直ぐに又皮から肉を剝がし始める。併し一番旨い食べ方はこれで茶漬けを作ることのようで、それには腹に詰めた昆布も鯛の味が染み通っているから一緒に飯の上に置き、これに山葵醬油と熱い茶を足すと海を食べているのに似た感じがする。つまり、初めから茶漬けにして何杯も食べるのである。兎に角鯛が一匹分あるのだから幾らでも茶漬けに出来る。

前にどこかからこの浜焼きを送って来た時に説明書が入っていて色々と食べ方が書いてあったが、どうも茶漬けにするのが一番いいようである。所で鯛も山葵も昆布も日本の茶も日本にしかないもので、それが我々にとって山海の珍味と言ったものであるよりも寧ろ日常生活と兎に角一体になったものであり、そうした点から日本というのが如何にも豊かな国に思われて来る。別に我々が毎日鯛を食べているのでなくてもこれがまだ一度も見たことがないというようなものではなくて、その鯛も日本の茶も豊かであるとともに地味に我々を楽ませてくれるもので日本がそうした国柄なのであることを鯛の浜焼きも教える。

京都の筍

確実に京都の筍（たけのこ）と言うことが出来るのに就ては他所の筍も食べたことがあって東京に

いて八百屋さんが持って来るのを断る訳ではなくても、それと比べてであるよりも京都の筍を食べること自体が比べたりするのを意味なくするものを感じさせるからである。毎年ではないが、どうかすると京都からこの筍が送られて来ることがあって、そうすると食膳が豊漁に似たものになる。

勿論ただ柔いだけではない。又旨いとか、その色が凡そ淡いとかと京都の筍の特徴を幾つか並べてもこれを食べている時に経験するものにならなくてこれはその歯触りが柔いことから始って忽ち京都の筍の匂いがし、その味がしてそれが凡て一つになって続くということがあって漸く京都の筍を食べることの輪郭が出来上る。京都ではその掘り立てのを皿に盛ってこれを平げるのだそうである。又朝掘ったのを晩に食べるともう味が変っているということも聞いた。東京にいてはただ想像して見る他ないことであるが、その手掛りになるものが鉄道で送られて来た筍にも充分にあってこの筍ならば昆布出しの昆布まで旨くなる。又これを生のままで刺し身のようにして食べるということも聞いてそれが京都でならば出来そうに思えるのみならず、そうするのでなければ勿体ないのではないかという所まで夢を馳せ、この筍の時季に京都にいたことがないのが残念になる。

併しもっと残念に思っていいことがある。あの万博というのがあった千里山がもとは一面の竹藪だったのだそうであれ程の大袈裟なことをしなくても京都周辺の竹藪は住宅地を作るので年々減って行き、今では竹細工が職業の人達がいい竹を手に入れるのに苦労しているということである。それに就て人口が殖えて来てなどというのは言い訳にならない。その千里山に何かの用があって泊っていた京都の宿屋が山の上にあって山科の竹藪だった筈の所を見降したらそれがどこまでも続く平地に変ってマッチ箱同様の家がのべつに並んで建っていた。もし竹藪なんかというのならばその跡に建ったマッチ箱は竹藪にも劣って人間が住む家とは思えない。ただ芸もなく地面を平らにしてマッチ箱を並べる代りにもう少し人間の住居ということを念頭に置いて工夫したならば建ったものも立派で竹藪も残ったに違いない。全く惜しいことをした。

関西のおでん

その関西ではおでんのことを関東煮と言っていることでもおでんがもとは関東のものだったことは明かで、そういう考証をしなくても確かに昔は東京におでん屋というものがあった。併し東京がどこのどういう性質の町か解らなくなり、そこに住む得体が知れない人間がおでんのような安くて旨いものを喜ばなくなった現在では歴史の上ではどうだろうとおでんを食べに関西まで行かなければならない。

そのおでんがどういうものか説明までしなければならないのだろうか。これが東京で全く食べられなくなった訳ではなくて見本だけでもというのならば一種の高級な料理屋のようなものになった所でまだおでんを出し、そこへ行けば解ることであるがこれは、という所まで来て袋だとかがんもだとか爆弾だとかというもののことを書き始めれば今はおでんがない、或はないのに近い関東で話が止ってしまうことに気が付いた。要するに色々なもののごった煮で関西では蒟蒻（こんにゃく）、蛸（たこ）、里芋、茹で卵などをこのおでん風に煮て売っていて旨い店が方々に、或は昔の東京と同じでどこにでもある。この食べものの性質からして、その点も今の東京と違って高級な料理屋のような店でやるものではなくて夜になって町を歩いていると葦簀（よしず）張りか何かの小さな殆ど屋台に近い店構えの所でこのおでんを煮ている。それが大きな銅壺で、その中のこれとかあれとか言うとそれを出して皿に載せてくれる。

そこはやはり味が淡い関西だけあって、この頃のように大阪辺りでばかりおでんを食べているとこういう醤油と砂糖を使ってと思われる煮ものを曽ての東京で食べていたのよりも旨いのではないかという気がする。その点に就ては実は江戸前料理というものがなくなった今日、関東の濃い味というのがただ濃いだけだったのかどうか記憶も薄れ掛けていてはっきりしないのであるが、そこの所はどうだろうと関西で銅壺から出して貰って食べる蛸の足や蒟蒻は旨いもので、おでん屋の主人が凝っていれば蒟蒻が別誂えの真っ黒でしゃきしゃきしたものだったりして何となく食いしんぼう冥利という風な感じがして来る。それにおでんは熱燗にした酒によく合い、関西は酒の本場である。もし何百円かで王者の気持になりたければ道頓堀にもおでん屋がある。

長崎の唐墨

これが長崎の特産なのかどうか知らないが兎に角長崎から送られて来るのは旨い。その唐墨（からすみ）のことを字引きで引くと鯔（ぼら）の卵を乾したもので、その形が唐の時代の墨に似ているので唐墨と言うのだと出ている。そうするとこれも魚の卵でこの他に筋子、カヴィア、数の子と魚の卵が食べものになっているのが色々ある中で死ぬ危険を冒しても一度は食べて見るのに価する河豚の卵と対照をなすものにこの唐墨があり、これはそういう優しい味がするものである。そして上等なのは舌触りがねっとりしていて、その優しい味というのをもう少し説明すると乾し柿のようでもあれば、よく焼き上げたパンの耳にも似た所があり、そしてどこか胡桃を思わせるものがある。つい食べてしまう質の佳品でそれだからゆっくりその味を楽むことも出来て酒の肴にこれさえあればという気がするのは要するにこれが何とも旨いということになる。

この唐墨はただ薄く切って食べる他に料理の方法はないようである。又それだからこそ旨いものなので前に台湾で作っている唐墨は長崎のよりも遥かに大きくて味もいいということを聞いたことがあるが、その場所からして恐らくはそれは支那料理で使うものなので支那料理のやり方で先ず水に漬けて置いてから又乾かしたのを蒸して焼いて煮ると言った風のことをした後でどんな味がするものか想像も付かない。そこに我が国の料理と支那との根本的な違いがあり、支那料理も旨いのはこんなものがあるかと思うことがあってもその方法で我が国の魚を、貝を、或は唐墨をと数えて行くとそんな料理がなくてよかったのであるよりも料理がその国にある材料に即したものだという平凡な事実に改めて突き当る。ただこの唐墨を薄く切るのでなくて塊のまま齧りたくなったことはある。それで本当に唐墨を食べている感じになるだろうと思うのであるが、それがそうは行かない理由がある。

唐墨はかなり高い値段のものらしい。今思い出したもう一つの食べ方にこれを切って炭火で焦がすということがあって、それを道楽の果てにやり始めると大概は家運が傾くという言い伝えがある。そのことは前から知っていてそれで実は一度も自分で買ったことがないのであるが、まだ長崎の知人にこれを絶賛して書いて送るという手が残っている。

東京の佃煮

これは東京のものであっても東京のどこで売っている佃煮でも構わないという訳ではない。前は赤坂の十軒店に本ものの佃煮を売っている店があったが、まだあるかどうか解らない。併しどこか日本橋の方にそういう店が残っている筈で、いつか貰った箱の包み紙に日本橋と書いてあったのを覚えている。

赤坂の店で買っていたものに鮒の雀焼きというのがあって、これは小さな鮒を開いて焼いて雀の形になったのが串に刺してあり、この種のものもここまで来ると一口料理に近い。これもまだどこかの佃煮屋で作っているのでいつか貰った佃煮の箱に入っていなかっただけのことかも知れない。その他に佃煮で旨いのは海老にはぜに各種の貝があってそれを佃煮屋に行けば自分でどれとどれと選べる筈である。これは江戸で始められたものだからそういう味がする。或はいい材料を醬油と味醂で煮ただけのものと言えば同じことになって、これはただ旨い食べものなのであって煩さいことを言う位ならば食べない方が増しである。そして又所謂、名店街の類に行って木で作ったのでもない箱に詰め合せになっているのを買って来ることもなくて、この佃煮の味も手製でしか得られないもので大量生産ではそういう塩辛かったり甘かったりするものに過ぎなくなる。ここにも食べものに就ての今日の妙な錯覚があって何か旨いものがあればそれをなるべく沢山作る方がそれを食べるものも作るものも得をするということらしいが、別に贅沢な話ではなくて或る種のものの味はそれが又どういうことはないものであればある程出鱈目に沢山作るということを許さなくて、もしそれでもそうして作れば味がなくなり、これは大量生産ではなくてその食べものを消滅させるという無駄をすることなのである。

佃煮をちゃんと作ったのはその材料の海老もはぜも鮒も大きくて振り掛けに類するものを離れて一口で食べられる料理に近くなる。その中で鮒の雀焼きを佃煮屋で何故売っているのか知らないが、これも同じ味がするから製法も似ているに違いない。もう一つ、海苔の佃煮があって、これは海苔の匂いが強烈で佃煮の中でも懐しい味がする。昔はその材料に浅草海苔が使われた筈であるが、これはもうなくて今の浅草海苔は九州から送られて来る。

関東の鮪

これを関東のものと言ってもよさそうなのは他所で殆ど鮪（まぐろ）のことを聞かず、どうかして鮪に出会っても関東のもの程の味がしないからである。尤も昔はこれは下魚だったようで今でも鮪がそれ程の御馳走になってはいないらしいが、それでも旨いのだから構わない。これを書きながらも何ともかとも旨いものだという気がして来る。先ず魚の中では上等な牛肉に一番近いのではないだろうか。或は上等な鮪に似た牛肉があればそれに優る牛肉というものは考えられなくて、そうすると鮪は牛肉に似ていてもっと旨い魚ということになり、それに牛肉は病菌の危険があって鮪のように生では食べられない。又それだから鮪を牛肉の代りに使うことも出来るに違いないが、それでは余りに勿体ない。

獣の肉は脂の所が旨いのが多くて牛でも豚でも他の部分と一緒に食べれば脂が一番何か食べている感じがすることがある。併し脂だけでは大概はしつこ過ぎるのに対して鮪は脂とも肉とも付かないとろの部分があり、これに似たものを求めれば上等なバタであるが、そういうバタよりも鮪のとろの方が冴えている。又その他に赤い所や中とろがあるのは樽で酒を飲んでいて一番初めに樽から出て来る酒、真ん中の所、それから終りに出て来るのとそれぞれ味も香りも違って何れとも決め難いのと同じで、ただ或はあの桃色をしたとろの部分が最上ではないかという気がしないでもない。例えば珊瑚も桃色のが一番いいことになっている。

兎に角鮪のとろのような食べものは支那料理は勿論のこと西洋料理にもなくて、その鮪の鑵詰めを鶏の肉の代りに使っている国々の人間が憐まれる。併し今は太平洋のみならずインド洋でも日本人の手でいい鮪が取れるのだそうで、それが刺し身になるのでなくて鑵詰めにされるのはこれも企業というものが現在どういうことになっているかを思えばやむを得ないことかも知れない。又そうなれば東日本の鮪が益々珍重すべきものになる。鮪が曽ては下魚で、つまり、幾らでもあって旨いものだった証拠にねぎま鍋というものが、これもあったと今では書くべきだろうか。ただ葱と鮪だけを煮る鍋でこの頃は確かに余り聞くことがない。これは鮪の値段が上ってこういう何でもない鍋に使えなくなったからであるが、このねぎまも惜まれていい。

鎌倉の海老

これが今でもまだあるのかどうかは解らない。併し戦争が終って暫く鎌倉にいた頃はその辺の海で海老が取れて、それが幾らでも名前も鎌倉海老で通っていた。と言っても、これは前は正月のお供えの上に飾ったものだったあの伊勢海老という大きなもので、その名で知られているのだから伊勢湾に沢山いるのかも知れないが、まだ行ったことがない場所の食べもののことを考えても仕方がない。

鎌倉では時々この海老が入ったと魚屋が知らせに来てくれて、その頃は別に有難がって食べる珍味というようなものではなかったから一度に十何匹も頼んでこれを茹でるだけで食べた。こういう旨いものはそんな風に一人で何匹でも食べるという量の上での余裕がなければ食べた気がしないものである。又茹でるだけの手間で充分で、そしてことに脳味噌の所が旨かった。あそこの所だけで塩辛を作ったらどんなだろうかと今でも思う。もう一つ鎌倉海老の食べ方があって魚屋に頼むと牡丹作りというのにして来てくれた。これは海老の生の肉をどういう風にか牡丹の花の形に巻いたもので、それが大きな皿に一杯に並べてあると肉の色も淡い桃色なので本当に牡丹の花を盛ったように見え、その上に海老の肉には光沢があるから皿の牡丹が輝いた。先ず当時としては最も豪奢な感じがする料理で味も生で食べるのが一番旨いことは説明するまでもない。

そう言えば、この海老は殻ごと二つに割ってバタで焼いたり卵を掛けたりしたのが東京でも結婚の御披露などでよく出て来る。そんな手間を掛けてまでわざわざまずくすることはないようにも思えるが、どこで取れたのか解らないのを冷凍にして持って来るのでは送り先に着く前に味も何もなくなってしまうのだということが考えられる。併し一匹の海老の半分というのも随分情ない話で、それだから結婚の御披露というのがつまらないものの標本になる。今の鎌倉でも海老が取れるのだろうか。戦後の一時期に海老が卵を生み付けるあらめや昆布を乱獲した為に海老が激減したという話を聞いたことがある。そうするとそれが魚屋から海老の注文を取りに来た頃よりも後のことになるが、もう一匹もいなくなったとも思えない。それでも牡丹作りにして皿に盛り付けるのが既に無理ならばせめて二、三匹茹でて又食べたい気がすることが今でもある。

竜野の素麺

これは日本国中の素麺(そうめん)を食べて見た上で言っていることなのではないが、その素麺は兵庫県竜野市の近辺で出来るのがこれを食べた時の確実な印象に即して日本で一番旨いのではないかと思う。前に何かの用事でこの町まで行って、それ以来時々これを送って貰っているのである。これが着いたばかりの時は真っ白でそれが一年もたつと多少は変色し、その色が変ったのが味も枯れて旨い。尤も素麺の味というようなことは簡単に説明出来るものではなくて、ただ幸に素麺は誰でもが食べるものであるからそのことに加えて竜野の素麺は如何にも腰がある感じがすると言えば一番解り易いかも知れない。もともと素麺の味というのは先ずないのに近いものがあるが、それだからどうだろうと構わないというものではなくて大概の素麺は味のみならず歯ごたえも余りしなくて舌でも潰せる気がするのに対して竜野のは実にしゃっきりしている。それで夏に冷や素麵にするのにこの町の程いいものはない。余り味がしないのも夏向きで、これを補って薬味に葱、海苔、じゃこ、油揚げを細く切ったのなどを使い、その素麵に付ける汁は、そこまでは知らないが、どうもその味から椎茸が出しになっているような気がする。この冷や素麵が夏に向いているもう一つの理由は幾ら食べてもそう熱量を取り入れることにならないことで、それで沢山冷やして置いて笊に何杯でも食べた後で別に食べ過ぎた感じにもならない。他の季節ならば先ず前菜と言った所だろうか。

併しそれにはどうしても竜野の素麵であることが必要で、まだ他のを食べたことがないのにこれは独断に聞えるかも知れないが、冷やした素麵の一本一本がその各自の存在を主張して嚙まなければ切れない歯触りがするのは竜野の素麵であればこそと思わないではいられない。それにこの歯触りが有難いのも他の素麵を食べたことがある証拠に違いなくて、そう言えば前に蕎麦屋などで頼んだのは冷たいのだけが取り柄だった。それだから汁の具にも使える筈で、その他にこれは想像であるが、これ程腰がある素麵ならば揚げても旨いのではないかと思う。前にマカロニにパン粉をまぶして揚げたのを食べてこれがマカロニの最上の食べ方だという気がしたことがあった。併しやはり竜野の素麵は夏の冷や素麵に限るようである。そのうちに又一日に二度はこれである。

新潟の餅

これは始めて新潟に行った時に食べたかき餅が旨かったので験しにお正月用に餅を頼んだので、それ以来それを頼むのが毎年のことになった。新潟は米どころで知られていて、そうすると糯米(もちごめ)もいいのが取れることになるようであるのみならず新潟は水もいいのでこういう先ず日本一と思われる餅が出来ても不思議ではない。これも竜野の素麺と同じで日本国中の餅を食べて見た上で言っているのではないが、これだという何かが伝わって来る印象はこれも自分だけの経験からすれば大概は信用していい。

それに餅が明かに餅であってそれ以外のどういうものでもないのは或るものがそのものだという感じがひどく薄れて来たこの頃ではそれだけでも有難い気がする。例えば水餅というのが他にちゃんとした意味がある言葉であるのは解っていてもこの頃の餅というのは多くはやたらに糯米に水増しがしてあってそれを搗くから水餅と言うのではないかと思いたくなる時に新潟の餅は糯米の水分だけで作ったという風で噛み切るのが勿体なくなる。それに餅には餅の味と匂いがある。これはカレーの匂いや天ぷらの味のように強烈ではなくて寧ろ仄かなものであるが、それが餅を餅というものにしていて新潟の餅にはその味も匂いもある。その上に真っ白で雑煮の椀に入っているのがその白さで椀を引き立てる。そうすると餅の他には菜っ葉位しか使わない東京風の雑煮にこの餅がよく合うことになって、それが新潟では色々と身を工夫した雑煮が普通のようであるがこれだけの味がするのには本当は他のものを足して変化を与える必要がない。

それを肴に屠蘇を飲むことさえ出来て、その酒だけはどれが日本一と決して言えないのが飲み助の常識であっても雑煮をもし肴にするならば餅は新潟のを是非試みるべきである。尤もこれはその雑煮と酒の取り合せが艶であることを言っているだけで酒の肴にわざわざ雑煮を作ることはないかも知れない。併しそれが正月というもので又正月の気分でもある。ただの餅の他に新潟のかき餅は鑵に入れて置けば夏でもどうもならなくてその二、三年たったのがあるのを思い出して食べたこともある。これは朱色のが海老、緑が青海苔、薄黒いのが胡麻、まだそれ以外に幾種類かあり、その味で暑さを忘れるのにも適している。

東京のこはだ

どこかに東京から行く時に何かお土産をと思っても今では東京のもので持って行けるものが全くなくなったのであるから、これは行く先に着いてそのことを言って率直に謝る他ない。併しこれは昔の浅草海苔のように遠くまで運べるものの話で考えて見ると東京で食べるものならばまだ色々とある。その一つがこはだで江戸の握り鮨はこはだを種に使ったのが始りだったそうであるが、それだからと言ってこれを鮨でしか食べないでいることはない。尤もこはだを酢漬け以外で食べる方法を聞いたことがないから鮨でなくても酢漬けに変りなくて、これが何とも他の魚にはない味がする。例えばこれを同じ酢を使った締め鯖と比べればそのことが一層はっきりするかも知れなくて締め鯖も旨いがこはだの酢漬けはずっともっと、これを艶だとでも言うのだろうか。それは決してただあっさりしているだけのものではない。これが女だったならばその肌が白いのが目立つ筈である。又、こはだのことは東京でしか聞かないから東京のものなのだろうと思う。

こはだの味のことを考えていると東京、であるよりも江戸というものの印象が多少は変って来る。曽ては三百年の伝統しかない町が町と言えたものだろうかと思い、それで江戸の文明というのが何か全国的という風な具合にしか説明出来ないものの気がしていたがこはだを前にしては三百年足らずの期間でも日本の中心だった町はやはりそのことが町の性格にも影響するのではないかと考えたくなる。まだ鮪ならば上等な田舎の食べもの、或は荒々しい所を旨く残した洗練と見ることが出来る。併しこはだは都会のものであって、それに就ては江戸でこはだで鮨を作り始めたのが江戸時代の中期を過ぎてからのことであるのが思い出される。江戸の歴史というのは維新以後に大分手を入れられたようで、その挙句に忘れられ、今では元禄が何だか派手な時代だった位のことしか知られなくなっているがこはだの味一つからしても江戸時代というものは改めて充分に学び直す必要がある感じがする。もう一つ、正月になるとこはだの粟漬け（あわ）が食べられる。これも酢漬けで何故それに粟が振ってあるのか知らないが、その他に唐辛子も添えてあり、何よりも普通のこはだと違って一匹分の大きさなのだから食べでがある。

佐久の鯉

佐久というのはどこか長野県の一部を指すようであるが行ったことはない。併しそこの鯉はこの魚の世界での王者という味がして、それだけに食べる代りに飼っても立派で可愛いものだろうと思う。尤もこれも見たことはなくて、ただ佐久の鯉が手に入る範囲内に行って食べるだけであるが、それが鯉の味がする。

昔は味以外のことで珍重されたのかもしれなくても大体、鯉というのがそう上等な食べものではないようで、ただ勿論これは旨いかまずいかの問題そのものとは関係がないことであり、鯉の泥臭さも脂っこさも又独特の匂いも凡て佐久の鯉にあって鯉こくにして食べていて、これだ、これだという感じになる。その内臓と思われる部分が殊に結構で頭の所に運よく当ればもう言うことはない。どうも食べものというのは匂いの次にどこか苦いことが大事であるようで佐久の鯉がその標本であることは食べて見れば解る。又脂っこいというのもいいものであって鯉こくの表面が細かな脂の玉を敷き詰めて光っているのはそれだけで食欲をそそる。この鯉こくの他に洗いがあるが、これはまずいものではなくても鯉という余り上品でもない食べものを無理にも上品に仕立てるのが狙いであるような気がする。その洗いにすれば匂いは勿論のこと脂っこさもなくなり、味も消えて残るのは歯触り位なものでもう鯉ではない。或は鯉の洗いというのがこういうものなのかも知れないが、これが食べたくて鯉は佐久のが欲しいとは思わない。

そう言えば鯉の肉そのものは余り味がしないものであるとも考えられてこれが支那料理でよく使われるのも支那ではもとの味が余りない材料を使って何かと味の点で加工する料理法が用いられていることに気付かせる。確か先ず焼いたのを煮てから揚げるのだと聞いたように覚えていて、それはそれで旨くても支那料理の中で鯉を使ったのが一番つまらないという印象を免れない。これは寧ろ雷魚でもそういう風に料理した方が一層それを料理したものの腕の見せ場になりはしないだろうか。それで佐久の鯉の鯉こくである。これにも唐辛子がなくてはならなくて、それで鯉こくでも味噌とか葱とか唐辛子とか何かと手を掛ける必要があることになるが、その結果はやはり鯉と解るもので頭や内臓の苦味も匂いも脂っこさも残り、下品でも旨いものである。

東京の慈姑

この慈姑(くわい)までが東京、或は関東だけのものではないだろうと思うが、これを最初に食べたのが東京で殊にこの頃は偶に八百屋が家に持って来てくれるものの他にどこに行っても出会った験しがないから大体の所は関東で主に食べられているか、或は曾ては食べられていたものという気がする。曾てはというのは今では八百屋にも滅多にないからでこれが需要が減ってそのうちに作られなくなるということならばなお更今のうちに書いて置かなければならない。

尤もこれを知らないものにどう説明したらばいいのだろうか。この慈姑は一種の野菜で見た所は人参や大根と同様に根菜らしい。併し似ているのは根菜である点だけで、これは皮を取ると栗位の大きさのもので茎の所に向って尖っているのも栗を思わせ、そう言えばその味も歯触りも栗に似ていないこともない。併し実はその味が全く独特のものなのである。その歯触りは栗に似てもっとしゃきしゃきしていて味の方はどうにもならない。西洋で珍重される野菜で字引きを引くと朝鮮薊と出ているのがあって、これも説明しようがない匂いと味がするものであるが慈姑はこれとも違い、芳しくて僅かに苦味があってそれでどこか栗の甘味と言えそうなものもある。そしてこの点は西洋の朝鮮薊と同じで野菜よりも果物、或は肉にさえ近い食べもので、それで又栗に戻り、何か木の実の感じがするというのが一番当っているかも知れない。兎に角一度食べれば忘れられないもので一時はこれさえあれば御馳走と思ったものだった。

併し今日は慈姑があると言われたりもしなかったからこれが時々食事に出ていた頃はそう珍しいものでもなかったに違いない。或はこの野菜を作るのはそう難しくなくても料理するのに手が掛るということがあることも考えられるが、これは今でも見た所はただ煮てあるだけで何でもない顔をして小鉢に転がっている。併し一つだけ確かに手が込んでいる慈姑の料理があって、それは慈姑を茹でたのを摺り潰した上で揚げるのである。そうすると口に入れてからの慈姑の匂いが一層強くなって味も、これは何だろうと揚げれば油が加っただけ、或は油が加ったという限りでは味が引き立つもので慈姑の味は油に負けるようなものではない。併し茹でてから摺り潰すのが大変だということでこれは明かに昔話になる。

北海道のじゃが芋

これは必ずしも北海道で出来たのでなくても北海道の種のものをその産地に似た高原などで作ったのならば同じことになるが、それが日本のどことどこと言えない限り北海道のを送って貰うのが一番確かであることになる。その種をダンシャクと呼んでいるようで、これは或は男爵と書くのかも知れない。我々は普通はじゃが芋と言えば澱粉をそれから取るということが直ぐ頭に浮ぶ至極単調な野菜のことを考えるが本当のじゃが芋はそのようなものではない。先ずじゃが芋のこういう本ものには匂いがあってその匂いが思わせる味もある。又確かに澱粉であることは茹でれば崩れるばかりの脆さになることで納得出来て匂いが口の中に拡り、それが冷えると良質のバタが適当に堅くなった歯触りがする。又これを揚げると匂いにまで程よく火を通した感じで、これに付けるのは塩か醬油でソースのようなものは使う気がしない。これに比べれば一般にじゃが芋と言っているのは安ものの代用品に過ぎなくなる。

それに付けても思うのはなるべく金も手間も掛らない方法で本ものでないとは必ずしも断定出来ない食べものその他を無暗に沢山作って売りに出すこの頃のやり方が結局は誰に

も得をさせていないことでそのお蔭で野菜も、或は例えば鶏も鶏の卵も本当にそれらしいものが益々少くなって来ている。それでも沢山作れるからという考えは野菜が実際に野菜だった間のそれに対する需要がその味も匂いもしないものに対してこれからも続くという見方をしているので、それが鶏でもこの頃のような合成繊維か何かとしか思えないものが鶏で通るのがいつまでのことか解らない。この頃の鶏は、でなくて鶏というものがまずいと決れば誰も買わなくなり、その時に誰かが鶏を鶏らしく飼うことを始めればその方が売れ出すのである。併しまだ北海道のじゃが芋がある。こういうものが出来る北海道は土地が余程広くて人間が人間らしい生活をしている所に違いない。

このじゃが芋で昔のじゃが芋の食べ方を色々と思い出して又やって見る気を起すということもある。例えば牛肉と葱とじゃが芋を一緒に煮ても水炊きにしても、もしじゃが芋が本ものであればこの三つの中でじゃが芋が他のものの匂いも味も含んで一番旨い。併しこういうのはただ茹でるだけでも御馳走である。

石川県の棒鰤

金沢の名産の一つにいなだというものがあって、例えば東京では鰤（ぶり）がまだ鰤にまで育たないのをいなだと言うようであるが、これは鰤をこちこちに乾したもので鰹節と同様に削って食べる。その昔このいなだが金沢城の兵糧の一部に備えてあって年に一度、新たに出来たのを納入するとそれまであった古いのが民間に払い下げられてそれを茶人などが手に入れて珍重したものなのだそうである。今はただ作って売っている訳で、確かにまずいものではなくてもそこをどう説明したらいいのか、兎に角こう固く乾してあっては鰤の味はもうしない。

これに対して石川県で鰤で作っているものにもう一つ、棒鰤というのがある。これも鰤を乾したものであるが、いなだと比べてもっと生乾しでそれが棒の格好になっているので棒鰤と言うのだろうと思う。いなだは名産になっているのに棒鰤のことは県内でも余り聞かない。これは鰤の質の問題なのか、いなだ程乾さなくてもいいので手間が掛らない為なのかその辺のことは解らないが、この棒鰤も決して悪いものではない。寧ろこれは明かに鰤であってその脂っこさも残り、それに塩が利いていて肉が包丁で切れる程度の固さに、言わばハムの固さに締っていてこれは通人の意見は別としてもしいなだと棒鰤のどっちかということになれば棒鰤の方を取る。

例えばいなだはどうも勿体なくて鰹節の代りに御飯に掛けて食べる気もせず、少しばかり削って酒の肴に出すというようなことになるのに対して棒鰤はバタを付けたパンにハムの代りに載せても、小皿に山盛りにしたのを御飯と食べても構わなくて鰤の刺し身が好きなものならば棒鰤は棒鰤で別な風味がある。尤もいなだが勿体ないというのも好みのせいだろうか。これが唐墨ならばやはり小皿に山盛りにして食べたい。ただ石川県まで行っても棒鰤を手に入れるのはそう簡単ではない。どこの店で売っているという知識があれば何でもないことなのだろうが、それがなくて例えばごりの佃煮とか蟹だとか、それからそのいなだとかと同様に宿屋の女中さんにでも買って来てくれと頼むと棒鰤だけはあんなものはよしなさいと言われる。それで鰌(どじょう)の蒲焼きも石川県では一種の禁句になっているのを思い出すことになり、棒鰤のことまで話を持って行くのに苦労したりする。併しその点でもこれは珍味である。

金沢のごり

このごりを佃煮にするごりと一緒にしてはならない。そのごりの佃煮もまずいものではないがこれは金沢のお土産によく人から貰うものであり、この頃では東京でもどこでもの名店街などというものでも売っているに違いなくて、それにあれだけ煮詰めてしまえば魚のごりも木の実の胡桃も余り味に違いがないというような結果になる。

　このごりというのは淡水魚でそれが川の上流、中流で取れるのと河口で取れるのでは種類が違うらしくて、ここで言っているのは金沢の町を流れている川に棲んでいる方のことである。金沢というのは町の中を川が浅野川と犀川と二つ流れていてその両方とも水が澄んでいるという世界に有数の見事な都会で、その川の澄んだ水にこのごりが泳いでいる。それだから先ずこの魚の説明から始めなければならない。金沢の川沿いの料理屋には生け簀が出来ていてその中にごりが群れをなしている。尤もごりは流れている水にしか棲まないからこれは店の庭を小川が流れている一部が囲ってあるという仕掛けで、ごりは小さな魚であるが胸の鰭が羽のように左右に突き出ていて頭が大きいから如何にも可愛い感じがする。それだから旨いだろうと思いもすれば又自分で飼って見たくもなる。

　併し差し当り水が流れている庭などというのは金沢のような世界の都会の中でも別誂えの所でなければ望めないことであるからその代りに金沢までせめてごりを食べに行くということになるだろうか。ごりは黒い色をしていて、それが弱って来ると灰色に変るのだそうである。これが可愛い魚だということをもう一度繰り返したい。その鰭を拡げて泳いでいる所は踊っている感じで何か西洋の妖精の群れを思い出し、こういう魚がいる店、或は町には福があるという気がして来る。そのごりの唐揚げが旨い。これは小さな魚で佃煮にでもしなければというようなことで所謂ごりの佃煮が始められたのかも知れないが、それが金沢の真中で取れるのは小さくても太っていてその淡泊な味が恐らくは上等な油で揚げるという料理法で生かされ、殆ど味がしないという味というものの極致に達する。そのごりのことを書いたのはそういう旨い魚だからその保護にも力が入れられているのだろうということが言いたかったからである。そこに動物保護の根本的な問題がある。

広島県の奈良漬け

名前からして奈良漬けは奈良が本場、或は少くとも元祖に違いなくて又事実、前には奈良から奈良漬けというものの味を改めて覚えるようなのを送って貰っていた。併しその後これが絶えて今解っているのは広島県の呉市で作っているのがこれと比べて先ず遜色がないということである。その説明にもなることかと思うので更に言うと奈良からその奈良漬けを送って貰っていた頃酒粕も時々奈良のを貰うことがあって、これはもっと名が知れた作り酒屋さんが日本のどこで作っているのも及ばない逸品だった。そして広島県も酒で知られている所で奈良にもう行く機会がなくなって縁が切れた現在、手に入る酒粕では広島県のが群を抜いている。

奈良漬けは野菜を酒粕に漬けたものであるから酒粕の方からはこれで広島県の奈良漬け

の説明が付く。併し詮索するのは兎も角、広島県呉市の奈良漬けは届くと嬉しくなる性質のものでこれが本ものである証拠にこの頃は奈良漬けと言えばその呉から来るのを思う。一体に奈良漬けというのは甘いものではない。或は甘くてはならないので辛口の酒の粕に漬けたものが甘ければそれは甘いのではなくて酒の旨味であり、それに何かこれは野菜から出るものなのか苦味もあってその両方が漬けた野菜の一切れ一切れから滲み出て来るのが奈良漬けであり、その中で確かな所を挙げるならば呉の奈良漬けである。又その野菜の漬け方にも秘訣があるに違いなくて、それが白瓜でも胡瓜でも西瓜でも茄子でも漬けて却ってしゃっきりするのが奈良漬けというものであるらしくて生の野菜にもないこの堅い歯触りがそれでも嚙み切ることを許して野菜の味と酒粕の味が口中に拡る時に人間が奈良漬けになるというのもこういう結構な状態を指すものかという考えが頭に浮ぶ。

実はここの所暫く食べていないので以上の他にどういう野菜が奈良漬けになるのか思い出せない。併しやはり各種の瓜や茄子がこうして漬けるのに適しているのではないかという気がしてそれはこういう野菜の方が水分、つまりは酒の香気を吸い込み易い構造であるからであり、英国のチャーチルは一生酒を飲み続けて体中の細胞がアルコール漬けになって病気になりたくても菌を寄せ付けず、それで長寿を全うしたという話がある。呉市で作るような奈良漬けにもその旨味がある。

プリマス・ロックという種類の鶏

これはどこの産とも言えない。もとはアメリカのものだったのを輸入したものらしいという所位までは見当が付くが、一体に鶏というのが何か得体の知れないものの肉を指すことになった今日では日本のどこでもこのプリマス・ロック種の鶏を飼っている所、又その肉を売っている店は食いしんぼうの間で大事にするに価すると言える。又それが無理な話である程はこの種も減っていないようである。

これは鶏の中では王者とも称し得る体格のもので、その特徴は足が長くて体の他の部分と同様に羽で蔽われていることにある。それで見た目に一層堂々とした感じを与えるが、その知性の程度は他の鶏並であるらしくてこれは食べると旨い動物の例に反して飼って可愛がるのに適しているかどうか解らない。併しその肉は旨い。或は寧ろ皮とその直ぐ下の肉と言うべきで、これがその肉が旨い証拠になる。そうでないこの頃の鶏は皮が付いていてないことが多くてそれがあっても味も何もしないがプリマス・ロックは皮が厚くて焼いても揚げてもこんがりと上って鳥類の皮の滋味を湛え、北京料理で家鴨の皮とその下の肉を薄く削いだのを煎餅の皮で包んで食べるのにそう劣るとも思えない。又それだけのものが肉にもあってこれも脂に富み、皮が付いている所が自分の分に回って来なくてもプリマス・ロックならば皮なしでも兎に角満足出来る。

それにこういう大きな鶏は一人当りの分量のどこかに皮が付いていないということは先ずなくて例えばぶつ切りを里芋か何かと煮たのならばどの一切れにも皮も肉もあり、その色まで旨そうに濃くてこれならば鶏を食べている感じになれる。併しこういう鶏はなるべく一羽をまるごと使う料理が鶏の格にも合っていて、これは或は西洋風の丸焼きが一羽のどの部分も楽める意味で一番いいかも知れない。それでいて、ただの串焼きでもプリマス・ロックならば旨い。そういう鶏だから卵も立派なものである。第一に大きくて普通の卵の倍近くもあり、そしてこれは鶏の卵の匂いがする。又それだけに余り手が込んだ料理に使うのには卵の方が勿体なくて半熟とか湯煎とかにするのが黄身の色が鮮かなのも解って一番合っている。この鶏の肉もであるが、こういう卵もこの頃は滅多に出会わないものでこの匂いがしてその色を見ると自分が豊かになるのを感じる。

大阪のいいだこの煮もの

蛸（たこ）の足を柔く煮ておでんの種に使ったりするのは、これは断言は出来ないが、大阪から西にしかないことのようである。少くとも関東の固いのが常識の蛸の足を煮たのとは凡そ違ったもので、この大阪のやり方でいいだことという頭と足を入れて二寸位にしかならない蛸を甘辛く煮たのは珍味である。尤もこれはおでん屋にあるのではなくて、ただおでん屋の主人というような人と懇意になるとどうかすると作って送ってくれる。或は料理屋などでも出すのかも知れない。それが小さな蛸でもちゃんと頭は頭、足は足の蛸の味がして頭に小さくて形が米粒に似たものが入っていてこれが殊に旨い。それが脳味噌なのだろうか。これを飯粒に見立ててこの蛸をいいだこと呼ぶのだということをいつか聞いたことがあるような気がするが、余り確かでない。

併し蛸を柔く煮るというのはいいことを始めたものである。一体に蛸というのは烏賊のような甘味もなくて、それではどんな味がするかと言われても返事のしようがない気がするが、そこに何か特色があるとすれば味よりも歯触りでこれを柔く料理することでその歯触りも生き、そしてそうすることでどういうのか煮汁の味が中にも染み込んで確かに蛸であって蛸であることで楽めるものが出来上る。又その蛸がいいだこだとこれは佃煮のはぜや海老が佃煮の観念に反して一つ一つ食べられるのが頼もしいのと同じ訳で御馳走の感じが増し、いいだこの場合それがなお更であるのはこれはやはりその味が佃煮になるはぜや海老と違うからである。これが普通の蛸よりも小さいのでその味もそれだけ細やかになるということもあるようでその大きさから言っても頭と足が一口で食べられるのだから普通の蛸にないものがあり、これが大阪から届くと兎に角嬉しくなる。それが滅多にないことなので解らないが、このいいだこの季節というのはいつなのだろうか。

併しこれが壜詰めになって売り出されたりしていないのはいいことである。この蛸の格好から言ってどこにでもそう沢山いるものではなさそうで壜詰めが店に並べられるようになれば直ぐに絶滅するに決っているからで、それでも構わないという心理や論法が次々に旨いものをなくして行っている。もし旨いものがなくなり掛ければ食べるのを止めて保存する他ない。

大阪の鰻の佃煮

これも大阪のものなのかどうか解らないが最初に店で売っているのを見付けて買ったのが大阪で、その後偶にどこかから送って貰うのも作った場所は大阪であるから大阪、そして或は京都辺りのものと今でも思っている。それは兎も角、鰻(うなぎ)を佃煮にするとこれは佃煮の中での王者の感じがする。丁度それにいい位の大きさと質の鰻が関西にはあるらしくて、その佃煮になった大きさは石川県で鰌(どじょう)を蒲焼きにしたのと同じという所である。又鰻は蒲焼きだと山椒を振ったり何かしなければならないのが面倒になることがあるが、それが佃煮だといきなり食べられてその上にそれが明かに鰻の味がするからこれと熱い御飯だけで鰻丼のもう少し洗練されたものという趣向になる。何故か鰻の佃煮は蒲焼きよりも味がどこか淡泊になるからである。

我々日本人は段々米の飯を食べなくなって来ているということである。併しそれは常食としてのことと思われて西洋でもそこではパンが常食ということになっていても一日のうちに西洋人が実際に食べるパンの量はほんの僅かでしかない。又その点はどうであっても折角この鰻の佃煮のように飯と一緒に食べるものが我が国では殆ど無限と言っていい位あってそのどれもがそれぞれ豊かな味がするものなのであるから常食の問題とは別にこうした佃煮その他何々漬け、何々煮という種類の珍味を揃えて熱い御飯と食べるのはそれ自体が一種の料理であることに改めて注意していい。又その点でも格好な例が外国にあってリース・ターフェルというのはまだインドネシアがオランダ領東インドだった時代にオランダ人とインドネシア人が合作で考え出した今では世界的な料理であるが、その仕掛けは要するに御飯に混ぜるものを沢山取り揃えて銘々が好きなものを選んで御飯と食べるということに尽きる。又その御飯自体に味が付いているのはこれはその地方の米が日本のに遥かに劣るものである為に過ぎない。

併しそれはそれとして鰻の佃煮は旨い。ここまで来て漸くこれは牛肉と同様に余り上等でない鰻を佃煮にするのかも知れないことに気が付いたが、それは一向に構わないことで佃煮にすると旨いから佃煮にするのである。

広島菜

これはその名が示す通り広島県で作っているそういう名前の菜を特有の方法で漬けたものである。それがどういう方法かは一度は聞いたことがあるのかも知れないが忘れてしまって、ただ唐辛子が入っていることとそれから何故か石炭の粉としか思えないものが少しばかり混じっていれば本ものであることになっているのは実物を見れば解る。

併しこれだけではまだこの漬けものの感じを伝えたことにならなくてこれは一般に漬けものということで我々が考えるものと違って量が相当にあり、一寸樽とまでは行かなくてもそれに近い大きさの樽に入って送られて来るのでかなりの人数の家族でなければ余り古くならない前に他所に分ける算段をする必要がある。つまり、この菜そのものがそういう大きな野菜なのでその幾株かが広島菜の漬け方で漬けられて樽で送られて来るのである。

併し直ぐには人に分けることを考えないのはこれが漬けものの中でも何とも不思議な味が

して旨いからである。大体、漬けものというのは糠(ぬか)、味噌、麹(こうじ)その他それが何に漬けたものかは直ぐに解るものである筈なのにこの広島菜はどうして漬けるのか人に聞かなければ見当も付かなくて、その味は酸っぱいのが主であるらしいことは先ず確かであってもそれだけに止るものではない。何故なのか、肉を食べた時に肉だと思うのに似たものがあり、もし突飛な比較が許されるならばキャベツ巻きという挽き肉をキャベツで巻いた料理のキャベツがキャベツだけの味がしないことで或る程度まで広島菜の味が説明出来る。

ただ広島菜は八百屋で売っているキャベツのような単純な野菜ではなくて、ここで肉を聯想させると書いたのも野鳥から豚に至るまでの肉というもののことを言っているので肉屋で挽き肉にしかならないので挽き肉にして売っている牛肉のことではない。その点では或る種の木の実もそうした肉の味がすることがある。兎に角摑えどころがなくて旨い漬けもので、これで御飯を巻いて食べると挽き肉のキャベツ巻きどころではない新鮮な食べものになる。もし朝飯に添えて出すならばその序でに出来ることならば呉の辺りで取れるおこぜの味噌汁があるとさぞよく合うだろうと思う。このおこぜというのはその外観に似ず全く優しい味がする魚で広島菜のどこか剛直な所もある味を見事に引きたてるに違いない。

新潟の身欠き鯡の昆布巻き

これはその地方の家庭料理であるようで新潟の人と懇意になるのでなければ口に入らないのだろうと思う。併し同時にそれが食べものというものであって誰かに作って貰う程度にその人間と親しくなるとか、或る所にしかないのでそこまで行くとか、或は自分で作るとかいう手間を掛けて始めて食べものはその味がするのに破こうとしても破けない紙に似たもので包んで店で売っているのを買って来て温めたりするのは飢え死にしない範囲での栄養はあるかも知れなくても食べものではない。

それでこの身欠き鯡（にしん）の昆布巻きであるが、そう言えばお正月の料理に付きものの昆布巻きも身欠き鯡を巻いたものである。或はこれをもっと大振りにしてそれだけ材料の選択にも料理の仕方にも念を入れなければならないので旨くなったものを想像すればそれがこの新潟の昆布巻きで、これはお正月の昆布巻きと違って一口で食べたり出来るものではない。それが一つあれば既に料理であって人と分けるのならば念の為に二つ自分が取るだけで食事が楽める。誰が考えたことなのか身欠き鯡と昆布はよく合い、昆布の柔いのとどこか埃っぽい匂いがするのが身欠き鯡の味も歯触りも脆いのと一つになって、この場合は鯡の方が引き立て役になるようで非常に旨い昆布を食べている感じになる。又これが大きいからというので切って出したりするのはぶち壊しであってこれは噛み切るか箸でちぎる他ない所に大きくてもそれが一つであり、その一つのうちに味が保たれている確証が見られる。

昆布の埃っぽい匂いと書いたが考えて見れば昆布も身欠き鰊も貯蔵用の食糧でこれも、又この二つを使った昆布巻きも野菜の味噌漬けと同様に冬が長い北国の歴史から生れたものでなければならない。妙なもので食べものというのは旨ければそれでもういい筈であるのに、それが出来た場所を多少とも知っていればその場所が食べものの味から聯想されて新潟から届いた身欠き鰊を東京で食べてもあの夏でも暗い色をした海や囲炉裡の回りに人がいて賑かなのでも佗しい明るさが頭に浮ぶことがある。或は何かある感じがするのを突き詰めて行けばその海や炉端なので、その場所を知っていてもいなくてもそれはそこで出来たものから切り離せない感じがする。

大磯のはんぺん

これは既に実際に昔話なのかも知れない。併し生れてこの方何度も食べたことがあって今でも或はそこまで行けばという気がするのであるからこれは昔でもそう昔のことではなくて、この神奈川県大磯町のはんぺんだけは日本国中ここにしかないものに思われた。或はこれは本当だったとも考えられて普通はんぺんと言えば麩と蒲鉾の間の子という風な頼りがないものであるのに対してこの大磯のはんぺんには蒲鉾を凌ぐものがあった。もし蒲鉾のことをよく知らないものがいたならばこれを蒲鉾ということで通せもするはんぺんでそれ程身が締り、歯触りも蒲鉾に劣らなくて、ただその点でも又味も蒲鉾よりもどことなく優しいのがこのはんぺんの特色だった。そして東京その他のはんぺんは今のと同じ蒲鉾の出来損いに近いものだったのであるから大磯のがそういう特色があるものだったことは間違いない。現にこれが大磯の名物の一つになっていたようである。

これを細く切って吸いものにすると殊に旨かった。その甘味が吸いものの甘味になり、これは砂糖や味醂で出せるものではなくてこの吸いものには匂いまであった。この場合もその味を思い出していると凡て本式に旨いものがそうであるようにあれ程の上等な食べものはない感じがして来て、そういうことになるとこの吸いものの味も充分に満足して味があることを忘れる為に味がないのに近かった。それがいつも花車な瀬戸物の碗で出されたのもそうあるべきことで食べものは旨ければいい筈というのはこの入れものの点でも修正が必要になる。確かにこの吸いもののようなものならばブリキの空き鑵で出されても旨いだろうが、それならば言い方を換えて旨いものが紛れもなく旨くなれば入れものに負けなくて入れものに応じて味も増すということになる。それで入れものの方からそれに入れたものの味を説明することも出来て、この大磯のはんぺんで作った吸いものは赤と青の細い線を並べたような模様の焼きものの碗が似合う味がした。

普通のはんぺんならば焼いて醤油を付けて食べるという食べ方がある。この大磯のではそういうことは考えられなくてただそれだけで食べものになり、これを細く切るというのもそうして舌に当る面積を殖やす為だったことが今にして思い当る。今はもうないのか。

蒲鉾

こういうものになればどこのが特別にいいということはなくて少くとも南は下関から北は仙台辺りまでそれぞれの地方でそこでしか出来ないものが作られているに違いない。従って好みの問題だということになって蒲鉾(かまぼこ)の中で瀬戸内海沿岸の尾道から送られて来るのは荷が着く毎に食事の時に食べるものに当分は困らないと思う。それが一箱に普通の蒲鉾の形をしたものの他に松茸の格好に作ったのや海老を混ぜて柿のように見せたのに芯まで付けてあるのが入っているのはただそういう細工がしてあるということだけでなくて、この蒲鉾はその松茸や柿の形の優しさがそのままその味になっている。又短い竹の棒に刺して小さな竹輪の格好をして焼き目が付けてあるのもあって、それをくわえていて蒲鉾というのは固い感じがする程度に腰がなければならないものだということを改めて思い出す仕儀になる。

これは戦後の日本でパンが白くて甘くて柔かなものだという錯覚に陥らない為の用心が必要なのと同じで蒲鉾も白くて甘くて柔かなものではない。それを別に気にもしないでいられるのは食べもの一般に就て或る種の錯覚に陥っている結果で、もし栄養という重宝な言葉に寄り掛って食べものの味、匂いその他は付けたりだと思っていることが出来るならばパンと蒲鉾を区別することさえもなくなるが栄養が栄養であるには同化の作用を伴わなければならないことを考える時、蒲鉾でもパンでも構わないのが錯覚に過ぎないことをいやでも認めさせられる筈である。尾道の蒲鉾はただ送られて来て喜んでいればいいのであってもその喜びの一部が蒲鉾のようにどこにでもあるものが大概は蒲鉾の体をなしていなくて久し振りに蒲鉾にあり付いたことによるのであるのに気が付けば、この頃の表向きは何でもあって実は尤もらしい名前を付けたいかものが氾濫しているだけの事態がどうにも妙なものに見えて来る。

蒲鉾が好きならば紛れもなく蒲鉾であって申し分がないのはそういうことになれば尾道よりも神戸で作っている蒲鉾である。これは板に載せて焼いた一種類しかないが、この古くなったチーズに近い固さのものを齧っていると蒲鉾が魚で作るものだということが頭から消えてただ蒲鉾という人工の食べものの中では一つの極致を味っている感じになる。

能登の岩海苔

この頃は東京を出てどこかに行く時にお土産に持って行けるものがなくなった。最後まで残っていたのが浅草海苔だったが、これが今はもう東京で取れなくなって他所で出来る海苔を浅草海苔の名称で売っていることは誰でも知っている。それならばその産地でその名を付けて売り出せばよささうなものに思えてもさうも行かないらしくて、ここで挙げる能登の岩海苔は兎に角さういうものと違っている。いつか金沢にいる時にこれが能登の岩海苔というものだと言われて出されたのは海苔のようでも円い形をして黒よりも茶褐色に近いもので、これは海苔粗朶(そだ)で作ったりするのでなくて能登の海岸の岩に天然に付いた海苔をそのまま剝がして乾したものだということだった。それでその円い形も解って、又能登の荒海で取れた海藻を日に乾せばさういう茶色掛った色になるだろうという気がした。

その味を時々思い出す。先ずそれは海の匂いがして、こういうものは味と匂いが分けられるものではない。そしてその味と匂いが一緒になって能登の海岸というものを想像させないで置かなかったのはその際に聞いた話のせいばかりだったのでもなさそうである。それは荒っぽくて強い一方、何か単純に食べものだという感じがして、ただそれだけであるのを茶人が侘びとか寂びとか言って珍重するのかも知れないが、ただ食べものであってその味がし、それが海の匂いもするというのは不思議な気分に人をさせるものである。もし西洋で言う通り貝殻を耳に当てると海の響がするのならば能登の岩海苔を一枚食べればそこに海があり、それが荒海であっても岩には日が差していることを思うのも難しくはない。又それには醬油を付ける必要もなくて海がある感じがする食べものは幾らもあるが、その多くがその他に何かと味がしたりして複雑なのに対してこの海苔の一枚にはただ海、或は能登の海岸があるだけである。尤もそれを単純と見るか複雑と考えるかは当人次第である。

昔はもっと多くの食べものがこういう風だったのではないかという気がする。例えば浅草海苔の味には海というようなことよりもこの海苔の味を作り出した江戸の文明があった。そのどっちを取るかというようなことは問題にならない。併しただ山を思わせる野鳥や川があるだけの海老も楽い食べものである。

京都の小鯛の酢漬け

京都は海から離れた所にあるので海の魚を乾ものにするか軽く塩をして持って来たのに更に加工した食べものが発達したのに違いない。その魚は多くは若狭の海で取れるようで、そうした京都の食べものの中に若狭の小鯛の酢漬けがある。それならば酢のものと言った方がいいと思ってはならないので、これは塩をした小鯛を幾切れも文字通り酢に漬けて或る程度は保存が利くようにしたのを小さな樽に入れて売り、注文すれば郵便でも送って来る。

それが間違いなく小鯛の味がして、そう言えば前に書いた大阪の雀鮨も小鯛を使ったものであるが、これは塩と酢が合う味のものなのかも知れない。併し雀鮨と違ってこの酢漬けは小鯛だけが樽に入っていて、それがかなりぎっしり詰めてあるようでもうないかと思うとまだ底の方から何切れでも出て来るのがこの酢漬けの樽が来た時の楽みの一つである。そうやって樽から一切れずつ出しては食べていればいいのだから後はどうしても飲む話になる他ない。本当の飲み助は酒の肴に塩さえあれば足りるのだそうであるが、これは蕎麦に汁を付けずに食べる類のことに思われて塩でも酒の功徳でそれほど旨くなるならば酒があって更に旨くなる食べものは幾らもあり、それで別に酒がまずくなる訳でもなくてこれは日本料理に限ったことでなくても日本料理も酒を飲むことが前提になって工夫されている。

それで京都の小鯛の酢漬けを肴に飲む話になって、そうすることで殊にはっきりするのが小鯛というものの味の淡さ、或は優しさである。それでよく不審に思うのは、まだ調べて見たことがないが小鯛というのが単に鯛のまだ小さいのかそれともこういう別な種類の鯛があるのかということで例えば明石鯛の刺し身とこの小鯛の酢漬けを比べるとどうもこれが同じ魚で大きさが違うだけだという感じがしない。明石鯛は酒の力を借りなくても旨くて寧ろまずい酒でもこれが肴で旨くなるのではないかと思う。そして小鯛の酢漬けも酒の肴にする必要はないが、これに山葵を付けて一切れ食べては一杯、或は何杯か飲んでいると酒を楽んでいるのか小鯛の味の淡さというものに浸っているのか解らなくなる。これは勿論その両方なのに違いない。それで酒もその時はこの頃の辛口である淡味のがいいのである。

神戸の穴子

東京の握り鮨の種になっても穴子は旨いものであるが、どうも穴子の本場は関西のようであってその一つの証拠に東京では鮨の種になっている他に穴子の料理を見たことがない。そして関西ならば、これは神戸だけのものではなくても明石の鯛を始めて食べてそれを鯛とは思わなかったのと同じで穴子がこんな味がするものかと感嘆したのは神戸でだった。今覚えている限りでは先ず穴子をほぐして飯に炊き込んだ一種の関西風の散らし鮨があった。こういう散らし鮨、或は東京の五目鮨というようなものは一体に甘く作ってあって、それでそぼろなどが入っていてもそう気にならないが、その甘さを穴子の味に合う程度のもので止めて置いて後はこの鯛と鰻の間の子を鱧（はも）の淡泊で薄めたとでも言う他ない穴子自体の味で食べさせる鮨というのはただその為に神戸まで行くのに値する。その他に穴子丼というものがある。これも今覚えている限りでのことであるが、その蓋を取ると見えるのは飯だけで箸でその上の方をどけると穴子を蒸したのが飯の中にあり、その穴子の味が鰻の代りにあるのだから如何にも控え目で優しい食べものになっている。恐らく色々とある丼ものの中で群を抜く逸品である。又これがそのように旨いことは穴子だけをそうして蒸せば上等な料理になるということで、これはまだ料理屋その他で出されたことがないが、こういう風に穴子を蒸したのを鰻の蒲焼きのように串に刺したのがあれば鰻よりも遥かに珍味だろうと思う。

併しそう考えるのも関西、又実際の経験によれば神戸の穴子がそれだけ関東のよりも旨いからに違いなくて、それならばそれで穴子は関西まで行って食べる他ない。ここで交通の発達ということを言うならばそれを関西に行くのにも便利になったという意味に解釈すべきで、その発達によって穴子の店を東京で始めるのも容易になったという風な邪念は払いのけるべきである。それをやって食べて見れば邪念であることが解る。尤もこの頃は神戸に行ってもその穴子を食べない。これは全く神戸に色々な旨いものがあってその中で今の所は神戸のイタリー料理に打ち克ち難い魅力を感じているからに過ぎず、その上で穴子も食べるのにはそれだけの暇がない。併しそれで穴子を食べずに帰って来る毎に勿体ないことをした感じになる。

関西の鱧

東京では先ず見ない魚に鱧（はも）がある。併し関西では皆が食べて始終あるもののようで、そして旨い。これが料理される前の形を見たことがないが、どこかの方言では穴子のことを鱧と言うらしいから穴子に似ているに違いなくて味の濃さの順位では鰻の次が穴子でその後に鱧が来る。それ程淡泊なもので、そうであっても脂があり、その料理の仕方によっては肉が純白になるから目にも見事に映る。

これを使った一番旨い料理は牡丹作り、と言うのかどうか知らないが、その形に切ったのを京風の吸いものに入れたのでこれを舌に載せているうちに次第にその味になって来る。どうも京大阪というのは昔から都があった所だけあって関東の限度を越えたものが色々あるようでこの鱧の吸いものも誰が考え付いたのか、それが熱くして出すものだということ以外にこれで何かが温まる。これは併し鱧の料理の中では上等の部類に属するものであって、この他に大阪などでは鱧が色々な形で一般に食べられているらしい。その一つに鱧の皮を乾したのを乾物屋や何かで売っているという話を聞いたことがあり、それを焼いたのを御馳走になったこともある気がするが、その味がどんなだったか思い出せない。それから鱧の頭を切り落したのを買って来て出しに使うというのは鰻の頭の聞き違えかも知れなくても関西でそれ程鰻を食べるとも思えないから鱧の頭ということにして置きたい。

兎に角これが関西で皆に親しまれている魚であることは確かで、これだけの味があるものがどこででも手に入るということにも関西というのが食べものに豊かであることが窺える。関西の料理が淡味であることになっているのももともと味があるものを料理するのに淡味でやるのは当り前で、もしそれが鱧ならばこれを生かすということから関西料理の全般を想像することが出来る。それから鱧の付け焼きを食べたことがある。これは鰻の蒲焼きなど遠く及ばないもので、尤もそれもその蒲焼きの種類によることかも知れないが兎に角脂の乗り方も鱧自体の味も丁度いい具合にその付け焼きになって旨いものにはもっと欲しいと直ぐ思うのと一口食べて立ち止るような気持になるのと二種類あるうちでその後者にこの付け焼きは属していた。今でも目に浮ぶ。併し何故旨いもののことを思うと酒が飲みたくなるのだろうか。

日本のワンタン

前に横浜の中華街で食べられる本式に支那風の点心のことを書いたことがあったが、このワンタンというのは今は日本のどこでも誰でも知っていて一種の日本風の食べものになったワンタン、シューマイのワンタンのことで、それにもよし悪しがあることが余り一般の注意を惹かないようであるからそれに触れるのも食べものの話になると思う。この頃は蕎麦が欲しい時に日本蕎麦と言わないと支那蕎麦と間違えられるというのだからひどい話もあったものである。それは兎に角支那の本場ではどうだろうと日本で支那蕎麦というのはラーメンというものから始ってこれに豚の焼き肉を幾切れか載せたのがチャシューメン、その他にも色々とある中にワンタンメン、略してワンタンとチャシューワンタンがある。

そのワンタンというのが普通はただうどん粉をこねて薄くのばしたものをちぎって茹でるか何かしたのが汁に浮いているだけなのがワンタンのあるべき姿と余りにも違うことがここでは言いたい。別にどこのどういう店ならばという程のことはなくて本もののワンタンを探して歩けば五軒に一軒はその本ものを作っている筈であるが、これは豚の挽き肉をうどん粉の皮で包んで茹でたのが種になっているものでその豚肉の量からすればこれに更に豚の焼き肉を加えてチャシューワンタンにする必要がない位である。つまり、豚肉で膨れ上ったうどん粉の袋が幾つもぶかぶか汁に浮いているのがワンタンの名に価するワンタンであって、これも実際には一種の点心なのだろうが、こういう豚のパイを作って揚げる代りに茹でたようなものは殊に大きな丼に入れて出されればそれだけで食事になる。勿論その他に味付けの問題があっても豚のパイのようなワンタンを作る店ならば味の方も確かであるからワンタンの格好に間違いがなければ旨いのに決っている。

併しそれで思い出すのは今から何十年か前に支那で略式の食事の際に運ばれて来たワンタンである。これは一つ一つの袋の皮も厚くて肉はぎっしり詰り、更に皮と肉の間に隙が出来ないように袋を指で押した跡が付いているので大きな豌豆が鞘ごと丼に浮いているのに似てその時の味でその格好を覚えている。あのどこか下司なのが清冽なのと一緒になった支那料理というものの味をそれで始めて知った。

大阪の鯖鮨

この頃は鮨ならば握り鮨でも大阪鮨でも稲荷鮨でも何でも作っている店があって、どれも作り方が少し違うだけのことというのならばそのうちにその伝で東京の鮨も京都の鮨も一つの工場で作って全国に送り出すということになるのも充分に考えられる。併し鮨ならばどういうものでも作っているこの頃の店にしても確かに作り方の違いに一切が掛っていて同じ店の職人がそう幾通りもの作り方を使い分ける訳に行かないから結局はそこの鮨がどれも似たような味になり、鮨というのは要するに酸っぱい飯に何か種の味が加ったものと思われるに至るのを免れない。一口に言えば骨折り損である。

又まだそういう損がしたい人間ばかりになっていないから店により、地方によって食べものに変化があり、その店、或は地方まで出掛けて行く手間は楽みでもある。鯖鮨はこれを自分の所で作って祇園祭の時に知人に配る習慣などから察すれば京都のものとも考えられるが、その由来は兎も角今は大阪の鯖鮨が一番旨いのではないかという気がする。これは酒と同じで甘くないということで鯖という魚の何ともこってりした味を酢で適当に殺した鯖鮨に砂糖だかサッカリンだかが必要である訳がない。これは見方によっては締め鯖よりも締め鯖が種の握り鮨よりも鯖の味がする鮨で、もし鯖という魚の味の本領が脂っこいことにあるならばそれが鯖鮨で最も生かされている。

これがやはり大阪の雀鮨その他と同様に長方形の鮨の飯に種の鯖をかぶせて昆布で巻いたものであることを言うのを忘れたが、その格好をしたものならば東京でもどこでも見られてそれも鯖鮨と呼ばれている。その鯖鮨が鯖鮨である時、脂っこいということが単に味を分類する上での便法になって全くただ旨いものが目の前にあるという感じしかせず、その味が移っているのではないかと思われて昆布まで食べたくなる。前に大阪の雀鮨のことを書いた時に付け加えるべきだったことを鯖鮨を取り上げたこの機会に補うならば、こういう鮨はどうも買って帰って家で食べる為のもののようである。それだから昆布で巻いたのを竹の皮で包んでそれに紙を掛け、これを開けて包丁で切る仕組みになっているのでそうした手間を省いて店で皿に並べたのを食べても、というのが別に蛇足でないのも何か味気ない話である。

岡山の七面鳥の塩焼き

岡山にどうしてこういうものがあるのか知らない。又それが思い掛けないことなのも七面鳥というのが食べものとしては奇妙な鳥だからで西洋、殊にアメリカではこれが御馳走になっているらしくても大概の場合それが一向に旨くないものであることは占領中に日本で経験したものも少くないに違いない。寧ろ旨くないのを通り越して何の味もしなくて、どの位まずいかはこの頃日本で一般に鶏と称して売っているものと変ることはないと言えば解る筈である。併しそれが七面鳥の奇妙な所で、これが旨い時にはこんなものがあるだろうかと思う程旨い。又それが滅多にないことなのであるが、その昔クリスマスの時か何かに西洋風に焼いたのを食べたことが一度あり、それからこの岡山で作って売っている七面鳥の塩焼きがある。もし七面鳥というものを知らなければこの塩焼きが七面鳥だと思えば間違いなくてこれには出来、不出来がないようだからその点でも安心である。

始めて岡山のそういう店の一軒からこれが送られて来た時には何かを編んで作った入れものの格好が似ているので鯛の浜焼きかと思った。それから中身が七面鳥だと解って先ず失望し、そして食べて見て七面鳥が旨いものであること、或は旨い七面鳥もあることが記憶に戻って来た。その味を説明しようとするのは無理な話であるが、これは誰もが鶏の味を知っていて、或は兎に角最近まではそうで更に野鳥が好きなものも少くない時に七面鳥の味は鶏と野鳥の間にあると言うのが一番事実に近いかも知れない。これは野鳥でなくて家禽であっても家禽になってからの歴史がまだ浅いということも考えられて、その辺のことはどうだろうとこの塩焼きになっている七面鳥は明かに七面鳥であり、それが塩焼きなのはもとの味が旨いものに最小限度に火を通して味の引き立て役に塩を使った料理の仕方とも思える。勿論それで或る程度は保存も利く訳であるが、それは別としてもこの塩焼きというのは七面鳥に合っているようである。

前に七面鳥にそういう料理の仕方があるのを聞いたことがないからこれは岡山で誰かが発明したものに違いない。又塩焼きというのは実際の製法からすれば簡単過ぎる言い方かも知れないが、それにしてもその材料になる七面鳥はどこでどうやって飼っているのか。

甲府の鮑の煮貝

甲斐は山国であるのに甲府にこういうものがあるのはやはり武田信玄と関係があることと考えられる。これは割に小型の鮑(あわび)を殻ごと煮て保存が利くようにしたものでそれを確か鮑の煮貝と言って売っている。従って昔は一種の貯蓄用の食料だったのに違いなくて信玄がそうした海産物の供給を駿河の今川、或は小田原の北条に仰ぎ、その保存法の一つにこの鮑の煮貝が工夫されたという風な歴史がそこにある気がする。

それでもう一つ頭に浮ぶのは一般に材料が原産でない所の方がこれに加工する技術が発達しているということでその好例に曽てロシアの帝政時代にペテルスブルグで作っていたチョコレート、今日の英国の紅茶と煙草、或は京都の塩や酢に漬けた各種の食べものがある。そこにないから珍しいもの、又一層旨いものに思われてその旨さに即して色々と工夫が重ねられることになるのでこの鮑の煮貝もその中に数えていい珍味の一つである。鮑は水貝も旨いが、その鮑を柔く料理するのには何かと方法があるものと思われて甲府の鮑の煮貝も肉が柔い。それを長く持たせるのが目的の加工なのであるから生の味をそのまま残すのは無理であっても、この煮貝はその味からすれば紛れもなく鮑であって海から取れたのを少し濃い味で煮ればこうなるのではないかと言った食べものになっている。それが小型の鮑ばかりなのは余り大きくては火が充分に通らないからだろうか。兎に角その煮貝が二列か三列かになって箱の中に並んでいるのを見ると如何にも旨そうで又事実それが旨い。ただ濃い味ということだけではそれを幾らでもどぎつくすることが出来るが、それで濃い味の料理はまずいことにならなくて昔の江戸前の料理も食いしんぼうを充分に堪能させたようであり、甲府の鮑の煮貝はそうした濃い味の部類に属している。要するに味の濃淡を忘れさせる濃い味のものが旨いことになり、この煮貝が濃い味であるというのは説明する為に詮索に掛ってからのことであって食べて直ぐに濃い味とは思わない。

併し兵糧を主眼に鮑の保存法を考えてもその味を損わないことに留意した昔の人は奥床しい以上に賢明だった。我々が何か食べて食べた気がしなければ何も食べなかったのも同然で二十一世紀に食物が錠剤になるなどというのは白昼夢に過ぎない。

数の子の麴漬け

これを時々貰うのは青森にいる人からでその辺では少くとも昔は数の子が何でもなく手に入ったのでこういうものが工夫されたのだろうと思う。尤も数の子が何でもなく手に入ったのは昔ならば青森に限ったことではなくて、ただ青森以南の地ではこの頃は数の子を何かに漬けるのに使ったりするのが難しいことになっている。この麴(こうじ)漬けは数の子と昆布を麴に漬けたもので、いつもあり合せの壜に詰めて送られて来ることからこれが商品として売りに出されているのでなくてその地方の各家庭で自家用に作られているものであることが察せられる。それだから本ものだということにもなり、何かが旨いとなると直ぐにそれで商売をすることを考えるものが出て来て鑵詰めや壜詰めが多量に製造されてどこででも買えることになるのは大概の場合はそれで折角旨かったものがその名前だけになることで終る。併し数の子の麴漬けというのは実はそういう名前も聞いたことがなくて麴に数の子が漬けてあるからこっちが勝手にそう呼んでいるのに過ぎない。実はそれを送ってくれる人もこれを何と言うのか知らないのだということだった。

数の子というのは主に歯触りが問題で、これを正月用に醬油と酒に漬ければその味と数の子の歯触りが数の子の味になり、それでその麴漬けを作れば麴の甘味と塩の味が数の子の歯触りから来るという錯覚を起してこれもその歯触りを充分に生かし、こうして又一つの旨いものが出現する。それに数の子の他に昆布が混ぜてあるのがそれが柔かであるのと昆布に特有の味があることで一層の妙を加えて何か大変な御馳走だという感じに食べているうちになる。確かに御馳走に違いない。併しそうであることに数の子がこの頃はどれ位で幾らしてというようなことは実質的に少しも入って来ないので旨いものは飽きるまで食べて始めて旨いのであり、それが値段が高くて出来ないのはそれで旨さが増すのでなくて単に食べる為の条件が悪いのである。寧ろ手に入れ難いというのは食べること以外のことに頭を使わせて食べものの味をまずくするだけで、まだ手に入るうちに手に入れたならばそれまでの苦労を考えることはない。併し近頃は青森から数の子の麴漬けが送られて来ることもなくなった。そうすると青森の辺りでも数の子は今は貴重品なのだろうか。別にこれがなければ死ぬ訳でもないが、こういうものがなくなるのは惜しいことである。

群馬県の鶏

前に豚のことを書いたが、その時はまだ群馬県の鶏も旨いことを知らなかった。尤もこれはこの県の高地に限ることのようで、それで同じく前に書いたプリマス・ロックという種類の鶏のことを多少お浚いしなければならなくなる。このプリマス・ロックが旨いのは一つにはこれがその性質上、言わば昔通りの天然自然の飼い方をする他ないということがあって、これに対してその際にも触れたこの頃一般に店で売っている鶏のまずさはその鶏が半ば機械的な方法で飼われて何か別な片仮名の名前が付いた種類のものであることから来ている。その方法でやると手間が省けるとか色々と便利な点があるようであるが、その為に鶏は完全な発育に必要な条件を欠くことになって大体そういうものを鶏と呼べるかどうかも疑しい。

以上の半分は実は群馬県の山の村でそこの鶏を持って来てくれた肉屋さんから聞いたことの受け売りである。それをもう少し続けると群馬県でもこの飼い方をしているのであるが、これがここの高地では冬が寒くてその飼い方で通すのが難しいという事情があり、更に寒さ自体が鶏の肉を引き締めもして、というようなことでその鶏を食べることになった。それとも旨かったのでその訳を聞いたのだったのか、その点はどっちでもいいとして鶏をただ鶏と注文して本ものを食べたのは久し振りのことだった。プリマス・ロックというのは鶏のうちでは上等なもので食べていてそれがまずいのとは反対の意味でこれが鶏だろうかと思うことがあるが、ただの鶏にはもしそれが確かに鶏であるならばやはりその匂い、味、歯触りその他があって群馬県の山奥の鶏は鶏であることに間違いなかった。それで焼いても水炊きにしても味噌汁に入れてもその鶏であることが楽めた。これを鳥鍋にはしなかった。大体が鍋類で旨いのは鮟鱇（あんこう）鍋にねぎま位なものである。

それで改めて思い出したのが鶏というのが滋味豊かな鳥だということだった。これを野鳥と比べれば天然自然の度に差があって劣るのを免れなくても鶏が鶏である時にはこの鳥にしかない何か人懐っこいものがあり、晩飯が鶏の水炊きだと聞けば群馬県の山奥の夏も冷える寒さで炉に当る思いをする。兎に角、群馬県の鶏は発見で、それで信越線横川駅で売っている鳥腿弁当というのが旨い理由も解った。

近畿の松茸

東京のどこかでこの間松茸の土瓶蒸しが出たので松茸の季節になっていることに気が付いた。その松茸を籠や木の箱に入れたのを今年は誰が送ってくれるかと毎年楽みである。これは日本の方々で出来るもののようで知っている限りでも長野県から広島県まで産地が拡っている。併しその中でも旨いのは、これは或は送り主がいい場所を心得ているということもあるのだろうが兵庫県に京大阪、つまり近畿の松茸ではないかと思う。それが入れものに栗を敷いた上に載せてあって、これが来ればもう確かに秋である。

松茸を土瓶蒸しにするのは勿体ない感じがする。或は松茸が勿体ないものだから一人当りが少しですむこういう料理の仕方をするのであっても値段が高いから少しずつで味もしない位に分けてしまうのでは松茸を食べたことにならない。それよりももっとひどいのは、これはサザエさんの漫画で見たのであるが松茸を鼻息で飛ぶ位に薄く切って鋤焼き（すきやき）に入れるという話でどういうものを入れてもその味が肉に負ける鋤焼きのようなものに紙の薄さの松茸を使うというのはそれが漫画だからこそ通る。やはり松茸が足りない時の食べ方は松茸御飯を炊くことだろうか。その反対にあり余って腐りそうならばこれを佃煮にするという手がある。そして量のことを離れて旨い松茸の食べ方はフライパンでバタで炒めることであると思われて、これに相当する料理法に昔どういうのがあったのか解らないがバタは松茸の香りと味を高めるだけのようでこれ以上の松茸の食べ方を知らない。

併しそれにしても蕈（きのこ）というのは世界の大概どこにでもあるものらしくて流石にフランスでは何種類かの蕈が料理に使われているがその中でも、又日本にある十何種類か何十種類かの蕈をそれに加えても松茸に優るものは兎に角まだ食べたことがない。例えば食べものの中で音楽を思わせるものは先ずないのに近いが松茸の香りにはどうかすると音楽が聞えて来るような感じにさせるものがある。これは野菜とか肉類とかの区別を越えて日本の食べものの中でも珍しいもので、その太った茎と大きいよりも厚い笠を見ただけでそこに他にはない御馳走が約束されたことになる。それだからなお更こういうものは自分で金を出して手に入れるよりもその季節に人に送って貰って喜ぶものだという気がしてならない。

氷見の乾しうどん

氷見は越中の日本海の沿岸にある町で曽ては能面の名品が出来ることで知られたことがあった筈であるが、そこへ行ったことはなくて何故そこの乾しうどんが旨いのかも故事来歴を聞いたことがない。併しここの乾しうどんが旨いというのはただの旨いということと違う。それがうどんである限り他の種類のものと同様に小麦が原料になっているのを乾したのだろうが、これがどれだけのものかは他のうどん、或はこれに類したものの味をこれと頭の中で比べて見れば解る。前に関西の、これは乾しうどんではなくて店で出すうどんのことを書いたことがあって、この関西のを今でも普通のうどんの中では一番上等のものと思っている。併しやはりうどんは小麦粉で作ったものであるのみならず同じ小麦粉で作ったパンの場合は火で焼き上げるという工程があって一段と風味を増すことが出来るのに対してうどんは関西のでも最後までどこかぼてぼてしているのを免れない。イタリーのマカロニやヴェルミチェリに至っては小麦粉を油で練るのであるからなお更である。

所が氷見の乾しうどんにはそういうものが全くない。それならば味がしないのかと言うとこのうどんのことで思い出すのが、これは実際に食べたことはないが京都の寺などで夏にやる米の食べ方に就て聞かされた話で、それは確か米を先ず炊いてから渓流の清水に浸して洗い落せるものは凡て洗い落し、その後に残った米粒の冷え切った核のようなものを椀に盛って勧めるというのだった。京都の酷暑を冒して食べに行ってもいいという気持にさせるもので、まだそれをやったことがなくても氷見の乾しうどんの味でその話が久し振りに頭に浮んだ。ただうどんの俤を止めるだけで他のものは一切なくなり、又その俤が滅法旨い味がするというそういう代物である。それを送って貰って食べるだけなのでその製法も知らないが、それを聞けばうどんを打ってからどこか越中の高山に持って行って何日もさらすと言った種類のことが行われていることが解るのではないかと思う。

序でながら、こういう上等なものを畏って食べたりするのは馬鹿なことである。もともとが食べるのが目的で作られたものなのだからただ食べればいいので、それが上等なものであるのは口に入れるだけで自然に明かになる。つまり、もっと食べたくなるのである。

神戸のイタリー料理

前に日本の西洋料理に就て一度書いたことがあるが西洋料理でも日本で食べて旨ければ日本の食べものなので元来はどこのものであるとか、或は本場の味はどうだというようなことを考える必要はない。横浜の南京街の食べものがそのいい例である。

神戸も港町で、それにここの方が少しはヨーロッパに近いということもあるのか、恐らくはもっと頼りになることでこの町が太平洋の荒波でなくて瀬戸内海に面しているということによって各種の西洋料理が旨い中にイタリー料理がある。ヨーロッパの文明が地中海の沿岸で発達したならば日本の文明にとってそれに相当するものが瀬戸内海であって規模の点では大きな開きがあってもこの二つの海には似ている所がある。第一に何れも風光明媚であり、この頃は企業優先で泥沼に変りつつある瀬戸内海でも神戸辺りではまだ昔の俤が残っている。肝腎なことは神戸が明るい町だということで、こういう町にはイタリー料理が合っているに違いない。この沿岸にしかないような冬でも晴れていて春が近い感じがする日に昔は東京にもあったような地下室のイタリー料理屋の店に入って行ったりするとそういう店の多くがイタリー人の経営であることも手伝って調度も文字通りにイタリー風でその外の港には外国の船が碇泊し、店を見回すだけで何となくヨーロッパに来た気持になり、その証拠に献立てに片仮名で何かと料理の名前が並べてあるのを読むのが面倒臭い。それで店の人に旨い料理を教えて貰うのが早道であるが、いつかそういう店で食べたのにフェテュチネ・ヴェルデ（fettuccine verde）というのがあった。イタリー料理がマカロニで出来ていると思ってはならない。このフェテュチネは何か菜っ葉を摺り降したものとどん粉と油と、先ずそうしたもので出来た淡緑色のきしめんに似たもので味は太陽を食べているのに近いとでも言う他ない。又それがソースも何も掛けないただそれだけのものなのである。

もう一つ、これはイタリー料理屋ならば必ずある筈であるがザバイオニ（zabaione）という卵の黄身だけとブランデーとその他に店の好みによって違う洋酒を混ぜたものがあって、これは更に清新に日光を感じさせる。その性質から食事の終りに食べるものであってもこれは店に入って直ぐに注文する方がよくて、それはこの味を出すのにそれ程時間が掛るからである。又それでこっちは更に寛ぐ。

静岡の山葵漬け

刺し身が山葵（わさび）なしで食べられるものかどうか解らない。併し確か英一蝶が八丈島かどこかに流されて旨い鰹が幾らでもあるのに辛子がないので悲嘆に暮れたという話を読んだことがあるから刺し身も山葵がなければその味が半減するものと考えてよさそうである。つまり山葵は刺し身のつまのようなものではなくて刺し身ならば刺し身と一体をなす一種の食べものであることになるので、それが単独でも旨いものであることに目を付けて誰かが静岡の山葵漬けを作り始めたのに違いない。これは他所でも作られているのかも知れないが差し辺り東京辺りで頭に浮ぶ山葵漬けは静岡のもので、それが旨いのだからこれを貰えば文句はない。又伊豆の山奥で上等な山葵が一面に生えている谷の話を聞いたこともある。その山葵漬けも結局は米の飯と食べるものであるが、これが例えば京都の柴漬けならば御飯のことを直ぐに思うのに対して山葵漬けは醬油が欲しくなる位のことなのはそれだけ山葵というのが類を絶して秀抜な匂いと味があって世界で日本にしかない何か高貴という言葉が使いたくなる食べものだからである。

これを他のこれに似ていないこともないものと比べてもそれは解って辛子はただ辛くてこれを何かに付けることしか考えられず、生姜はもっと優しい味がしても山葵には到底及ばなくて山葵だけが深山に咲く花の気品を保っている。これをただ辛いものだと思うことは出来ない。それは舌がどうかしているので牛肉から果物に至るまで凡て旨いものにある特有の甘さが山葵にもあり、その匂いに熱帯の果物の強烈な香りを偲ぶのも難しいことではない。ただそうした香りよりも山葵の匂いの方がもっと引き締っているだけのことで、それで山葵のようなものは他にないということに話が戻って来る。併し生の山葵を降したのはそのうちに気が抜けて、これをそのまま大事に水に漬けて置いてもその寿命というものがある。そこで誰かが山葵漬けを考え出したのである。それでもいつまでも持つ訳ではないが、どこかから山葵漬けが届いて食べ始めればその気が抜ける前になくなるのに決っている。

実は今日まで山葵漬けというものを有難く食べて来たのであってもこれが何に漬けてあるのかまだ解らずにいて、そのことを人に聞いたこともない。恐らくその色からして酒粕かと思っている。

粕汁

これはどこのものとも言えなくて酒粕と鰤と大根などの野菜があればどこででも出来るものであるが、それだからこういう旨いもののことを書かないという法はない。その粕汁のことで大阪ではこれを普通の食堂のような所で作って売っているのを今思い出した。そういう店があることはその辺に住む人が恵まれているということでもあって、これは多少の手を掛ける気があって材料がよければ出来る食べものでその材料で決るものでもある。

いつが鰤の季節か正確には知らないが冬になれば鰤があり、又方々の作り酒屋で酒を作るのが終って酒粕が出回るのも冬の二月の末頃である。どうしてもその新しい酒粕でなければ駄目で、まだ酒粕に残っている酒が利いて始めて粕汁の味がする。これ程に簡単にただそれだけのものでそれが旨い時にその味のことを書くのは難しい。併し酒粕に鰤と決めたのは昔の人の知恵に違いなくて、これがどうかして鰤の代りに油揚げを入れた粕汁の時は酒粕の方が勝って言わば白酒が酸っぱくなったようなものになる。それで魚を使うので、どんな風に粕汁というものを作るのか別に聞いた訳ではないが鰤は酒粕と煮る前に塩をするらしくて塩と鰤が酒粕に対抗し、鰤はそれだけの剛直なものがある魚でその結果が酔い潰れた鰤を溶かしたのも同然の粕汁の味、又味だけでなくて粕汁というものになる。それが熱くなければならないのは言うまでもない。

　何故かこの粕汁を体に流し込んでいると昔の蒸気機関車に引かれた列車がトンネルの中を通っているのに似た感じがする。その味があの音を思い出させるのだろうか。既に酒粕でも鰤でも大根でもなくて粕汁でありながらやはりそのどれもがそこにあってごつごつしているのが楽めるのは確かにどこかトンネルを通っている汽車のようである。又鰤というのがこうして粕汁にして食べるのが一番旨い魚だという気がしてならない。これが刺し身であれば鮪(まぐろ)に劣り、照り焼きならば真名鰹(まながつお)の方が旨いが粕汁だと鰤という魚の荒っぽさも脂っこさも丁度いいだけ生かされて腥いものは酒粕に消され、酒粕は鰤の力を得て食べものになり、食べるのが飲んでいるのに近い結構なものがこうして出来上る。これは食事の時に出るものでも御飯はそっちのけにして何杯でもお代りするものである。

すだち

　これが四国の徳島県と九州の大分県で、或はその二ヶ所でも出来ることはその荷に付いている荷札で前から解っていた。併しすだちを漢字でどう書くのか参考に字引きを幾つか引いてそのどれにもすだちという言葉自体が載っていないことからこれが或はそれ程知られていないものなのではないかという気がこの頃はしている。

　これは橙(だいだい)をそのまま小さくしたような果物で橙と同様にそれだけで食べられるものではない。併し橙は正月のお供えに載せる他に何に使うのか知らないがその一族と見られるレモン、柚子(ゆず)などの中ですだちは食べものに掛けると抜群の効果を挙げて例えばレモンを掛けて食べるものですだちを使った方が旨くならないものは考えられない。それが牡蠣、松茸、鰯(いわし)の塩焼き、凡てそうである。尤もこれは好みであって、このすだちにはレモンの強烈なものがない。その方がよければすだちは落第することになるが、もしレモンの強烈が多分にしつこいものであることに気が付くということがあれば柚子を凌ぐものがすだちにはある。別な説明の仕方をすればレモンがどれ位の脂肪分を含むものであるかはレモンを使った食器をあとで洗って見れば解ることで、これに対してすだちを使った後は、実はこの方は洗ったことがなくても恐らくは水だけで脂が落ちるに違いない。

　そういう優雅で凛としたものがある香りであって、それがなくなる時には綺麗さっぱりにであるのにこれを掛けたものを食べている間はこのすだちがなければ何の匂いもしないか腥いものがあの柑橘(かんきつ)類に特有の芳香を放ち、それも放つのであるよりは口の中のどこかで漂うのである。従ってすだちは吸いものに使っても柚子よりも遥かに効果がある。もう一つすだちの説明の仕方を試みるならばレモンと蜜と混ぜて飲むと二日酔いをしないと言われて酒の後はこれにしているが、それが蜜の甘みでレモンの辛さを僅かに消したものであるのに対してレモンの代りにすだちを使うならば先ずすだちを感じる代りに微かな香りがしてしつこくなくなった蜜を飲んでいるようだろうと思う。

北国の蕨の粕漬け

これは新潟で一度しか食べたことがないものであるが、そのことを今でも時々思い出す。併しこの粕漬けの性質からして日本で酒粕があって春になれば蕨(わらび)が出て、そして冬が長い所ならばどこでもこの蕨の粕漬けが作られているに違いないからこれは新潟よりも日本の北方一帯のものと考えてよさそうである。その色を見てこれを作る辺りの冬が如何に長いかを思った位だった。

これを勧められた時の話では春に蕨が出ると直ぐに漬けて青いものが何もなくなった冬に備えるのだということだったが、それが十一月のことで蕨はまだ淡緑をしていた。そこにはまだ春が残っていて真冬に食べるのにこういうものがあるというのはその真冬がひどく長くて、それでこうしたものを作ることを思い付くことにもなるのだということでなければならない。もっと南に住むものは蕨があれば取って食べて後は又春が来るのを待つだけのことであっても北国では蕨が萌え出るのはずっと年が進んでからのことなのだろう。その色が先ず新鮮だった。これならば萌えるという言葉が当っていてその意味も解る。そしてそれが旨いのは取り立ての蕨を食べるのよりももう少し複雑な具合にであると言える。一体に蕨がどんな味がするかというようなことはそうした詮索をするよりも食べるのに越したことはないということになるが、それが取り立ての蕨ならばその味の他に土の匂いとか今まで生えていた植物に共通の舌に対する刺激とかいうものがあるのに対してこの粕漬けのはただ蕨の味と酒粕のとだけになっていてこれが蕨の味というものだと思った。

その時、蕨の匂いまでしたような気がしたのはこれは或はその味が余りにも鮮やかだったからかも知れない。そしてこれはそういうものだから別に珍品ではなくて、それから殊にこの食べものを商品に化けさせて方々の店で売り出すのに適したものではないが、それだけにこれは食べものとして確保されていて春になれば今でも北国の各家庭で漬けられているることが想像される。一体に食べものをどこでも手に入れることが出来る代物に変えるのはその食べものを所謂、万人の許に届けることにならない。それはただ食べものを消滅させるだけで、その意味で万人に飢餓を届けているのである。併しまだ食べものはあって当分なくなりそうもない。

関西の塩昆布

この昆布を醬油その他で煮て佃煮のようになっているのを塩昆布と言うのを今になってやっと思い出した。始終食べていて昆布ということだけで解り、塩昆布では昆布の塩漬けと間違えそうになるからであるが、この昆布は京大阪の老舗で作って売っているのが旨い。

尤も昆布の場合この旨いというのは説明の必要があって例えば筋子の粕漬けが旨いとか鮪の刺し身が旨いとかいうのは文字通りにそうなので後はその旨い味がどんな風のものであるかを言えばいいのであるが昆布、或は塩昆布は旨いというものの部類に入るのかどうか直ぐにそうとは断定し兼ねる。これは又米の旨いまずいとも違っていて、この前の戦争中ならば兎も角、米の飯は御馳走に普通はなっていなくても旨い米は確かに旨い。それと違っていると書いたが、或は塩昆布が旨いというのは寧ろこれに一番似ているとも逆に考えられるだろうか。別に御馳走を食べている気でいるのではなくても塩昆布を嚙んでいるうちにこの味、この味と思い始める。その艶がある黒い色もいい。この艶は他の食べものにないもののようで、その一切れ二切れが口の中にある間に何の味というのでなくてただ味というものの感じがして来る。それが昆布の味だと言った所で例えば昆布巻きの昆布にどんな味があるだろうか。その昆布を出しを取るのにも使うのであるから味があることは確かであっても昆布巻きの昆布の味もこれと指差せるものではなくてただ身欠き鯡（にしん）その他の昆布巻きがその昆布があってのことであることしか解らない。

そしてその不思議なただ味と呼ぶことが許されるものが塩昆布に最も粘り強く着実に出ていて、それが噛んでいればいる程なのであるから病み付きになるということも一応は考えられるが、そこに昆布の特徴があって病み付きという言葉が当て嵌る現象が起る為のしつこさが昆布の味には不足している。又それでいてその味は晴れて行く空のようにその味になるばかりなのであるからこれは捨て難い。京大阪でいい塩昆布を作っている店のは壺に入っているのが多くて、その何気なく壺である様子の入れものの壺も中の昆布を思わせて奥床しい。或は奥床しいというのが鹿爪らし過ぎる言い方ならばただ塩昆布が入った壺がそこにあるので茅葺きの屋根の百姓家が草の中に見えている風情が昆布の味でもある。

江戸前の卵焼き

江戸料理が今はなくなったから昔からなかったとまで言えるものではない。その江戸料理が盛だった頃にあった料理屋が現に残っているのを探し出して行って見てもそこで出すのがどこの料理とも解らないものであることは事実である。併しこれが東京の普通の家での料理の仕方だった時代のことを思い出せば例えば確かに今はなくなった卵焼きがある。

一体に関東の料理は関西のに比べて味が濃いことになっているが、その関東の江戸料理がもうなくて関西料理が全国に普及し、これも実際には正体が解らなくなっているのに味がそれに比べて濃いというのはただ濃いことだけが頭に残り、江戸前を受け継いで東京風に焼いた卵焼きは味が濃いというようなことを考えさせない旨いものだった。それが時々舌に戻って来る気がする。これが如何に今は昔のものであるかということの証拠に今はそれを焼く道具さえもない。その焼き方を教わって自合でやって見た訳ではないが、この卵焼きは初めに薄く何枚も焼いたのを重ねて巻いたものでこれを作る為に銅板に枠を付けたようなものが備えてあるのが料理屋だけではなかった。それで横から見ると卵の黄色と焦げ目の茶色の非常に細い縞が渦を巻いている具合になっていて、その縞でどんな味がするかが頭に浮び、それを大根降しで食べるのである。

それが甘かったと言っても甘さには色々ある。恐らく砂糖でなくて味醂を相当に使って焼いたのであって菓子でなくて明かに料理であり、甘いようでいて苦くてそして卵の味がしてそれに醤油がよく合い、他にも本式に江戸前の料理というものを幾種類か食べたことがあるような気がするが、この卵焼きは家でも普通に作られたものだったのでまだ記憶に残っている。一口に言えば、江戸の料理の特徴というのは親切であることにあったのではないだろうか。それでしつこいということになることがあってもそういうのは江戸前の親切がまだ足りないものと考えることですむ。親切が洗練の域に達したのが江戸料理だったと言い直してもいい。いつか最後に食べた赤鱏（あかえい）の煮ものの様なものはその煮こごりの味がその中に温められていた。併し第一に赤鱏という魚がもう取れないのかも知れなくて、もし取れてもこれを料理するものがいそうにもない。それが卵焼きならばどうだろうか。

関東の葱

玉葱（たまねぎ）でなくて昔から日本にあった葱は関東でも東京から北に行って埼玉、群馬辺りのがいいように思う。そのことを書くのはそういう葱を暫く食べない気がするからで、この葱の中で本当に旨いのは名前はもう忘れてしまったが茎の中に渦巻きが二つ出来ている。又それだけ太くて吸いものに入っていたりすると水気も普通のと比べて倍もある。どうも葱というのは野菜の中では上等なものでないらしくて例えばぬたとかねぎまとか葱を使うものを考えて見ても何れも家か家庭料理風のものを作る小料理屋で出るものばかりで、それで葱の何とかと由緒ありげな料理の名前を挙げることが出来ない点は都合が悪い。併しそれで旨いものがまずくなる訳ではなくて大根でもふろ吹きその他大根を使う料理らしい料理になったのを食べるよりもただ降すか煮るかした方が大根がよければずっと旨い。

葱も吸いものに入れたり肉類の水炊きなどにじゃがいもと一緒に具にしたりするのが一番葱を食べている感じがする。そしてこれこそ家で食べるものであるが、この葱以外の野菜を使うことが考えられないものに豚と葱の澄しの豚汁がある。これにも何か秘訣があるかどうかは知らないが、少くともこの豚汁を食べている時にそのようなものがあるとも思えなくてただここに温くて旨いものがあるという感じがする。尤も豚の方は出しになってしまって大して味もしない代りに葱があって、これも出しに入れるのでも葱は水気を含んで豚と葱で充分に味が付いた汁が葱の中にもあり、それと葱の歯触りが一つになっている所にこの豚と葱の澄し汁の本質がある。或はそれはどうでもいいことなのでこの澄し汁の匂いにも葱の香りと言う他ないものが漂い、味噌仕立てのものと違って豚と葱が澄し汁の中に沈んでいるのが、或はこういうことは自分でするもので鍋から掬い方に気を付ければ豚と葱が椀の中に積み重なっているのが見えるのがその葱の旨さを思わせる。

そのことで一つ安心なのはこういう御馳走は透き通った紙のようなものや鑵に入れて売り出すことが決して出来ないことである。これを作るのに秘訣があるかどうか知らないと書いたが、一つ確かなことは生の葱や豚を煮立ててその成分の何だか解らないものがまだ湯気を立てている状態にあるからこれは御馳走になるので、それを一度冷ませばその成分の大半もなくなる。全く心温ることである。

九十九里の鰯

もう何年も千葉県の九十九里浜で鰯が取れなくなっていて、これは何れ昔話として書く積りでいた所が今年になって又取れ出した。この頃は大概の食べものに就て工業が流す害毒で手に入り難くなっていると断らなければならない時に九十九里の鰯が又食べられるようになったのはどう説明すべきものか解らない。それだから広島の牡蠣も現在のままでほうって置いてもそのうちに又食べられる日が来るなどと瀬戸内海に害毒を流している方が言ったりすることにならなければ幸である。兎に角九十九里浜の鰯は昔はあり余って問題にならなかったのであっても鰯の中の逸品であって、これが今年だけのことでもこれから又当分の間は食べられるのでもこういうものがあるというのは心を豊かにする。

鰯が英語の字引きではサーデンになっているのを見て驚く。あのように貧弱でオリーヴ油に漬けて味をごまかさなければならないものが鰯であることで西洋の魚というのが大量に取れる代りに味ががた落ちのものであることが改めて頭に浮ぶ。九十九里の鰯は凡ての点でサーデンの正反対のものである。尤も日本でもサーデンの鑵詰めを作っているのであるからサーデンと呼ぶ他ない発育不完全で味がない鰯もあるに違いない。それとも九十九里の鰯の屑がサーデンになるのだろうか。この九十九里の鰯は太っていてその丸々した格好からして旨そうで、それが実際にただ鰯と言う他ない味がするのだから塩焼きにするのが一番合っているのであるが、これを生姜で相当濃い味に煮付けてもやはり鰯の味がして旨いのだからその全身にその味をなすものが漲っていると思わなければならない。それが脂であって鰯にしかない脂なのかも知れない。併しこういう鰯の身の歯触りはどうだろうか。

それだから目刺しも今年はいいのが出来ることだろうと思う。その目刺しでも解るように確かに鰯の味は纖細で犯し難い気品があってという風なものではない。併し同時に又それは見方の問題でもあって纖細その他であってもなくても豊かな味というものがあり、それがあれば後は舌の方で勝手に詮索したり何かして、もし鰯を食べて夢に耽ることが出来なければ明石の鯛を出されても、であるよりは要するに精神が衰弱しているのである。併し繰り返して言うと今年の九十九里の鰯は豊かに鰯の味がする。それだけで充分だと思う。

下関の雲丹

　この雲丹(うに)というのは日本の殆どどこでも取れるもののようでこれが名産である所が方々にあり、こういう場合にどこのが旨いというのは結局は好みの問題になる。又それは作り方とも関係があることのようで旨い雲丹ならば生で食べるのが一番いい訳であるが、それでは保存が利かないということとは別に保存の為に雲丹に加工すると又違った味が出て来てそれ自体に何か捨て難いものがある。或はそれで又雲丹の味が雲丹らしくなる。要するに生で食べるか壜詰めかということになって下関で作っている壜詰めのが、そこに好みの問題があるにしても雲丹の味や匂いを殊に生かしている感じがする。

　実はその壜詰めの雲丹を作るのにどういうことをするのか聞いたことがない。下関から送られて来る壜を見ると塩雲丹とか粒雲丹とか書いてあってこれは製法の違いを示すものなのだろうが、それが解らないままに食べていれば塩をするのでも何でもなるべく生の雲丹に手を掛けないで保存する方法を取ったのが旨いようで、その程度でももとの生のとは色も別なものになり、生ではない雲丹に特有の舌を刺す感じの味がしてもその奥に生の雲丹の味と匂いが偲ばれる時にこれは旨い思う。その生の匂いというのは海の匂いでもある。

そういう壜詰めと生のものを比べてどっちが旨いかというのは面倒な問題であるが、一般の場合と違って雲丹は壜詰めの方がその味や匂いが言わばもっと強くなっているのは豚とハムの関係に似たものがそこにあるのかも知れない。併し雲丹でも豚でも大事なのは材料がもともといいものであることで、そうすると下関の雲丹は雲丹として上等なものなのだということになる。それを生で食べたらばどんなだろうかと思う。

併しそれには下関まで行かなければならない。それで気が付いたのであるが今では食べものを保存用にしたのが幾らでも出来ていて生と保存用の違いはあっても保存用のは材料が同じならば皆同じ味がするというのが一種の常識になっている。つまり、肉らしいものが塩辛くなっているのがハムで舌を刺す味のどろどろしたものが雲丹で通っている。併し決してそういうものではない。この頃は滅多に食べられないが例えば旨いハムというのは豚の匂いも味もしてそれがハムになっているので、それと同じことが雲丹にも言える。

薩摩のかるかん

これは今でもまだあるかどうか解らない一種の菓子である。前に聞いた所によると山芋が原料で、これを擂り潰して蒸して作るということだったが見た所は寧ろカステラに似ていて色がただ黄色でなくて灰色掛っている。一体に菓子というのは沢山食べられないのが難点で、そのことを作る方でも考えているのか一つか二つでいやになるような味にしてあるのが普通である中でこのかるかんは旨いので記憶に残っている。これも幾らでも食べられる訳ではないが、その原料が山芋なのでねっとりしていてこれに丁度いい位の甘さが加り、何か食べているということとそれがどこか甘いということの他に何もない菓子というお菓子の一つの理想型がこのかるかんにある。或はそれでは少し言い足りなくて、そのねっとりしている所が如何にも糧という感じがし、その原料の山芋というのがもともと甘くなくもないものなのだからかるかんの甘さはそれをただ少しばかり増しただけで邪魔にならず、一番強いのが何か食べているという満足した気持であってこのような菓子を他に知らない。或はもしあるとすれば非常に洗練された方法で作った或る種のパイであるが、そういうものはやはり味も凝っていて何か食べているだけというのが現状であるよりもその味に垣間見る一つの理想である時にかるかんはそれそのものでロを喜ばせる。

薩摩というのが日本では熱帯に一番近い南国でそこの食べものや飲みものと言えば先ず芋焼酎に薩摩芋という風なものを考えるのに、そこでよくこのかるかんのようなものを作ったと思う。それが何か食べているだけだとか僅かに甘いとかいうのは要するにこれが優しい食べものであることで、この菓子に即して薩摩という国を見直す余地がある。又この菓子のそういう性格を思えば益々この菓子をもう作っていないのではないかという気がして来る。これだけのものを作るのにただ山芋を摺り潰して蒸してというようなことですまないのは明かであって、その上に山芋はうどん粉と違ってそう幾らでも集められるものではない。既に原料が制限されていて製法が手が込んだものであればカステラ、ビスケットの類に適当に名を付けて大量生産と宣伝で売り出す道を封じられて、もしそれでもかるかんがまだ作られているならばそれは本ものであって確かにその点は安心出来る。

岩魚のこつ酒

石川県に鶴来という町があってここは山に囲まれている中を川が流れ、その辺で取れる鳥獣、魚、山菜の料理が発達している。そこでいつだったか岩魚（いわな）のこつ酒というものを御馳走になったことがあった。そのこつ酒というのは石川県、或は加賀の国一帯に行われているもののようで、これは食べるのであるよりも飲むと言った方が寧ろ正確であるが要するに縁が高い大きな皿に魚を一匹塩焼きにしたのを入れてこれに熱い酒を注ぎ、これに一度火を付けて魚をほぐしてから中の酒を飲み回すのである。それが金沢では鯛をよく使って、この方が皿ももっと大きくなり、そこに鯛が酒に浮いているのであるから味も全体の感じもずっと豪壮で何だか海を飲んでいる気がして来る。併しこのこつ酒が中に入れた魚でその味が決るのは勿論のことで鯛の代りに川魚の岩魚を使った鶴来でのこつ酒は圧倒されるのでなくてゆっくり楽めた。

　海を飲んでいる感じになると言うと聞えはいいが、それは実際にそうする時と変らず覚悟することが必要であって、これは逆の見方をすれば気を呑まれることであり、飲み出せば確かに旨くても何か一口毎に又覚悟する仕儀になって忙しない。所が岩魚は鯛よりもずっと優しい味がする魚で、もし例えば川魚の中で鮎よりも山女（やまめ）の方が味が濃厚ならば岩魚は丁度その間位になり、岩魚のこつ酒は酒を普通以上に利かせて岩魚で出しを取った吸いものというようなことになるからこれは飲み回さなくても一人でいつまでも夢心地に誘われていられる。それには酒の力が手伝っていることは言うまでもないが、この岩魚というのは塩焼きにして酢醤油で食べる魚でその味が染み込んだ酒、或は寧ろ酒で溶かしたその味はただそれと付き合っているだけで時間がたって行く。一体に料理というのがどこの国のものでもそこで出来る酒を中心にそれと合せて工夫されるものであることをこのこつ酒というものは実にはっきり示していて、それで序でながら鑵詰めや壜詰めというものの欠陥にも気付くことになる。

　それだからこつ酒に入れる魚を鯛と岩魚の他にも考える余地がある。併し今までの所この二つしか出されたことがないのを見るとこれ以外は皆誰かが験して落第したのかも知れない。それにこれは確かに一種の料理であって蟹の甲羅に酒を注ぐのや河豚の鰭酒のような酒を飲む為の工夫ではない。そうするとやはり岩魚であって、もう一度飲んで見たい。

関西の牛肉

牛肉は松阪のがいいとこの頃は相場が決ったようであるが、まだ松阪のを食べたことがない。又特別に食べたいとも思わないのは手に入れ難いからで牛肉がどこのものと名が付いて有難がらなければならない食べものであるのが既に可笑しい。これは例えば隣の家で鋤焼(すきや)きでもやっていればその匂いが漂って来て隣は今日は牛肉であることが解って自分も食べたくなるという、そういう風に旨いものなのである。又そうでなければ旨くなくて、その当り前な具合にいい牛肉が関東で少くなった現在、神戸や大阪で食べる牛肉はその味も匂いもして噛んだ具合も牛肉で、やはりこれが人間が食べるものであることに改めて気付かせる。つまり、その昔に今晩は牛肉だというので喜んだその期待通りに旨いのである。

いつか大阪で食べたビフテキは但馬の牛だということだった。兎に角そういう風に産地に恵まれているのが関西の強味で、そこから昔は何でもなく関東まで牛肉を運んで来たのが今は万事が不自由な時代で少し離れた所では牛肉までが贅沢品に近いものになっているのに違いない。大阪でそのただのビフテキ屋で食べたのは旨かった。そう言ったらば使う前に何と何に漬けて置くのだという風に色々と説明してくれたが、そういう秘訣は少し食べものを大事にするどこの家の台所でも知られている筈で牛肉の味はそれを出すまでの段取りがどうだろうと食べた時に紛れもなく牛肉であることに極まるようである。その代りに牛肉と言えなくもないものを食べさせられるのが普通のことになっている時牛肉というのがどういうものか説明するのは困難であっても一度例えばその匂いを嗅げば忘れられないのはちゃんと炊けた飯の匂いが青空の青とともに独特であるのと同じである。これは決して貴いとか珍しいとか人に自慢したいとかいうものではなくて、ただこれだと思って安心出来ることで有難い。

牛肉がそういう極く普通のどこにでもあるのでなければならない食べものである証拠にもし牛肉らしい牛肉が手に入ったらばなるべくそのままの具合に料理するのが一番旨い。それだからビフテキとかロースト・ビーフとかいうものを人間が考え出したので、それを日本風にやるならば水炊きでも、或はじゃが芋と重ねて焼いただけでも牛肉の有難味が解る。併しこの頃は合成の牛肉も出来た。

茶漬け

こういうものは自分の家でやるのが一番間違いがなくて旨いのは勿論であるが、それを何百杯も何千杯も手掛けて来てその経験から独特の味を出すということもあり、昔から茶漬け屋というのか何というのか、兎に角茶漬けが売りものの店があった。

尤もそういう店で昔知っていたのが今は一軒もないのでそのうちの二つ、或は二種類の茶漬けを思い出話に書くと一つは前に新橋駅の近くにあった店で食べさせたもので新橋茶漬けと言った。要するにこれはどこの家でも出来て鮪の刺し身がある時には大概誰でもやる鮪の海苔茶漬けだったが、ここのは海苔と鮪に白胡麻が振ってあってそこが手馴れた仕事であるのが違う所なので白胡麻の味しか気が付かない位その鮪と海苔と茶漬けが鮪の海苔茶漬けという他ないものになっていた。そうするとやはりそれが鮪の味がしたり海苔の味がしたりして結局はただ旨いということになる。その茶漬けが大きな丼に入っていたのも嬉しかった。それが大きくても茶漬けの飯の量は飯の普通の一杯には及ばない筈であるからこれはそれだけ鮪や海苔が入っていることになり、旨いものが沢山ある感じはその方から眼を喜ばせもするということがある。

もう一つの店は大阪のどこかにあって、いつも人に連れて行って貰ったので正確には今でもどこなのか解らないが解っていた所でこの店ももうない。それは鰻屋で、そこで頼めば鰻の白焼きの茶漬けに海苔と山葵を加えたのを作ってくれた。それは東京の新橋茶漬けよりも更に凝った味だったと言うことが出来て、それが蒲焼きならばこれも鰻を取った時に誰でも家でやるものであるが、その鰻が白焼きであることで味が遥かに仄かなものになり、それでも明かに鰻でそれと山葵と海苔茶漬けの配合が茶漬けということを考えさせない所まで行っていた。先ず何か上等な吸いものということになるだろうか。それが吸いものというようなものよりもずっとこくがある食べもので、この海とも陸とも付かない境地が食べものでは一つの極致を示すものかも知れない。例えば二日酔いの朝もしこれがあったらどんな味がするだろうかと思ったものである。併し当り前な話ながら、これは遂に験して見る機会がなかった。尤も茶漬けには勿論茶の問題がある。その茶は食べものでないので書けないのが残念。

豊橋の焼き竹輪

東海道線の豊橋の町で作っている焼き竹輪は旨い。前はこの町の駅で売っている三段になった弁当も有名だったが、東海道線に新幹線が重なった頃から三段の弁当の方はなくなったようである。併しこういう名産にしては珍しいことに豊橋の焼き竹輪は駅で売っているのでも食べられて、もしこれが昔の東海道線ならばそんなことをするよりもこれを酒の肴に途中を楽むことが出来たのが新幹線ではこの駅に止ったり止らなかったりでそれが止ってもいつ豊橋を通ったのか気を付けていないと解らない。その為に豊橋の焼き竹輪までが人に頼んで送って貰うものになった。

竹輪というものをどういう風に作るのか知らない。その名前と格好から言って蒲鉾の材料を竹の棒にまぶして蒲鉾にしてから竹を抜いたり抜かずに置いたりして、それだから焼き竹輪というのはそれを又焼いたものなのだろうと思うが、この竹輪は蒲鉾と違った味がして蒲鉾は重過ぎる気がする時でも竹輪ならば食べられる。そしてこれはやはり汽車でなくて家の中で食べるもののようでなるべく薄く切った方が一層この竹輪というものの味がする。その味がどんなかを説明するのは難しいことである。それが蒲鉾程の重みがないというのはそれだけ花車だということになるのかも知れなくて、そうすると昔の大磯のはんぺんは蒲鉾の重厚な味を竹輪の花車な所で和えたものだった。これを要するに豊橋で作っている竹輪は軽い味がして気を付けないとそれが醤油と山葵の味に負ける。又その兼ね合いが楽みたくて竹輪もただそれだけで食べられるのに山葵醤油での方が本当だと思うことになる。どうかすると西洋の極上のビスケットにこんな味がするのがある。

竹輪の味がどんなかを書いたりしていると昔はどこにでもあって当り前だったものが戦後の日本では妙に黴臭くなったのを改めて感じる。尤もそれがなくなったのではなくて一応は今でも当り前に手に入るのだから厳密には黴臭いのが戦後の日本の方なので、これは何にでも理屈にもならない理屈を付けなければ通らない一種の気風から来ているようである。もう一つは理屈を付ける気が誰にも起らない贋ものの氾濫が当り前なことになっている為だろうか。例えば日本のチーズという箸にも棒にもの代物が普通の食べものになっている。尤もそれで竹輪が旨くなる。

日本の支那料理

これは西洋料理と同じで大きな都会、殊に支那料理の場合は長崎、神戸、横浜、そして少し無理をすれば東京などの港町の性格がある所ならばいい店の三、四軒は必ずある。併し西洋料理と違ってこれは店を見付けてそこに入るだけではすまなくて、その点で日本で旨い支那料理を食べるのには多少の手間が掛る。その為に法外な金を払う用意があるならば別であるが、それを避けてどこか安い所をと探しても探し当てた旨い筈の所が旨いとは限らなくて、そういう店を一つ見付けた後は凡て馴染みの程度の問題に掛って来る。それで度を重ねる他なくて、そのうちにそこの人達と親しくなればそれまでにはこっちの好みも向うに解り、西洋料理の相場では信じられないような値段で一応は正式の、そして旨い支那料理が食べられることになる。

ここで言っている支那料理は勿論ワンタン、シューマイではなくてもっと支那料理らしいもののことである。そうするとどうしても品数が多くなって曽て支那の天子の正餐に出すのに決められていた数の三百二十四種とかいうのは論外としても、どうしても八品位を次々に運んで来て貰うのでなければ支那料理の味が出ない。それで店の人達の協力が必要になるので、その他に支那料理というのは献立てでは鱶の鰭が竜の髯だったりして名は体を表さないから一層何と何を食べるかに就て店の人に聞いて寧ろ先方に決めて貰うことが大切であり、それだから本当に楽みたければ一度店に行って相談して、その時に決めた日に改めてそこに行くことになるのを免れない。併しそれだけの手数に価するものが支那料理にはあって、そこで出て来る料理が実際には何が何だか少しも解らなくても、或は解るのが海老と豚と鶏位のことであってもその豚も鶏も到底そんなものとは思えない天上の味かと疑われるものに変っていて、それで本場の紹興酒が駄目になってしまったらしい現在では台湾の老酒を飲んでいればどことなくもうこれでいいという感じになる。そういう訳であるからここではどういう料理がどんな味がするというようなことは書かない。これは店の人に聞いた後で実際に食べて見る他ないことである。併し竜の髯だったか紅の翅だったか何だったかそういう名前が付いている鱶の鰭を煮たものは推奨出来て、それから飲みものは是非とも老酒である。

長崎のカステラ

勿論これは東京にでもどこにでもあって、なお更それだから長崎のだと断らなければならない。もう何年も前に一度その長崎に行ったことがあって、その時にそこのカステラの工場に連れて行かれたので長崎のカステラの味を知っているのであるが、これがカステラというものなのだろうかと思った位それは味が淡くて歯触りが羽二重団子を食べているのに似ていた。それが西洋だとこの系統に属している菓子の上等なのは乾いた感じで口に入れるとそのまま溶ける具合になるのに対してカステラはその点が違っていてどこか粘るものがあるのがその特徴であるような気がする。これは餅菓子の餅の伝統がものを言っているのだろうか。併し長崎のは粘るのよりも如何にも柔くて味の淡さを楽ませるだけの所まで歯触りを少くしたと言った風である。

そして僅かばかり匂う。それが何の匂いなのかついに思い当らなかったが、これは旨いパンが小麦の匂いがするのでもなくて焦げ臭いのがごく微かになったのに一番似ている。凡てそういう風にあるかなしかに出来ていて、それで菓子という甘さの観念を伴ったものだという感じもせず、その工場のどこを見てもカステラの山が出来ているのも別に胸に閊える質の眺めではなかった。確かそこは湿気を防ぐ為に壁が石で、それを不衛生だとかいうので役所が煩さく言うとそこの人がこぼしていた。当然こういうものを焼くのは石の室の中でなければならないことが想像される。それで思い出したことは神戸で旨いパンを作るパン屋さんを覗いた時も石の窯で焼いていた。その後に長崎の役所が益々煩さく言って来たかどうか聞かないが、この頃でもまだ役所の人間が衛生というようなことを言っているのならば心臓であって埃をなくして空気も水も綺麗にというのはこっちの言い分である。

併しそのカステラの工場で本当に旨かったのはパンならば耳ということになるカステラの部分を切り落したのだった。あの茶色に焦げた所で、それが細く刻んだ格好になって籠に盛ってあり、カステラの一番の味がその切り屑に集っている感じで幾らでも食べられたというのは、これはどうせ捨てるのだから勝手に食べさせてくれるという意味の他に実際に飽きずに幾らでも食べられた。こうなるとカステラが木の実に似て来る。それを袋に詰めて貰って来たが忽ちそれももうなかった。

千葉の蛤

今年はこれも久し振りに食べることが出来た。何故この千葉の蛤（はまぐり）や九十九里の鰯がこの頃になって又出回るようになったのか、それが実は前からあって単にこっちがこの二つと暫く縁が切れていたのだということはこういうものの場合考えられないが、それならば千葉県だけが環境の浄化に成功して少しは昔の日本に戻ったのだろうか。兎に角その昔は手に入り易い土地の名産であることからこの蛤が山程持ち込まれて困ったものだったのが何年振りか、或は十何年振りかでこうして又食べて見るとやはり旨い。

蛤で生のまま買って来るのであるからただ吸いものにして食べるだけのことである。そして中に入れた蛤よりも汁の方が旨いのはこうした吸いものが大概そうであるが、それにしてもこうした何でもないもので確実にその味がして人を安心させる食べものがこの頃は減ったことに改めて気付く。熊野、松風に米の飯という俚言にそういう何でもないものの標本という意味の他にその熊野と松風がどれ程の名曲かということが含まれていないならば我々の方でそれを含ませて少しも構わない。序でにそこに日本の米というものの実体を読み込んでもいいが、こういう名曲があり触れたものの代名詞になっていることは贅沢の極致であって、それで始めて贅沢というのが豊かな生活というものと寸分違わないものであることに思い当る。昔の江戸の町民は年に一回だけ江戸城内に入って将軍家御覧の熊野や松風が舞われるのを見ることを許されていた。それは殆ど無礼講に近かったものらしくて、そういうのが当り前なことになっているのが豊かな生活であり、例の鼓腹撃壌という奴である。

千葉の蛤を食べてもそんなことを考えるのだからこの頃はそれ程貧相な世の中なのである。これは昔はよかったのではなくて今が積極的に悪いので、それを今は駄目だと言うと直ぐに昔はよかったことになることからも現在の世相が如何にぎすぎすしたものであるかが感じられる。それは豪華とか豪奢とかいう言葉が無暗に使われるのから見ても解り、どこを見てもないものに憧れるということもある。それが実は我々にとってなくてはならないものであるならば今日の我々は食べるものさえもない。尤もこの食物誌の全部がまだ昔話でない所に或は多少の望みが残っている。

蠑螺の壺焼き

この蠑螺（さざえ）というのは日本の大体どこででも取れるもののようでその料理では江の島で食

べさせる蠑螺の壺焼きが有名であるのは言うまでもないが、その蠑螺も江の島の辺りで取れたものとは限らない筈である。又蠑螺は江の島でやる要領で壺焼きにする他に料理の仕方がないらしくてもこれもそう手が掛ることとは思えなくて江の島に行かなくても魚屋に蠑螺さえあれば家で作って食べられる。そしてそれが何故旨いのか解らないが、これは確かに御馳走の一つに数えていいものである。或はこれは三月の節句の時にというように年にそう何度も食べるものではないからそれが食事に出ると旨いのかも知れない。併しただそれだけでもなさそうである。

これはそれ程強烈な、或は鮮明な味がするものではない。その点は蛤と同じで、ただこれが蛤でないことは歯触りと匂いで解る。その味に至ってはこれを煮た醬油の味位しかしないようにさえ思われて、それでいて食べれば蠑螺でその蠑螺の壺焼きであることが疑いの余地を残さなくて何と言っても嬉しくなる。一つだけ確かなのは丁度いい位の大きさの蠑螺がちゃんと壺焼きになっていればどこか苦い所があることなのであるが、それだけで嬉しくなるのかどうか俄かには決め難い。併しそういう気分になることは事実であって食べものの喜びにはこうして自分が間違いなく何かを食べていると認めることが出来るということが含まれているようである。例えば空腹の時に食べるものの旨さがこれに属していて我々は餓えているからどんなものを食べても旨いのではない。その状態で舌が切実な要求から鋭くなっているので豚を食べれば豚の味がし、目刺しならば目刺しでそれ程餓えていなくても自分が食べているものが何であるか思わせずにいない食べものの一つに蠑螺の壺焼きがあるというのである。

恐らくこの蠑螺の壺焼きには味、匂い、歯触りその他我々に或るものを食べていることを認めさせる条件が丁度いい程度に揃っているに違いない。例えばもっと御馳走であるものは頭をかなり働かさなければその味を本式に受け入れることが出来ないことがあって、そういう難しいものがこれにはない。だからつまらないと言えるだろうか。我々が息をするのも大概は極めて自然に出来て、それが嬉しくて我々が生きていることも考えられる。

中津川の栗

岐阜県の中津川という町の辺りにはいい栗が出来るらしい。そこまで行ったことはないが何度か中津川の栗の菓子を送って貰ったことがあって、それがただの栗羊羹でも他所の栗羊羹と栗が違う。尤もこういう栗で羊羹を作るのは勿体ない話で今まで食べた中で一番この栗の味を生かしているのは、残念ながらこれも一種の菓子であっても栗きんとんと言って栗ばかりを摺り潰して固めたものである。恐らく砂糖も大して使っていなくて繋ぎに何か混ぜてあるとも思えず、その甘味は栗のもので舌に触る粒が粗くて僅かに粘るのも栗を感じさせる。先ず旨い栗を食べているのに近くて栗というのは皮を剝くのが指に渋が付いたりして面倒であるが、これにはその心配もない。それでも菓子には違いなくてもこの菓子はつい箱を開けてまだ幾つ残っているか見たくなる。

支那の天津の栗や秋になるとパリの並木の下で焼いて売っていた栗はこれよりずっと甘い。併しそれだからその方が上等だと必ずしも言えなくて、もし中津川のが日本の栗を代表するものならばそれで作った菓子から察して日本の栗は舌触りと栗の芳香が味よりも先に立って甘いことではなくて栗を食べていることに就て確実な手ごたえがある。それで菓子もこの栗きんとんというもののようなのを作るのだろうか。これがフランスの栗の甘さになれば更に砂糖を加えてブランデーに漬けて栗と砂糖の糖分をブランデーに対抗させた栗の菓子を作っても旨い訳であるが、もし中津川の栗でそういうことをすれば甘いのとブランデーの味と匂いだけになって栗の味は消えてしまうに違いない。あのマロン・グラッセというのは栗の糖分で菓子というものの甘さに多少の変化を与えたものに過ぎない。それだからやはり原料をなるべく別なものに思わせるフランス料理の系統に属している。

こういう中津川の栗のようなものを料理に使うのも勿体ない気がする。例えば甘く煮たりすれば甘くするだけ無駄で、それでももしただ茹でれば栗の味もそれで失われることになる。従ってやはり現在作っているようなお菓子ということになるのかも知れなくて、それはそれで確かに充分に楽める。又もし栗が出来る量に限度があるならば何かそれで作った方がその量が伸ばせることになるが、やはり中津川の栗を一度ただ焼いて食べて見たい。

東京のべったら漬け

これが東京だけのものであるかどうか知らないが他所では食べたことも聞いたこともなくて以前は東京で毎年十月か十一月頃になると売り出されたものであるから今でもこのべったら漬け、或は浅漬けは東京のものだと思っている。又これは現在でも魚河岸などで本もののを売っているようで、そのことをわざわざ断るのは大根を麹で漬けて両方の甘味を出したこの漬けものがただ甘いだけの大根の漬けものと簡単に受け取られてこの頃の製法に従って大根は兎も角後は凡て薬品で出来た擬いものが合成樹脂風のものに包まれて店先に並べてあるのが想像されるからである。恐らくそうに違いない。まだ大根まで合成出来ないのが気の毒である。

このべったら漬けは沢庵と違って大根のもとの白い色をしているのがその特徴の一つで、これを五分以上の厚さに切ったのが小鉢に盛ってあれば、それがこの頃のことだから食べて見なければ解らないが、もし殊の外に甘い大根を天日で乾したような味がすればそれがべったら漬けである。これを薄く切ったのではその味が出ない。その点は羊羹と同じであるが甘いものにも色々あって合成の調味料も甘ければ砂糖も甘くて、その他に果物でも牛肉でも大根でも苺（いちご）でもそれぞれの天然の甘さがあり、そういうことになれば凡そ旨い味がするものは必ずどこか甘い。その旨いと甘いの語源も或は同じなのかも知れない。そしてべったら漬けはそうした旨い甘さの典型の一つで少しくどい味が好きならばこれに醤油を付けると鋤焼（すきや）きどころではない。併しこれはやはりそのまま食べた方がいいようで、それにこの漬けものが白いのが厚く切ってあるとそのままでなければ勿体ない気がする。

尤も、もしそういう説明が必要ならばこれはそう大して上等な食べものではなくてこの頃は余り見掛けないが曽てはその季節になると出る寧ろ極く普通のものだった。ヨーロッパに、或は少くともフランスと英国には凡ていいものはそっとして置けという諺がある。このべったら漬けのようにいいものも昔通りに作って売るのに任せて置けば無難なのに、そこをもう一工夫してと思うのが合成に冷凍に詐欺にと発展して他のものと同じ半透明のものに包んだべったら漬けだか何だか解らないものがいつでもどこでも店の棚にさらされることになる。併し本ものは確かに旨い。

鹿児島の薩摩汁

前にかるかんのことを書いた時に鹿児島と言えば先ず考えられるのが薩摩芋に焼酎位なものということで始めて、それと一緒に実は薩摩汁のことも頭に浮んだのだったが、これは旨いものなので挙げないで置いた。併し最後にこれを食べてから三十年近くたっていて今はっきり思い出せることもこれが旨いものであるということに限られている。別にその頃どこか九州の南端にある鹿児島という所まで行って食べた訳ではない。併し明治維新の時に江戸に攻め上がった官軍というのに薩摩と長州の人間が多かったことをここで思い出すべきで、その後にその人達が東京に住み着き、それで今度の戦争になってそういうのが没落するまでは東京でも鹿児島の家庭料理が食べられたものだった。

薩摩汁は鹿児島の家庭料理で今でも鹿児島まで行けば食べられる筈である。又もしこの頃の風習に従って東京その他で薩摩汁を出す料理屋があったりするならば先ずそのようなものの正体を疑っていい。今覚えている限りでは薩摩汁の中心をなすものは骨ごと切った鶏の肉で、その味から察すればこれはその肉を味噌汁仕立てにして何回も煮たものに違いない。そうすると味噌の色までどこか濃くなって味噌汁と思えば鶏、鶏と思えば味噌汁というような味のものが出来上る。その鶏も吟味したものでなければならなくてこの頃鶏と称して売っているものであんな味が出る筈がないが今から三十年前ならば鶏と言えば鶏に決っていた。それからこれはどういう秘訣があるのか薩摩汁は七味唐辛子を振り掛けたりしなくてもそうした香辛料の味がして、これが味噌とよく煮込んだ鶏の味と一緒になったのは何かこたえられないものがある。先ず日本の料理で鶏を扱うのに尤も成功したものの一つだろうか。その鶏の他によく里芋が一緒に入っていたような気がする。

三十年も食べないでいるうちに一時は薩摩汁に使うのが鶏でなくて猪だったと思っていたことがあった。併しこの荒っぽいようでいて繊細で濃厚な食べものの味を辿っていて鶏の骨ごとであることに記憶が戻って来た。大体が薩摩の人間というのがそういう所があるのに違いない。それで島津斉彬と言った名君が出ることにもなる。併しそんなことはどうでもいいので、もう薩摩汁も随分食べないがそれを作っていたような人達にも会わない。

高崎のベーコン

このベーコンというのは余り誰も食べないものだから大概のはまずいのかも知れないが、それが高崎で作っているのは群馬県の豚がいいということもあって旨いことが最近になって解った。これはカナダ式とかいう種類のもので普通のよりももっと強く燻製にするものであるらしいのがその味を出すのを助けているのかとも思われて、兎に角群馬県の山奥の村にいたりしてこの高崎のベーコンが手に入れば暫くは朝の食事が豊かなものになる。その匂いがどこか焦げ臭いのから燻製が利いているのだろうと察するのであるが、その焦げ臭い匂いでも匂いが少しもしないのよりはベーコンを食べている感じがする。これよりももっと上等なベーコンも日本のどこかで、例えば神戸のように洋風の食べものが旨い所では作っているに違いない。併し普通に肉屋に頼んで持って来て貰うベーコンではこの高崎のが今までの所は一番旨い。

ベーコンはまだ燻製という手があるのでそれに少し気を付けさえすれば食べられることになるのだろうが、もっと生な作り方をするハムはこの頃は殆どハムらしいものがなくなった。昔は郵船会社の船に乗ると朝の献立てに必ず鎌倉ハムというのがあって、その当時は鎌倉のハムが英国でヨークのハムと言うのと同じ位一種の名物になっていた。併しこれは事実昔の話で、どうもこれは豚の飼料が変った為のように思われる。その鎌倉のハムはハムの匂いがした。それを時々思い出すのであるが、ハムの匂いがするハムと卵の匂いがする卵で食事をすることで朝の光も朝の光になる。それが当り前であることに長い間なっていてから戦争になってハムも卵もなくなり、又それが幾らでもある時代に戻って暫くして気が付いて見るとハムはハムで卵は卵でもそれが外観だけのもので今日に至っている。こういうことはどこかで仕返しが来る筈である。ドイツのように食べものに文句を付けることがないらしい国でも戦争中にバタの代用品をバタとは呼ばなかったという話を聞いた。併し高崎のカナダ式のベーコンはその辺まで行った時には食べて見るのに価する。それがカナダ式でベーコンをもう一度ベーコンにした具合なのが馴れないと直ぐには取り付き難いかもしれないが、この食べものに特有の匂いが焦げ臭くても何でも台所に立ち罩めるのはいいものであって先ず本ものに近い。

東京の雑煮

お正月の雑煮というのは場所によって作り方がかなり違うようで、その中には話だけ聞いていると雑煮ではなくて凡そ色々なものが入った一種のごった煮ではないかと思うのがある。そして一体に東京のよりも餅の他に入れるものが多いらしいが、これは東京のが餅以外には菜っ葉位しか入らないのであるからそれよりも具が少い雑煮はあり得ないとも考えられる。併しこの東京の雑煮はこれで旨い。或はこういう簡単なのは幾らでもまずく出来るに違いないが、それが方式通りに作ってあって餅がよければその餅の味と匂いを楽むのにこれ以上の雑煮の作り方はないと思われておせちその他、正月の食べものは何かとあればある程新年が芽出たく感じられるものであっても雑煮はこの東京の簡単で新鮮なのが湯気を立てているのに限ると前から考えている。尤も誰でも自分が生れて育った所の仕来りに執着するものであるから本当は各種の雑煮を食べ比べでもしなければ確かなことは言えない訳である。

併しそれをしたいとも思わない位東京の雑煮をちゃんと作ったのは旨いものである。それに使う餅は東京のは勿論話にならないが餅はどこのでも今は手に入ってその中で新潟の餅が飛び切り上等であることは既に書いた。そして不思議にこういうやり方では一緒に入れる小松菜か何かも生きて来てこれが菜っ葉だという味がするのみならず気のせいか、その緑も冴えて見える。それに純白に焦げ目が付いた餅で汁が光り、傍に味醂でなくて酒に屠蘇散（とそさん）を浸したお屠蘇があって正月が間違いなく正月になる。この他にも餅の食べ方は色々あってもこうして東京風に作った雑煮が一番餅の味を引き立てるようで、これが確かなことに思われるのはこうする以外に餅が酒の肴になるということが考えられない。或はこうして始めて餅のようなものも酒の肴になるので、これは東京風の作り方を工夫した人間、或はこの仕来りが出来た江戸の人間全体が酒飲みだったことを示すものでなければならない。

いい所に生れたものである。そこへ餅がこんがり焼けた匂いが漂って来て屠蘇散の袋を浸した大杯に酒が光り、芽出た芽出たの若松様よであって、この頃は数の子が大変な値段だと書きたてられるがダイヤモンドの指輪を買ったりするよりもまだ増しでずっと安い。

東京のおせち

雑煮の作り方にも色々あるのだから正月のおせちも場所によって何かと違うのだろうと思う。その中で東京のを挙げるのは、これも自分が馴れているからという理由がある他にこの場合はそれしか知らないのである。又それだけでもなくて東京の澄し汁で餅と菜っ葉だけの雑煮が餅の味を生かすのに最も適している感じがするならばそれと食べるおせちも芋と人参と牛蒡（ごぼう）と蒟蒻（こんにゃく）と焼き豆腐しか入れない東京のが一番合っていると今でも思っている。そしてこの点も東京の雑煮と同じで凡てはその作り方一つに掛り、もし昆布出しを取った間違いがない出来のものならば大きな丼に盛ってあっても三ヶ日を過ぎてまだ残っているということは先ずない。

どんなのでも煮込みというのは皆そういうものなのかも知れない。それに入れても入れなくても構わないものは凡て省き、その代りに入れたものの味はどれも生かすことを心掛けてその総和であるとともにそれだけに止らない何か一つのものを作り出すということで、その例に挙げられるのが東京風のおせちである。尤も味を生かすと言ってもこのおせちで牛蒡は殆ど味がしなくなっているが、これはおせち全体にその味が溶け込んでいるからで牛蒡が欠かせないのは昆布出しの昆布と同じであり、それで汁を吸い込む量が一番多い芋と焼き豆腐がこのおせちでは先になくなる。併し蒟蒻も捨てたものではない。いつか大阪から送って貰った色が黒いのに近いのを使った所がこれがおせちの丼から消えるのが瞬く間のことだった。又人参は苦手であるが、これも全体の味にとってなくてはならないものなのだそうで例によってこうしてこのおせちが旨いことは知っていても詳しくどうやって作るのかは聞いたことがない。やはり食いしんぼうが仕合せに暮す為には誰かその家に料理が出来るものが一人いることが必要のようである。

兎に角、正月に他のものよりも早く起きて既に出来上ったこのおせちを肴に同じく大晦日の晩から屠蘇散の袋が浸してある酒を飲んでいる時の気分と言ったらない。それはほのぼのでも染みじみでもなくてただいいものなので、もし一年の計が元旦にあるならばこの気分で一年を通すことを願うのは人間である所以に適っている。その証拠にそうしているうちに又眠くなり、それで又寝るのもいい。

高崎のハム

前に高崎のベーコンのことを書いたが、その後に高崎の人からハムを送って貰ってハムも日本一と言いたくなる位に上等なのが作られていることが解った。尤もこれは鑵詰めや初めから何枚にも切ってあるのが袋に入れてあるのではなくて豚の腿が一つまるごとの大きなものであっても、それに貼ってある札を見たら骨付きハムと書いてあったから高崎に行ってそう言えばこれが手に入る訳である。又それは同時にこれが本ものだということでもある。一体にベーコンというのは豚の体の方々から取るもののようであるがハムは豚の腿の肉が主で、これを塩漬けにして燻すのであるからハムを自分の所の豚で作っている外国の農家などではそうしてハムになった豚の腿のまるごとのが幾つも、時には何十も家の梁から吊されていてこの腿一本をハムのもとの形と思えば間違いない。

実はその一本というのを間近に見たのは今度が始めてだった。この大きさになるとそれはハムよりも紛れもない豚肉の感じで、その上に皮一面にざらめの砂糖と粒のままの黒胡椒が香料に塗り付けてあるのでこれを大きな皿にでも載せればただの肉ではなくて料理に思える。そしてそれを切った中が本当のハムだった。前にハムの味も匂いもというようなことを書いたが、これにはその両方があって肉の桃色もハムに特有のもので更にこのハムでもう一つ忘れていたことを思い出した。この頃のハムでは忘れても仕方ないことでも脂はハムの大事な部分で間違いなくハムであるものではこの脂の白が肉の桃色と対照をなして見た目に綺麗であるのみならず脂もハムになっていて旨い。今度のがそうで、こういうのはハムの匂いが脂の所から拡るのではないかと思われ、それで昔も大昔に信用が出来る料理屋でハムを頼むと一切れで皿が一杯になる位大きなのの半分が脂だったことも記憶に戻って来た。その脂の部分が真白なのである。

当然こういうハムは塩辛かったりしない。これが保存用のものであるから塩が使ってあることは勿論であってもそれは食べる段になれば他に何も付ける必要がないという程度のことで、こういう豚肉の食べ方もあるものかとこれは昔はただそういうものですませていたハムというものの正体に改めて気が付いた。その皮の所も芳しく焦げていて、このハムをもし揚げて食べて見たらと今思っている。

東京の店屋もの

ここではこれを店まで出掛けて行かずにそこから出前して貰って自分の家で食べるもの

の意味に使っているのであるが、これも地方別で色々であるのに違いなくて東京でそうしたものを取る店は大別して鮨屋、鰻屋、蕎麦屋、支那蕎麦屋の四種類になる。併しそのうちで鮨屋と鰻屋はもし本当に旨ければそこまで行った方が楽んで食べられるので残りの蕎麦屋と支那蕎麦屋の二種類になり、それからもう一つ頭に入れて置いていいのは店屋ものというのが例えば大晦日の晩というような略式の食事か、でなければ食事ではなくて夜遅くなって何か食べたいと言った時に頼むものであることで、それで一層のこと蕎麦屋か支那蕎麦屋になる。尤もこの頃はどうかするとここに挙げた四つを兼ねて盛り蕎麦でも握り鮨でも鰻でも何でも届けてくれる所があるが、そういうのは勿論話にならない。又西洋料理風のものが取れる食堂の類があってもカレーライスや海老フライというのを家で食べる時は家で作ったものの方が旨い。

その店まで出掛けずにと初めに書いたのも修正する必要がある。確かに何か家まで届けて貰うのでも先ず自分でその店まで行って頼むのでないといつまでたっても店の人達と馴染みになれず、そのことのあるなしが頼むものの味に影響しないではいないと思わずにいられない。それに夜遅くなって仕事がすむとか、或はただ何もすることがなくなって人通りが少くなった町を歩いて行ったりするのはいいもので、それが秋か冬ならば夜気が迫って来て更に食欲をそそり、もう温くなっているのならば夜歩くのが楽に感じられる。それで明りに見当を付けて行く先が蕎麦屋であるとして、どうもそこで頼むのは天ぷら蕎麦か鍋焼きうどんになりそうで暑い季節でこんなものは食べる気がしない時に店屋ものを取るということもない訳である。それで天ぷら蕎麦でも鍋焼きうどんでもこういうものには店屋ものに特有の味が殊に濃厚で、これは汽車の駅で売っている弁当の味と同じで他のもっと本式の料理屋でもの追随を許さない。

それが支那蕎麦屋から取るワンタン、シューマイ、チャシューメンなどにしてもそうである。そのうちワンタンに就ては前に書いたが、こうして取る支那風の店屋ものでは或はチャシューメンが一番であって夜遅くなどこれ程何か食べている感じがするものはない。

みる貝

この頃は前のように鮨屋に通うことがないのでこのみる貝の季節がいつなのか解らなくなった。併し今でもどうかするとこれがあって間もなく又それがいつのものか忘れるのであるが、こう書けば解る通りこれは握り鮨の種の一つでそれ以外の形でこの貝を食べたことがない。併し貝類の中ではこれが一番貝の感じがする。それが貝殻に入っている所も見たことがないが、これが鮨屋の台に出る時には縁が紫色である他は白い肉で最初はその紫と白が綺麗なのでこれを食べるようになった。確かに牡蠣も貝の一種で旨ければどうにも旨いものである。併し貝の肉があれ程柔いのが初めは意外であるのに対してみる貝には固いのであるよりも歯ごたえを感じさせる程度の抵抗があってそれで口の中でこれが貝であることが解り、このみる貝の場合にはそれがその味にもなっている。例えば貝柱というものの味もそういうものではないだろうか。それが歯に当る感じが鮮明なのでこれが貝というものなのだと思う。

従ってみる貝を握って貰わずに食べている時にはこの歯ごたえの他は山葵と醬油がその味であるような気がする。併しそれならばその歯ごたえがみる貝の身上であって大概の貝にはそれがあっても今挙げた何の貝とも付かない貝柱を除けばみる貝程それがただそれそのものに感じられる貝はない。その肉が余り厚くないこともそれを手伝っていて、この貝を煮るとか焼くとかしないでただそのままで食べたいと思うのは他の店ではこの貝と違って味が遥かに濃い牡蠣に似ている。昔ローマ皇帝の衣を染めるのに使った紫は或る種の貝の肉から取ったものだということをどこかで読んだことがあるが、このみる貝の紫と白はそのことを思い出させてその色が食べたい気持も働き、その気持に味が背かない。そうした清々しいものがあってこれが先に立ち、この貝が前にある間は牡蠣よりも鮑よりもという感じになる。その貝殻は水松という海藻が付くのでみる貝と呼ばれることになったというのはその中身と似ても似付かない事情である。

それで漸く思い出したが、この貝が鮨の他に刺し身になったのを食べたことがある。併し刺し身を盛るような皿はこの貝に合っていなくて、やはり鮨屋の広い台にこれは置くものでその紫と白の肉がそうすると光る。我々がものを食べている時に眼も働くのである。

東京の食堂

これも鮨屋と同じでどこの何という店と聞いて行くのでなくて自分で探すものであり、又旨い鮨を作る鮨屋程の期待が持てるものでもないが例えば東京でもビルの地下室とかその一階、二階にどうかすると又そこに来てもいいと思い、それが事実そうなって馴染みになるというような店がある。ここで食堂と言っているのは普通の所謂、西洋料理を出す店で他に何と呼ぶのか適当な言葉が見付からないので食堂にして置くので、その多くはそれとは別にグリルとかレストランとかいう名称を用いている。併しこれは値段の点で覚悟して行く本式の西洋料理の店とも違って、そういう本式の所から食堂を決定的に区別するものはビールかウイスキー以外に飲むものがある気でいてはならないことである。併しこうした食堂でそのビールやウイスキーで何か突っつきながら過す時間は楽いものであるから結局そこで食べるものも旨いのだということになる。

こういう所でも献立てを見れば色々と書いてある。併しこの点はどこの料理も同じで西洋料理もそれと一緒に飲むものに多分に左右されてビールやウイスキーでは余り手が込んだもの、或はそうらしく思われるものを頼んでも味が引き立たないからどうしても海老のフライとか鶏の焼いたのとかそう言ったものに選択の範囲が制限されることになり、そこが何か人を惹く空気の店ならば料理も決してぞんざいでないのが普通であるからそのフライでも鶏の焼いたのでもがビールやウイスキーと変らず水準通りのもので海老のフライが海老のフライの味がしてまずい訳がない。例えばマヨネーズというもの一つを例に取っても注意すればそれがマヨネーズというものでこれを揚げた海老の衣に付けて食べて明かに何か食べている感じになることをここでは言いたいのである。併し何と言ってもこれは初めに書いた通り店そのものから受ける印象に一切が掛っているので、そこに又来たい気持を起させることが海老のフライの脇に付いているマヨネーズにも注意させる。

もう一つこういう食堂で食べものを旨くする理由を挙げると、そこに我々が全く何でもなしにただ一人の客になっていられるということがある。少くとも東京ではその程度に西洋料理が普通の食べものになったと言えて、これは自分で確めたことで他所は知らない。

五月の鰹

鰹があることが解って喜ぶのが東京では五月頃でどこでもそうである筈がないから五月の鰹はその季節に東京の辺りで取れた魚の時も含めて東京のものだと言えそうである。例えば土佐などでは鰹が年中あるのではないだろうか。それが年中でなくても土佐で取れた鰹は旨いまずいは別として鰹ではあっても明かに東京のと違っている。尤もこれは東京の秋刀魚と紀伊で食べる秋刀魚のようなもので多分にそこに好みの問題があるが、そうしたことを離れて話を五月の鰹に戻すと、それで気が付いたのが東京でもこの頃は五月になって鰹があることが当てに出来なくなったことである。これは秋になって秋刀魚があるとは限らないのと同じで何かそういう点が少くとも今の所は少し狂って来ている。併し秋刀魚がこの頃はどうかすると真夏にあったりするのと違って東京でもし鰹が食べられるならばそれが今でも五月頃で、それが毎年でなければなお更珍重するに価する。

そう言っても鰹のどこが旨いのか説明しようとすると面倒なことになる。これよりも遥かに鮮明な味がする魚は鮪でも鰤でも幾らでもあって、それだけに一層鰹はただそのままで食べる他ない魚であるが、これを刺し身で食べても鰹であることが自分には解る程度のことでそれを言葉に直すことは難しい。そしてそれならばこの魚に味がないのかと言うと鰹は間違いなく鰹という魚で、それのみならずこれはもしそれがあれば嬉しくなるものである。それで一つ思い付くのは鰹がある期間というのが短くて自然これがまだ新しいうちに食べることになるということで、これは鰹があることがそれが食べられる程のものならば新鮮であることを意味し、それならば他の魚と違って鰹の場合はその味のうちにこの新しいということが入っていることになる。従ってこれを例えば支那風に、或はフランス風に料理することは考えられなくて味が少しでも生のままのものでなければ死ぬのである。

それとどういう繋りがあるのか解らないが、この魚に就てはっきり言えることはこれを旨いと思う時に必ず何か氷を食べている感じがすることである。勿論ただの氷ならば何の味もするものではない。併しもし日光がそのまま凍るということがあったらどうだろうか。殊にそれが清水に差している日光だったらばである。それが鰹の味に思われて来る。

豆餅

これが東京のものなのかどうかは解らない。併し駄菓子というものには多分に地方色があるようでこの豆餅があることを知って一時は菓子の中でこれ以上のものはないと思っていたのが東京でなのでこれが東京の駄菓子である積りで今でもいる。尤もこれが今でもまだあるかどうか疑しいのは凡ての点でこれが今風のものではないからで、それだけでなくて駄菓子というもの自体がまだ東京に残っていることも確める必要があって町の中を歩いていてこれを売る駄菓子屋というものを見なくなってから久しい。この豆餅は豆が入った三角形の塩味の餅でその豆が何だったのか、ただ黒い豆で大晦日の福茶に使う黒豆程は固くなくて餅に入っているので黒よりも鼠色掛っていたことしか覚えていない。その餅も鼠色掛っていて、それが柔かったのは固くなる前に売れてしまって新たに又搗いていたのだろうか。この色の配合からしてが旨そうであることでこれが今日の好みに背くものであることが解る筈である。

柔い餅に豆が入っていて塩味なのであるから旨い訳である。それが三角に切ってあったのは何故なのか、これは或は先ず四角に切ったのを更に半分にして売る分を多くしたということなのかも知れないが、この豆餅があった頃の落語に長屋か何かに住んでいる子が他に場所がないので梯子段の踊り場で踊りの稽古をし、大方そんなことだろうというので踊りのお師匠さんが、だからお前の踊りが豆餅のようになるんだと言って叱るのがあったのを覚えている。その同じ駄菓子の類に薄荷と砂糖を板の形に固めてやはり三角に切ったのや鉄砲玉と呼ばれて青や赤の飴玉に西瓜(すいか)の縞を思わせる具合にざらめの砂糖を間を置いて塗り付けたのもあり、初めはこの鉄砲玉の赤や青とそれにざらめが縞になっているのに惹かれてこれを菓子の中で第一等のものと思っているうちに豆餅というものがあることが解って菓子は豆餅でなければならなくなった。そういう駄菓子でない普通の菓子は上品なのが見掛け倒しで食べる毎に失望した。

豆餅は菓子であるよりも寧ろ一般の食べものに属する。そのことを示す豆と餅と塩という配合がその上に妙を得ていて食欲をそそっては満し、それで幾らでもではないまでも御飯並に存分に食べられた。別に極彩色の紙に包んだりしてなかったことは言うまでもない。

日本の米

日本の食べもののことを書いていて米のことに触れずにいる訳には行かない。今日ではこの米の存在までが危くなっている感じがしないでもないが、それが我が国で出来た米は凡て政府が買い上げるという途方もない制度の為であることも現在では誰でも知っていて、そういうことになっているのが選挙の時に選挙民に農民が多い地域の代議士の当落がそのことに掛っているからであることも既に常識である。もしまずくても劣悪でも米の形さえしている限り我々の税金でこれを買う決りになっていれば米の品質が落ちるのは解り切ったことで、この制度が政府にとって辛くて米を作らないことを奨励するに至って全くそうした人為的な事情から日本の米がなくなることも一応は考えなければならないことになる。これに対して農民の一部の言い分は彼等が戦争中に苦労したということにあるらしい。それで優遇しなければならないというのならば農民でない我々国民は戦争中にどういう思いをしていたのか。

併しこういうのは米がまずくなる話で日本の米は今でも旨い。恐らくこの頃の流行に従って各種の分析や資料集めを行ってもこれは立証出来ることである筈で、それは日本の米のようなものが世界にないということでもある。これはそれだけで食べられて食べものに対する我々の要求というものに凡ての点で応じてくれるものであり、それが余りにそうなので例えばカレーライスと言った米以外のものの味で食べさせる料理を旨くする為に曽ては東南アジアから安南米と称するものを輸入していた位だった。そうでないと日本の米の味が豊かであり過ぎてカレーの方が負けるからである。その頃は米屋が日本の各地から取り寄せた米を銘々のやり方に従った割り合いで混ぜて売っていたもので、これはコーヒーと同じでそうすることで味を一層よくする為だった。併しそれが出来なくなった現在でも気を付けて炊いた米が芳香を放てばやはり主食ということでじゃが芋や麦を作っている民族が憐まれる。

その日本の米がなくなるというのも実は情勢を不当に悲観してのことで、もし農民が米を作らなくなれば他のものがこれを作ることに上達するに違いなくてその時にそれが日本の農民になる。この米がどれ程のものであるかはその米で出来る酒の味によっても解る。

巻末エッセイ

教わったこと、いろいろ

辻 義一

はじめて店にお越しいただきましたのは二十五年前でしょうか、東京に店（辻留）を始めて間もないそれこそ西も東もわからない、私の二十二、三の頃です。毎週きまって河上徹太郎先生とご一緒にお見えいただきました。そのうち店が終ってからお供をさせていただくようになり、岡田やエスポワール、ボザールなどの飲み歩きについてまわりました。日興証券の遠山直道さんもよく一緒でした。ぽっと出のいたらない少年が東京でなんとかやれるようになりましたのも、河上先生、遠山さん、ことに吉田さんにいろいろと教えていただいたからだと思っております。酒の飲み方にはじまり、酒のうえでの会話、つき合い方、友達への贈りもの、ネクタイの選び方、チップの出し方まで。あるとき私は政治に無関心ですと申しますと、

「政治に無関心ではいけない」

と具体的に世界の国国の歴史からときおこして日本人の知慧、そして日本の将来までわか

りやすくお話しいただきました。男は政治に無関心ではいけないとさとされました。

無知なるゆえに不思議に思うことがかずかずありました。たとえば旅行に行く車中、汽車が動くまでは飲まない、汽車が一ゆれ動き出すとなんともうれしそうな顔をして、

「さあのみましょう、アハハ」

と独得の笑いが始まります。日栄、福正宗、萬歳楽、大友楼、菊正宗などの蔵のきき酒におよばれ、毎年の顔ぶれは吉田さんを団長に河上先生、観世栄夫さん、私の四人です。

「河上、吉田両先生は優雅な旅をなさいますね、能役者と料理人をつれて昔の殿さまのようですね」

「ええ、え」

とあとは笑いが響きわたる。そのころには能役者も料理人も酔っぱらっているのだから世話はない。金沢ではどこにいっても骨酒をごちそうになる。鯛であったり、いわな、うぐい、ごりなど中身はその時によってことなります。大きな鉢に鯛の塩やきが入り、その上にあつ燗の酒をどくどくと注ぎ、火をつけてアルコール分をある程度とり、その座敷の主人が鯛の肩口のところを箸でほぐすと、鯛の味が酒にしみる。一かかえもある大鉢をのみ廻す。一順し二順する頃には味も濃厚になり、最後は下座の私がのみほすこととなる。あるときは飲みすぎてつば甚（旅館）に帰って血を吐いたことがあります。このことはだま

っておりましたが、女中さんから耳にはいったらしく、

「ひなさん（私）血を吐いたんだって、血を吐いたあとのお酒っていうのはうまいんだ。喉がちりちりとしていい気持」

　夜の宴会はどうしようかととまどっていた私は、一躍元気をとりもどして出かけて行くことにした。吉田さんにとっては血を吐くことぐらいはなんでもなかったようです。

「のみすぎたら吐けやいいんですアハハ」

と笑われる。

　ある年は、金沢、灘、京都、岩国、宮島口と一週間の旅となりました。近頃は御飯を食べますが、その頃は吉田さんにつられて、一週間まるまる御飯粒なしという旅でした。東京駅について栄夫さんが、

「ひなちゃん、ちょっとほっぺを指でつついてごらん、ちゅっと酒が出るよ」

　まったく栄夫さんの云うとおりの気持でした。

　日栄の中村さんのお宅で均窯の小鉢に盛られたくちこが出ました。くちこもさることながら、宋時代の小鉢はみごとなものでした。いきなり、

「これいただけませんか」

といまにも持って帰らんばかりに云われた時にはおどろきました。あわてておとめしたの

ですが、また冗談かなと思ってもみましたが、とってもお気に入りの様子でした。その次の年金沢に参りますと、中村記念館（美術館）ができたばかりで早速拝見いたしました。均窯の小鉢が並んでいました。美術館のことですからケースには鍵がかかっております。

「ぼくがきたから鍵をかけたのでしょう」

といわれ、もう一度手にとって見たいとせがまれ、その小鉢をなでるようにして悦に入っておられる姿が今も思いうかびます。

吉田さんのお宅にみごとな小さな壺があります。私が賞めると、

「そんなに好きなら持っていっていいよ。これひなさんにあげよう」

と奥様に云われます。私は辞退いたしましたし、また奥様の許可も出ませんでした。このようなものを好きだからとすぐにあげようと云われることは、あの金沢での均窯の所望も冗談ではなかったのだなあと思いなおしました。価値感を超越して美しさ、好きだからその人が気に入ったからとすぐあげたりされるところがありました。どんなに大切にされていたネクタイでも、ほめられるとすぐ君のと交換しようととりかえられることはしょっちゅうありました。とりかえたネクタイをしてまたどこかに出かける時には、人しれずなさけなさそうな顔を一瞬なさいます。それは差し上げたネクタイについてではなく、気にそぐわないものを身につけるというなさけなさであります。

よくお宅でお客様をなさいました。出張料理の御用を承って参ります。料理がおわると食堂を出て居間にうつられ、必ず私を呼んで、

「これからは、ひなさんもお客様だよ」

とまったくお客様と同じようにしていただきました。御尊父の茂さん、英国大使のピルチャーさん、フイゲスさんなど恐縮のかずかずでした。私は他人の朝ごはんに興味があって、茂さんに朝ごはんはなにをお召し上りですかと伺ったところ、

「朝から人を食っています」

などと云われ親子で冗談を楽しんでおられました。御尊父も牛込の吉田さん宅に見えるのを大変楽しみにされておられました。御尊父の晩年は足がわるくなられたので、御家族のお供をしてよく大磯で料理をさせていただきました。仕事が終って頂いたラベルもないただのなんでもないビンのブランディをいただき、なんとブランディにもいろいろあるのだなあと、あまりのおいしさに感激しました。

北軽井沢の別荘にも毎年夏の終りに伺いました。となり町におられるドナルド・キーンさんもお見えになり、山小屋の晩餐会となりました。メニューは毎年きまったようなもので、まずは佐久の鯉の洗い、村の人が釣った岩魚の塩焼、枝豆、鮭のくんせい、おくらと生うに、トマト（北軽のトマトは旨い）、鮎うるか、はも寿司、奥様におつくりいただく豚

汁（これが旨い）、酒は酒田の初孫で旨い酒ですが五、六年前の酒は最高でした。吉田さんは酒は水に近いほどよいと云われておりましたが、まったくその通りの水に近い酒で、その時はキーンさん、吉田さん、奥様、お嬢さんのように思いますが、おもわず三升ちかく飲んだのではないでしょうか。たしかキーンさんの狂言がでたのもこのときではなかったか、あるいは牛込のお宅であったかその夜はあまりの酒のうまさで狂言どころではなかったかもしれません。お燗をつけて下さる奥様はさぞかし忙しかったことだろうと今ごろ恐縮しております。酒は水に近いほどうまいと云うのは、酒が水っぽいとかうすいと云うのではなく、味が澄んだと云うか抵抗がないと云うか、いやなものがまったくないと言うかよく書けませんが、いわゆる水のような感じのものを言います。

なにかあると、

「ちょっとオークラに行きましょうや、シャンパンを飲みましょう」

いい加減酒がまわっているのに大丈夫かなと一瞬たじろぐのですが、もう一度言い出されたらとまりません。きらいでない私はいそいそとお供をいたします。それからシャンパンを二本も空ったり、肴はキャビアであったり、テリィーヌまたはフォアグラであったりします。ある時はどうしても立ち上ることが出来ない様子、自分で自分を

「チクショ、チクショ」

といいながらもがいておられ、どうしても人の手をかりずに立とうとされますが、そうはうまくいきません。酔っぱらった私と、片方をボーイさんがささえますが、私たちの手をふりはらって一人で歩こうとされます。それはすさまじきものでした。

どこまでも人に迷惑をかけないと云う、お気持はよくわかるのですが……

御尊父茂さまの七回忌の会をホテル・オークラでなさいました。

「ひなさんたのむよ」

ちょうどその日はこんでいて、オークラの野田会長のお声がかりで、オーキッドルームをとって下さいました。宛名書きは吉田さん、奥様、お嬢さん、私も手伝いをさせていただきました。夜食は胡椒亭のパイとブドー酒。

当日近くになると司会もたのむ。これにはまいりました。人前で話も出来ない私は頭をかかえこみました。お花はすべて御辞退しようと云うことにきまりました。ところが当日池田さん、佐藤さんと二つの花が届きました。元総理のお花は遺影のそばにと思っておりましたが、一応吉田さんに伺ってからと申しますと、みなさんにおことわりしたのだから並べるわけにはいかないと言われます。なにごとにもけじめをつける方でした。

永いおつきあいでわかったことは、いいものはいい。だめはだめ。好きは好き。その中にやさしい思いやり、きびしさ、そうしたものが吉田さんの生活のすべてに貫かれておられました。

吉田さんのことを英国紳士だとよく云われますが、吉田さんほど日本を愛しどこまでも日本人である方をしりません。

［一九七九年三月］

（つじ・よしかず　辻留主人）

地域別目次

■北海道・東北
山海の味・酒田 117
飛島の貝 149
東北の味噌漬け 181
北海道の牛乳 195
北海道のじゃが芋 225

■関東
東京の握り鮨 161
横浜中華街の点心 186
群馬県の豚 200
東京の佃煮 211
関東の鮪 212
鎌倉の海老 214
東京のこはだ 219
東京の慈姑 223
大磯のはんぺん 240
群馬県の鶏 260
江戸前の卵焼き 275
関東の葱 277
九十九里の鰯 279
千葉の蛤 295
東京のべったら漬け 300
高崎のベーコン 303
東京の雑煮 305
東京のおせち 307

高崎のハム　309
東京の店屋もの　310
東京の食堂　314
五月の鰹　316

■中部
新鮮強烈な味の国・新潟　42
味のある城下町・金沢　91
新潟の筋子　156
金沢の蟹　158
富山の鱒鮨　165
金沢の蕪鮨　177
金沢の胡桃餅　188
石川県の鮨の蒲焼き　193
浅間山麓の浅間葡萄　197
信越線長岡駅の弁当　198
新潟の餅　218
佐久の鯉　221
石川県の棒鰤　226
金沢のごり　228
新潟の身欠き鯡の昆布巻き　239
能登の岩海苔　244
甲府の鮑の煮貝　256
氷見の乾しうどん　263
静岡の山葵漬け　267
北国の蕨の粕漬け　272
岩魚のこつ酒　284
豊橋の焼き竹輪　289
中津川の栗　298

■近畿
食い倒れの都・大阪　54

世界の味を持つ神戸　104
長浜の鴨　146
神戸のパンとバタ　147
近江の鮒鮨　151
関西のうどん　160
明石の鯛　163
大阪の雀鮨　168
大阪のかやく飯　170
大阪の小料理屋　172
京都の漬けもの　176
京都の蓴菜　179
関西の真名鰹の味噌漬け　183
京都のすっぽん　202
京都の筍　205
関西のおでん　207
竜野の素麺　216
大阪のいいだこの煮もの　233
大阪の鰻の佃煮　235
京都の小鯛の酢漬け　246
神戸の穴子　248
関西の鱧　249
大阪の鯖鮨　253
近畿の松茸　262
神戸のイタリー料理　265
関西の塩昆布　274
関西の牛肉　286
■中国・四国
瀬戸内海に味覚あり　66
瀬戸内海のままかり　153
広島の牡蠣　154
瀬戸内海のめばる　191

瀬戸内海の鯛の浜焼き　204
広島県の奈良漬け　230
広島菜　237
岡山の七面鳥の塩焼き　255
下関の雲丹　281

■九州
カステラの町・長崎　79
長崎の豚の角煮　167
長崎の唐墨　209
薩摩のかるかん　282
長崎のカステラ　293
鹿児島の薩摩汁　302

■日本全国
以上の裏の所　129
日本の西洋料理　174
金山寺味噌　184
日本海の烏賊の黒づくり　190
プリマス・ロックという種類の鶏　232
蒲鉾　242
日本のワンタン　251
数の子の麴漬け　258
粕汁　269
すだち　270
茶漬け　288
日本の支那料理　291
蠑螺の壺焼き　296
みる貝　312
豆餅　317
日本の米　319

底本・初出一覧

『舌鼓ところどころ』中公文庫、一九八〇年一月
食べものあれこれ（単行本『舌鼓ところどころ』〔文藝春秋、一九五八年三月刊〕のための書き下ろし）／舌鼓ところどころ（『文藝春秋』一九五七年三月号〜七月号、十一月号〜十二月号・七回連載）／以上の裏の所（『あまカラ』一九五八年一月号〜三月号・三回連載）

『私の食物誌』中公文庫、一九七五年一月
私の食物誌〔「長浜の鴨」〜「東京の雑煮」〕（『読売新聞』一九七一年二月四日〜十二月二十六日・九二回連載）／「東京のおせち」〜「日本の米」〔八編、単行本『私の食物誌』〔中央公論社、一九七二年十一月刊〕のための書き下ろし〕

編集付記

一、本書は、『舌鼓ところどころ』『私の食物誌』の表題作を合本にし、辻義一「教わったこと、いろいろ」(『吉田健一著作集』第6巻・月報)を併せて収録したものである。

一、中公文庫版を底本とした。底本中、明らかな誤植と思われる箇所は訂正し、難読と思われる文字にはルビを付した。

一、本文中に今日からみれば不適切と思われる表現もあるが、作品の時代背景および著者が故人であることを考慮し、底本のままとした。

中公文庫

舌鼓ところどころ／私の食物誌

2017年５月25日　初版発行
2021年９月30日　再版発行

著　者　吉田健一

発行者　松田陽三

発行所　中央公論新社
〒100-8152　東京都千代田区大手町1-7-1
電話　販売 03-5299-1730　編集 03-5299-1890
URL http://www.chuko.co.jp/

ＤＴＰ　平面惑星
印　刷　三晃印刷
製　本　小泉製本

Published by CHUOKORON-SHINSHA, INC.
Printed in Japan　ISBN978-4-12-206409-6 C1195

中公文庫既刊より

よ-5-8
汽車旅の酒
吉田健一
旅をこよなく愛する文士が美酒と美食を求めて、金沢へ、そして各地へ。ユーモアに満ち、ダンディズムが光る汽車旅エッセイを初集成。〈解説〉長谷川郁夫
206080-7

よ-5-9
わが人生処方
吉田健一
独特の人生観を綴った洒脱な文章から名篇「余生の文学」まで。大人の風格漂う人生と読書をめぐる随想集。吉田暁子・松浦寿輝対談を併録。文庫オリジナル。
206421-8

よ-5-11
酒談義
吉田健一
少しばかり飲むというの程つまらないことはない——。飲み方から各種酒の味、思い出の酒場まで、ユーモラスに綴る究極の酒エッセイ集。文庫オリジナル。
206397-6

よ-5-12
父のこと
吉田健一
ワンマン宰相はワンマン親爺だったのか。長男である著者の吉田茂に関する全エッセイと父子対談「大磯清談」を併せた待望の一冊。吉田茂没後50年記念出版。
206453-9

あ-13-6
食味風々録
阿川弘之
生まれて初めて食べたチーズ、向田邦子との美味談義、海軍時代の食事話など、多彩な料理と交友を綴る、自叙伝的食随筆。〈巻末対談〉阿川佐和子〈解説〉奥本大三郎
206156-9

あ-66-1
舌 天皇の料理番が語る奇食珍味
秋山徳蔵
半世紀以上を天皇の料理番として活躍した著者が「舌は味覚の器であり愛情の触覚」と悟った極意をもって秘食強精からイカモノ談義までを大いに語る。
205101-0

あ-66-2
味 天皇の料理番が語る昭和
秋山徳蔵
半世紀にわたって昭和天皇の台所を預かり、日常の食事と無数の宮中饗宴の料理を司った「天皇の料理番」が自ら綴った一代記。〈解説〉小泉武夫
206066-1

各書目の下段の数字はISBNコードです。978-4-12が省略してあります。

あ-66-3
味の散歩
秋山徳蔵

昭和天皇の料理番を務めた秋山徳蔵が〝食〟にまつわるあれこれを自ら綴る随筆集。「あまから抄」「宮中の正月料理」他を収録。〈解説〉森枝卓士

206142-2

あ-66-4
料理のコツ
秋山徳蔵

高級な食材を使わなくとも少しの工夫で格段に上等な食卓になる——「天皇の料理番」が家庭の料理人に向けて料理の極意を伝授する。〈解説〉福田 浩

206171-2

い-116-1
食べごしらえ おままごと
石牟礼道子

父がつくったぶえんずし、獅子舞にさしだした鯛の身。土地に根ざした食と四季について、記憶を自在に行き来しながら多彩なことばでつづる。〈解説〉池澤夏樹

205699-2

う-9-4
御馳走帖
内田百閒（ひゃっけん）

朝はミルク、昼はもり蕎麦、夜は山海の珍味に舌鼓をうつ百閒先生の、窮乏時代から知友との会食まで食味の楽しみを綴った名随筆。〈解説〉平山三郎

202693-3

う-9-11
大貧帳
内田百閒

お金はなくても腹の底はいつも福福である——質屋、借金、原稿料……飄然としたなかに笑いが滲みでる。百鬼園先生独特の諧謔に彩られた貧乏美学エッセイ。

206469-0

う-30-1
「酒」と作家たち
浦西和彦 編

『酒』誌に掲載された川端康成ら作家との酒縁を綴った三十八本の名エッセイを収録。酌み交わし、飲み明かした昭和の作家たちの素顔。〈解説〉浦西和彦

205645-9

う-30-2
私の酒 『酒』と作家たちII
浦西和彦 編

『酒』誌に寄せられた、作家による酒にまつわるエッセイ四十九本を収録。酒の上での失敗や酒友と過ごした時間、そして別れを綴る。〈解説〉浦西和彦

206316-7

う-30-3
文士の食卓
浦西和彦 編

甘いものに目がなかった漱石、いちどきにうどん八杯を平らげた「食欲の鬼」子規。共に食卓を囲んだ家族、友人、弟子たちが綴る文豪たちの食の風景。

206538-3

各書目の下段の数字はISBNコードです。978－4－12が省略してあります。

う-37-1
怠惰の美徳
梅崎春生
荻原魚雷 編
戦後派を代表する作家が、怠け者のまま如何に生きてきたかを綴った随筆と短篇小説を収録。真面目で変でおもしろい、ユーモア溢れる文庫オリジナル作品集。
206540-6

う-37-2
ボロ家の春秋
梅崎春生
直木賞受賞の表題作と「黒い花」をはじめ候補作全四篇に、小説をめぐる随筆を併録した文庫オリジナル作品集。〈巻末エッセイ〉野呂邦暢〈解説〉荻原魚雷
207075-2

お-2-10
ゴルフ酒旅
大岡昇平
獅子文六、石原慎太郎ら文士とのゴルフ、一年におよぶ米欧旅行の見聞……。多忙な作家の執筆の合間には、いつも「ゴルフ、酒、旅」があった。〈解説〉宮田毬栄
206224-5

お-5-2
味覚 清美庵美食随筆集
大河内正敏
理研の総帥が、巣鴨プリズンの独房の中で、うまいもの数々を追想し、かつて浸った豊かな味覚の世界に想いを馳せた珠玉の食エッセイ本。〈解説〉細川光洋
206635-9

か-2-3
ピカソはほんまに天才か 文学・映画・絵画…
開高健
ポスター、映画、コマーシャル・フィルム、そして絵画。開高健が一つの時代の類いまれな眼であったことを痛感させるエッセイ42篇。〈解説〉谷沢永一
201813-6

か-2-6
開高健の文学論
開高健
抽象論に陥ることなく、徹頭徹尾、作家と作品だけを見つめた文学批評。内外の古典、同時代の作品、そして自作について、縦横に語る文学論。〈解説〉谷沢永一
205328-1

か-2-7
小説家のメニュー
開高健
ベトナムの戦場でネズミを食い、ブリュッセルの郊外の食堂でチョコレートに驚愕。味の魔力に取り憑かれた作家による世界美味紀行。〈解説〉大岡玲
204251-3

き-7-3
魯山人味道
北大路魯山人
平野雅章 編
書・印・やきものにわたる多芸多才の芸術家・魯山人が終生変らず追い求めたものは〝美食〟であった。折りに触れ、書き、語り遺した美味求真の本。
202346-8

き-7-5
春夏秋冬　料理王国
北大路魯山人
美味道楽七十年の体験から料理する心、味覚論語、食通閑談、世界食べ歩きなど魯山人が自ら料理哲学を語り、手掛けた唯一の作品。〈解説〉黒岩比佐子
205270-3

き-15-12
食は広州に在り
邱　永漢
美食の精華は中国料理、そのメッカは広州である。広州美人を娶り、自ら包丁を手に執る著者が、蘊蓄を傾けて語る中国的美味求真。〈解説〉丸谷才一
202692-6

き-15-18
わが青春の台湾　わが青春の香港
邱　永漢
台湾、日本、香港――戦中戦後の波瀾に満ちた半生を綴った回想記にして、現代東アジア史の貴重な証言。短篇「密入国者の手記」を特別収録。〈解説〉黒川　創
207066-0

き-15-17
香港・濁水渓　増補版
邱　永漢
戦後まもない香港で、台湾人青年がたくましく生き抜くさまを描いた直木賞受賞作「香港」と、同候補作「濁水渓」を併録。随筆一篇を増補。〈解説〉東山彰良
207058-5

く-25-1
酒味酒菜
草野心平
海と山の酒菜に、野バラのサンドウィッチ……。詩作のかたわら居酒屋を開き、酒の肴を調理してきた著者による、野性味あふれる食随筆。〈解説〉高山なおみ
206480-5

こ-30-1
奇食珍食
小泉武夫
蚊の目玉のスープ、カミキリムシの幼虫、ヒルのソーセージ、昆虫も爬虫類・両生類も紙も灰も食べつくす、世界各地の珍奇でしかも理にかなった食の生態。
202088-7

こ-30-3
酒肴奇譚（しゅこうきたん）　語部醸児之酒肴譚（かたりべじょうじのしゅこうたん）
小泉武夫
酒の申し子「諸白醸児」を名乗る醸造学の第一人者で、東京農大の痛快教授が〝語部〟となって繰りひろげる酒にまつわる正真正銘の、とっておき珍談奇談。
202968-2

さ-61-1
わたしの献立日記
沢村貞子
女優業がどんなに忙しいときも台所に立ちつづけた著者が、日々の食卓の参考にとつけはじめた献立日記。工夫と知恵、こだわりにあふれた料理用虎の巻。〈解説〉平松洋子
205690-9

各書目の下段の数字はISBNコードです。978-4-12が省略してあります。

し-15-15　味覚極楽　子母澤　寛

〝味に値無し〟——明治・大正のよき時代を生きた粋人たちが、さりげなく味覚に託して語る人生の深奥を聞書き名人でもあった著者が綴る。〈解説〉尾崎秀樹

204462-3

し-31-6　食味歳時記　獅子　文六

ひと月ごとに旬の美味を取り上げ、その魅力を一年分綴る表題作ほか、ユーモアとエスプリを効かせた食談を収める、食いしん坊作家の名篇。〈解説〉遠藤哲夫

206248-1

し-31-7　私の食べ歩き　獅子　文六

日本で、そしてフランス滞在で磨きをかけた食の感性と、美味への探求心。「食の神髄は惣菜にあり」との境地を綴る食味随筆の傑作。〈解説〉高崎俊夫

206288-7

た-15-5　日日雑記　武田百合子

天性の無垢な芸術者が、身辺の出来事や日日の想いを、時には繊細な感性で、時には大胆な発想で、心の赴くままに綴ったエッセイ集。〈解説〉巖谷國士

202796-1

た-15-9　新版　犬が星見た　ロシア旅行　武田百合子

夫・武田泰淳とその友人、竹内好との旅を、天真爛漫な目で綴った旅行記。読売文学賞受賞作。竹内好の随筆「交友四十年」を収録した新版。〈解説〉阿部公彦

206651-9

た-24-3　ほのぼの路線バスの旅　田中小実昌

バスが大好き——。路線バスで東京を出発して東海道を西へ、山陽道をぬけて鹿児島まで。コミさんのノスタルジック・ジャーニー。〈巻末エッセイ〉戌井昭人

206870-4

た-24-4　ほろよい味の旅　田中小実昌

好きなもの——お粥、酎ハイ、バスの旅。「味な話」「酔虎伝」「ほろよい旅日記」からなる、どこまでも自由で楽しい食・酒・旅エッセイ。〈解説〉角田光代

207030-1

た-28-17　夜の一ぱい　田辺　聖子　浦西和彦編

友と、夫と、重ねた杯の数々……。四十余年の長きに亘る酒とのつき合いを綴った、五十五本のエッセイを収録、酩酊必至のオリジナル文庫。〈解説〉浦西和彦

205890-3

た-34-4
漂蕩の自由
檀一雄
韓国から台湾へ。リスボンからパリへ。マラケシュで迷路をさまよい、ニューヨークの木賃宿で安酒を流し込む。「老ヒッピー」こと檀一雄による檀流放浪記。
204249-0

た-34-5
檀流クッキング
檀一雄
この地上で、私は買い出しほど好きな仕事はない——という著者は、人も知る文壇随一の名コック。世界中の材料を豪快に生かした傑作92種を紹介する。
204094-6

た-34-6
美味放浪記
檀一雄
著者は美味を求めて放浪し、その土地の人々の知恵と努力を食べる。私達の食生活がいかにひ弱でマンネリ化しているかを痛感せずにはおかぬ剛毅な書。
204356-5

た-34-7
わが百味真髄
檀一雄
四季三六五日、美味を求めて旅し、実践的料理学に生きた著者が、東西の味くらべはもちろん、その作法と奥義も公開する味覚百態。〈解説〉檀　太郎
204644-3

た-43-2
詩人の旅　増補新版
田村隆一
荒地の詩人はウイスキーを道連れに各地に旅立った。北海道から沖縄まで十二の紀行と「ぼくのひとり旅論」を収める〈ニホン酔夢行〉。〈解説〉長谷川郁夫
206790-5

つ-2-9
辻留　ご馳走ばなし
辻嘉一
茶懐石の老舗の主人というだけでなく家庭料理の普及につとめてきた料理人が、素材、慣習を中心に、六十余年にわたる体験を通して綴る食味エッセイ。
203561-4

つ-2-11
辻留・料理のコツ
辻嘉一
材料の選び方、火加減、手加減、味加減——「辻留」の二代目主人が、料理のコツのコツをやさしく手ほどきする。家庭における日本料理の手引案内書。
205222-2

つ-2-12
味覚三昧
辻嘉一
懐石料理一筋。名代の包宰、故、辻嘉一が、日本中に足を運び、古今の文献を渉猟して美味真味を探究。二百余に及ぶ日本食文化と味を談じた必読の書。
204029-8